AF398424

Döden på spåret

Förlag: BoD – Books on Demand, Stockholm, Sverige
Tryck: BoD – Books on Demand, Norderstedt, Tyskland
ISBN: 978-91-76996898

Förord

Detta är en berättelse som utspelar sig i Kinnekullebygd. Ni som är bekanta med detta berg kommer säkert att känna igen en del platser. Om ni stöter på en del obekanta sådana kan detta bero på att de enbart existerar i författarens fantasi. De personer som förekommer i denna berättelse kommer samtliga från denna geografiskt obundna plats.

Karin Nilsdotter

Inledning

Stefan är nära att falla, men det är mest för att hans första reaktion är att hålla för öronen, inte att hålla tag i något med händerna. Det låter förfärligt när tåget plötsligt bromsar in, ett gnisslande och skrapande i bromsar som slår mot stål. Men han är van vid krängningar och har varit med om någon nödinbromsning förut under sina år som konduktör. Så fort han återfår balansen tar han sig snabbt ut i vagnen för att se efter om alla sitter ordentligt eller om någon fallit och skadat sig. Det ser bra ut så han går vidare mot andra vagnen, den främsta, för att se hur det är där. Även där är det lugnt och han förstår att det måste vara Anders, tågföraren själv, som bromsat in och inte någon som ryckt i nödbromsen. Tåget har precis hunnit stoppa när han når förarhytten. Anders ser chockad ut och säger:

– Det gick inte att stanna i tid. Det låg något på spåret men jag kunde inte göra något. Jag tror det var en människa.

– Ska jag gå ut och titta?

Anders nickar.

– Jag meddelar trafikledningen så länge att vi blir försenade, säger han.

– Bra. Stefan slår först på högtalaren och ger ett meddelande till resenärerna:

– Tåget gör ett stopp på några minuter innan vi fortsätter in till Hällekis station.

Sedan är han snabbt ute och börjar halvspringa bakåt längs med spåret. Han får gå längre än han trott, så ser han först ett ben som ligger helt för sig själv, sedan en kropp med ett huvud som sitter fel. Det är disigt och det är flera meter bort, men han ser. Och han behöver inte gå ända fram, det behövs inte för att konstatera att det är en människokropp. Den har en jacka, det har inte hjortarna. Hjortarna är annars många på Kinnekulle, det kunde ha varit en sådan om han haft tur. Men det har han inte idag. Det är en människokropp, det är en kvinna, han vågar inte gå ända fram, han vågar inte så han kan inte vara säker. Men han tycker att det är *hon*.

Hillevi Roos

Hillevi Roos far vägen upp mot högkullen i kommunens röda Golf. Hon ska upp med rentvättade kläder till Ingrid. Hillevi sjunger små korta skalor, från högt till lågt, från lågt till högt. Det är övningar som körledaren brukar använda när de ska sjunga upp i kyrkokören, det är bra att ta till när magen är full av vårkänslor så här i september. Ingrids stuga ligger precis vid vägen, kör man bil förbi och sträcker ut handen genom rutan kan man röra vid husväggen. Men man åker inte gärna bil på den lilla vägen om man inte har något terränggående fordon förstås, man tar istället bilen fram till Sörtorpet ungefär femtio meter neråt vägen. Där kan man parkera vid ett gammalt kalk-brott och promenera sista biten, vägen sluttar svagt uppåt och borta vid Ingrids hus är det slut på kalkstenen. Där kommer man precis upp på den nivå där lerskiffret börjar. Lerskiffret är nog den enda sten man inte funnit något användningsområde för av Kinnekulles olika stenlager förutom att det ligger blandat med kalksten i många stengärdsgårdar här på kullen.

USA kl. tre, har Hillevi lärt sig i skolan. Det är en minnesramsa för de olika stenlagren. U står för urberg, S som i sandsten, A för alunskiffer och så kommer de lager hon är i nu, K som i kalksten och L som i lerskiffer. Tre står för trapp, en annan benämning för diabasen som är högst upp på berget. Det är tack vare den hårda mineralen som de andra lagren finns kvar här, hade det inte varit för den hade inlandsisen dragit iväg med de porösare stenlagren och Kinnekulle hade inte funnits utan varit en del av den näringsrika myllan ute på västgötaslätten.

Även om tvättkassen inte väger så mycket blir det tungt att gå med den i uppförsbacken. Kassen är full av flanellskjortor och jeans, några få vita linnen och trosor har Ingrid själv bidragit med, annars är det mesta "pojkens". "Pojken" är Ingrids snart femtioårige son Ingemar. Det har varit en del diskussioner om det är rätt att hemtjänstpersonal ska tvätta hans kläder. Egentligen vet alla i hemtjänstgruppen att det är formellt fel, ändå är de överens om att inte säga något om det till Ingrid. Ja, alla utom Annika då förstås, men hon brukar alltid vilja bråka om allt.

Ingrid är en liten seg tant med vitt hår och pigga gråblå ögon. Hon är den där typen som aldrig vill ha hjälp med något egentligen, men hon hamnade i deras listor då hon bröt handleden för några år sedan. Biståndshandläggaren lyckades övertala henne att ta emot hjälp med städning en gång i veckan, hon är annars envis med att vilja klara sig själv. Handleden rättade till sig så småningom, men hon har fått mycket värk med åren. Ingrid har som så många andra gamlingar slitit ut sig under livets gång så hon har fortsatt få hjälp och numera går hon med på att även överlämna tvätten till dem. Det är tur för hennes värkande leder för hon hade en gammal tvättmaskin där hon tog ur tvätten när den var blöt och kall för att lägga över den i en separat centrifug. Sånt är jobbigt även för någon med friska händer. Men tvätten de fick hand om visade sig som sagt mest vara Ingemars.

– Det borde de ju begripit själva, den mannen var nog van vid att mamma tog hand om allt. När hon dör svälter han väl ihjäl, skämtade Annika och de andra skrattade.

Men Hillevi tänker att den dagen Ingrid dör blir det nog hemskt tomt för Ingemar.

På olycksplatsen

– Någon verkar ha lagt ett lik framför tåget.

Markus Svensson, den yngre av poliserna, förstod först inte vad kollegan menade. Det var Markus första utryckning som gällde självmord. En kvinna hade blivit påkörd av tåget i Hällekis, larmet kom för en halvtimme sedan precis när de påbörjat dagens arbetspass. Som enda patrull ute denna tidiga morgontimma fick de uppdraget att åka dit. Väl framme visste de att de skulle möta en obehaglig syn. Tågpersonalen som larmade om olyckan hade berättat lite osammanhängande, men ändå tillräckligt bra för att de på SOS-alarm kunde förstå att ett ben tydligen lossat från kroppen i kollisionen och låg för sig självt, en bit ifrån. Det lät otäckt.

Markus var glad för att Arne Tjärlund var med, han var den äldste polisen i styrkan och hade varit med om det mesta. Nu stod han där intill Markus och sa:

– Någon verkar ha lagt ett lik framför tåget.

Markus tänkte först att Arne sa fel, att han egentligen menade något i stil med ”vad är det för någon som lagt sig framför tåget”. Men så insåg han att något verkligen var konstigt med den stympade kroppen som låg framför dem. Det hade förstås tagit en halvtimma för dem att köra från Lidköping och hit, och Markus var inte van vid att se döda, det var nästan bara hans mor han sett död förut. Han hade även sett en man som avlidit inne på häktet där han praktiserade förra hösten men det hade varit en så kort stund han såg honom, bara när ambulansmännen bar iväg med båren, så det kunde knappt räknas. Men han begrep ändå efter en stund vad Arne menade. Det var något med ansiktsfärgen, med blodlösheten. Hårsvålen hade åkt av en bit och man såg skallbenet glimta fram i vitt. Hon hade blivit av med ena benet, det hade släpats med tåget en bit bort och man kunde se hur tåget tryckt ihop kroppen vid ljumsken och magen, det såg groteskt ut. Men det var inte mycket blod, det hade inte pumpat ut massor ur kroppen vid kollisionen som det borde ha gjort om kvinnan varit levande när tåget körde på henne. Det var som Arne sa, någon hade lagt ett lik framför tåget. Denna kvinna hade varit död långt innan tåget slet hennes kropp itu.

– Kan hon ha tagit tabletter och sedan lagt sig här själv för att vara säker på att dö? funderade Markus

– Ja, jo, kanske det. Men det där såret i huvudet ser knepigt ut.

Arne pekade och Markus försökte titta på huvudet men det såg så otäckt ut med den vita skallen delvis blottad så han tittade snart bort. I håret verkade det finnas en hel del rester av torkat blod hann han i alla fall se, det var nog det som fick Arne att tro att någon brukat våld mot henne.

Eller kunde det inte vara så istället att hon blivit misshandlad och sedan gått hit för att hon inte orkade med livet längre? Markus delade sin fundering med Arne och de spånade över olika möjligheter. Markus mådde illa men det skulle nog klara sig, han försökte att hålla huvudet kallt och tänka på att registrera med hjärnan istället för magen.

Morgonen var disig och grå men här inne i lövskogen var det ändå som ett varmt ljus av de gula löven. De hade parkerat vid en asfaltsväg som tydligen inte användes längre, där järnvägen passerade den fanns inga bommar utan istället stod där betongsuggor och spärrade hela vägen. Den kunde bara användas för gående eller möjligen cyklister, om de orkade kryssa sig emellan hindren och lyfta sin cykel över spåret. Det var ett öde ställe även om det låg nära samhället Hällekis. Det var ett lämpligt ställe om man inte ville synas, om det var som Arne misstänkte att hon blivit hitlagd så skulle chansen för upptäckt inte vara stor här för den som forslat hit henne.

Kroppen låg en bit in i skogen, den hade troligen släpats med en bit, kanske hade den legat precis där vägen och järnvägen möttes från början, den skulle kunna ha forslats dit med bil. Hade hon tagit sig hit själv för att välja döden kanske hon vandrat längs med spåret, en ganska vacker promenad med alla dessa lövträd i gula och röda toner men det var väl knappast vad en människa med självmordstankar hade njutit av.

De fick ta reda på vem hon var, det fanns förstås anhöriga som skulle underrättas. Usch ja, tänkte Markus, anhöriga. Tänk om det fanns barn eller tonåringar? Markus hade inte varit med om att ge dödsbesked förut, han hade hört av många kollegor att det var den största utmaningen i yrket, den uppgift man helst av allt ville slippa. Nu blev det kanske hans tur att få pröva hur det kändes. Någon gång måste ju bli den första, men det var inget han hade bråttom med. Hade han tur kanske Arne tog på sig det tråkiga uppdraget.

– Ska vi spärra av? frågade han Arne, han orkade inte stå och titta, eller rättare sagt undvika att titta på liket mer.

– Javisst, sa Arne, det vore bra att få hit någon duktig tekniker nu innan kroppen hämtas. Börja du med plastbanden så ringer jag och ser om de hittar någon, i så fall kan jag ju säga till ambulansen att de inte behöver ha så bråttom. De var visst på väg hit från Skövde snart, de var lite sena för det var bara en bil igång nu på morgonen och det är ju onödigt att den far hit i onödan om vi inte kan låta dem ta med kroppen än. Sen sätter jag igång och tar lite foton, vi måste ta reda på vem hon är så snabbt vi bara kan. Har vi tur hade hon en man. Då behöver vi inte jobba så länge med det här fallet, om något illa händer en kvinna är det nästan alltid mannen som ligger bakom.

Det känns bra att få gå iväg till bilen och hämta avspärrningsutrustningen tycker Markus, han behöver verkligen få röra sig lite och göra något praktiskt. Han motstår impulsen att fråga Arne om var han ska sätta banden, något får han väl visa att han klarar av på egen hand. Annars är det lätt att låta sådana som Arne ta över alltihop. Markus har aldrig varit särskilt påstridig av sig eller känt behov av att ha saker på sitt eget sätt, inte är han rädd för att be om hjälp heller, det verkar en del andra män ha svårt för har han upptäckt. Undrar om Arne kan be om hjälp eller om han är som Markus pappa som kan göra saker hur galet som helst bara han inte behöver fråga någon annan om råd?

Hillevi

Hillevi har varit kontaktperson för Ingrid i ett år nu. Som kontaktperson har man lite extra ansvar för en vårdtagare, eller "brukare" som det heter numera. Hon gillar inte det ordet, det låter som att deras gamlingar håller på med någon sorts missbruk, fast man är lite osäker på vilket. Men det är väl okej ändå, tänker hon sedan, det finns ju betydligt värre påhittade ord i svenska språket. Som "hedersmord" eller "hedersrelaterat våld". Hur kan någon komma på en så dum idé som att förknippa begreppet heder med mord? Det är som att våld som riktas mot unga invandrarkvinnor eller de män som blivit förälskade i dem inte räknas som riktigt, vanligt våld. Som att detta är något annat och så till råga på eländet relatera det till ett begrepp som heder! Nä, ordet heder kan inte kombineras med mord och våld, då blir det obrukbart. Det är synd, för det har varit ett fint gammalt ord som passat bra i sammanhang när man talar om gamlingarna som Hillevi arbetar med. Heder och hederlighet är något de ofta utstrålar, det handlar om att de gjort rätt för sig i livet, arbetat efter förmåga, varit ärliga, hållit sina löften och annat som bygger upp ett samhälle värt att leva i.

Hillevi är glad att hon fått Ingrid på sin lott, hon är en av de här fina människorna av den gamla stammen som alltid verkar lagt sig vinn om att göra allt rätt och riktigt och vara snäll mot sina medmänniskor. Så bor hon fint med, det är alltid trivsamt att åka upp till den lilla stugan. Hon brukar lägga sina besök där sist på dagen så att hon kan stanna kvar lite extra om hon vill.

Det är en så god känsla mellan Ingrid och hennes son, de sitter mycket tillsammans i det hemtrevliga köket. Det är ett riktigt, hederligt, gammaldags kök med skåp ditsnickrade på plats. Hillevi har svårt för att se hur människor slänger ut sådana kök. Flera av hennes väninnor som köpt hus har rivit ut köken det första de gjort, sedan sätter de in något tråkigt kök från Ikea eller något lika trist från nån dyrare firma istället. När de sedan stolt visar upp sitt nya kök har Hillevi mycket svårt för att inte visa sin sorg över det som hänt, att i de lägena visa upp en glad min och kanske säga "åh, så fint" känns inte rätt. Där någonstans går gränsen för hennes förmåga till vita lögner. Hon får mest lust att skälla ut sina bekanta för att de så lättvindigt kan förstöra ett hus, för det är så Hillevi ser det. Köket är husets hjärta, det kan man inte riva ut hur som helst utan att förstöra en del av husets själ. Fast det säger hon inte till dem, hon försöker hålla sig neutral, kanske säger hon något i stil med "vad fint att ni behållit pärlsponten i taket" eller så.

Här hos Ingrid kan hon sitta och bara njuta av atmosfären. Här är de målade luckorna i riktigt trä kvar och de sneda skåpluckorna i masonit, de som man drar fram och tillbaka i ett spår, sitter också där de ska. Allt är perfekt anpassat till den knappa ytan köket har. I hörnet finns ett gammaldags skafferi. De har börjat bygga sådana i en del nya hus nu, det är bra. Färgen på köksluckorna har nog blivit ditmålad på åttiotalet, det är en aprikosaktig nyans som Hillevi har för sig var modern då. Här och var har den blivit skavd så färglagret under tittar fram, det är kraftigt blått. Taket är i pärlspont, Ingrid brukade skura det två gånger per år. Nu är hon olycklig för att hon inte orkar det längre. Ingemar skulle ju säkert klara det, men Ingrid har nog aldrig tänkt tanken att fråga "pojken" om städhjälp. Det har däremot Hillevi gjort. Ingemar hjälpte gärna till och så hade hon och han skurat taket åt Ingrid, det var någon gång i vårvintras. Kanske dags att föreslå en sådan taktvätt innan jul igen? Det var så trevligt att jobba ihop med Ingemar och Ingrid blev så glad och tacksam. Takskurning är nu inget som ingår i Hillevis arbetsuppgifter, de ska bara göra lätt städning vilket innebär att dammsuga, damma och moppa golv. Men det är mycket roligare att göra det som gamlingarna själva mest vill ha hjälp med.

Ingrid och hennes son pratar inte så mycket, ofta sitter de bara och lyssnar på radio tillsammans. När de pratar är det mest kommentarer om det som sägs på radion. De lyssnar alltid på Svensktoppen och vet vilka låter som legat si och så länge på listan, likadant med Skaraborgstoppen när den går. De hör på dagens eko och väderleksrapporten och så förstås på sporten, sport är visst Ingemars stora intresse.

Det är en stillsamhet där uppe som inte är lätt att känna i andra hem numera, den påminner Hillevi mycket om hur det var hos hennes egen mormor. Kökspannan i köket är likadan som den mormor hade med tjocka rör ut till husets alla element, sådana där rör som man inte ens behöver en pump till för att vattnet ska cirkulera. Blir det strömavbrott vintertid bekommer det inte Ingrid och hennes son särskilt mycket.

Visst är det lite knepigt med Ingemar, att han som säkert är närmare femtio år bor hemma hos sin mamma. Men hade Hillevi haft Ingrid till mor skulle hon nästan kunnat tänka sig att bo hemma hos mamma hon med. Fast nej, det skulle hon nog inte vid närmare eftertanke. Det är nog inte riktigt sunt det där att inte flytta hemifrån. Fast på sätt och vis har Ingemar flyttat från sin mor, de bor inte i samma stuga, Ingemar har en egen stuga som ligger på gården en bit bort från Ingrids. Den ser mycket liten ut, den är ännu mindre än Ingrids men Ingemar verkar inte vara hemma hos sig nästan alls. Han sover nog bara där uppe. När han inte jobbar sitter han i Ingrids kök eller så är han i verkstaden efter vad Hillevi förstått. Hans verkstad ligger i uthuslängan. Hillevi har aldrig varit inne där och Ingrid verkar inte gå dit heller, det är helt och hållet Ingemars domäner. Han är visst duktig på motorer har hon hört en jobbarkompis berätta som åkte till honom med sin gräsklippare när den inte fungerade.

Ingemar är en mycket tystlåten man. Undrar om det är något fel på honom på riktigt, han kanske har någon sådan där diagnossjukdom som de inte upptäckte förr? Nåväl, han verkar snäll i alla fall, och han verkar bry sig om sin mamma. Och han har stora händer och vackra grå ögon. Hillevi kan inte låta bli att tycka om Ingemar och därför gillar hon inte när de andra på hemtjänsten skämtar om honom. Hon kan inte riktigt förstå sig på sig själv när det gäller det här med Ingemar. Alltså, en man som bor hos mamma och låter henne laga mat och tvätta kläder åt sig, en man som gillar dansbandsmusik och sport. Ja, vars enda intressen verkar vara sport och motorer och svensktoppen! En sådan man, som andra log lite åt och såg som någon slags, ja vad ska man säga, byfåne är väl lite grovt, men original kanske? Att en sådan man kunde väcka knasiga känslor hos Hillevi. Det är för tokigt! Men å andra sidan är det roligt. Det piggar upp hennes arbetsdagar, i alla fall de dagar hon får åka upp till Ingrid och Ingemar. Och det spelar ju ingen större roll att hon känner som hon gör, hon skulle ju aldrig kunna tänka sig att bli tillsammans med någon som han ändå. Det kan hon väl inte?

Göran Ekholm

– Död?
Han ser förvirrat på poliserna. – Nej, Marianne har bara åkt upp till torpet.
Markus Svensson har förståelse för mannens reaktion. Hans egen mor gick bort för ett år sedan och hans far verkar fortfarande betrakta det som att hon bara åkt bort några dagar. Han tycker synd om mannen.
– Får vi komma in? frågar han.
Det luktar stekt korv i köket och det står kladdiga rester på diskbänken. En svartvit katt har hoppat upp och påbörjat en

fördisk. Man får en känsla av ungkarlslya här, kanske är det de halvvissna blommorna i fönstret som i kombination med disken ger det intrycket. Göran Ekholm själv ser däremot prydlig ut, han bär kavaj och hans gråbruna hår verkar kammat med någon sorts gelé, eller föredrar en antikhandlare kanske att köra med gammaldags brylcréme? Arne sköter samtalet och det är Markus glad för. När han berättat en stund om tåget och om olyckan, och när han förklarat för Göran att de identifierat kvinnan utifrån hennes passfoto, verkar det som att Göran Ekholm börjar tro dem. Han kan i alla fall tänka sig att följa med till sjukhuset för att titta på den döda de påstod kunde vara hans hustru.

Markus och Arne har kommit överens om att detta arbetspass får bli så långt som det behövs. De hade fått tag i kriminaltekniker och de höll troligen till borta vid järnvägen än. Kroppen hade forslats bort med ambulans nu och tågen var igång som vanligt. Snabbt jobbat alltihop.

Markus var förvånad över vilka resurser det verkade finnas när det kunde röra sig om mord, han tyckte annars allt brukade gå så trögt inom polisväsendet. Identifieringen hade också gått förvånande snabbt för att vara ett sådant här fall med en kropp utan några vanliga medföljande attribut som plånbok, mobiltelefon eller handväska. Att det gått lätt ändå berodde på att offrets ansikte hade varit relativt oskadat och att kvinnan bott i trakten. De bilder Arne skickat in direkt på morgonen hade jämförts med passfoton på alla kvinnor i åldern 40-60 som bodde i Hällekis postområde. Allt tydde på att kvinnan var identisk med en Marianne Ekholm, boende i Gössäter. Och denna Marianne hade varit gift.

– Bingo, sa Arne Tjärlund, då ska vi snart ha tag i gärningsmannen! I nittionio fall av hundra är det maken.

Han verkar övertygad om att hon blivit ihjälslagen trots att det inte var fastställt än. Markus hade hört när Arne och teknikern stod och diskuterade saken. Arne var säker på att skadan i huvudet härstammade från något annat än tågkollisionen men teknikern var mer osäker, en obduktion kommer att ge svaret och innan dess är händelsen officiellt en olycka.

Men allra först ska en ordentlig identifiering göras så nu följer de med Göran Ekholm, maken, till sjukhuset dit kvarlevorna av det som troligen är hans hustru har förts. Det är några mil att åka och det är ganska tyst i bilen. Arne är den som kör och Göran Ekholm sitter bredvid honom i framsätet. Arne frågar om frun varit deprimerad eller lidit av någon psykisk sjukdom. Göran svarar knapphändigt, han är, kanske förståeligt nog, inte så pratsam.

– Nej, någon sjukdom har hon inte, deprimerad kan hon väl vara som alla andra någon gång, men inte särskilt ofta.

Arne övergår till neutralare ämnen, han frågar lite om antikaffären och om var Göran och Marianne kom ifrån innan de flyttade hit till Kinnekulle? Frågorna är längre än svaren. Markus skulle vilja be sin kollega att hålla tyst, det märks att Göran Ekholm inte är i form för småprat. Ibland verkar Arne väldigt klumpig i sitt sätt, han verkar inte märka Görans sinnestillstånd. Eller tar han bara inte hänsyn till det, kanske påverkas han av sin tanke om Göran som hustrumördare till att bli mindre empatisk.

Tids nog är de framme vid Skaraborgs sjukhus i Skövde dit kroppen förts. Det kallas även KSS i folkmun, när det byggdes hade det benämningen Kärnsjukhuset i Skövde med KSS som förkortning. Sedan bytte man namn till Skaraborgs sjukhus Skövde med förkortningen SSS. Markus och många andra tyckte det lät som ett förstärkt SS och fortsatte därför att säga KSS. Nu har man tagit förkortningen SkaS istället, men det lär dröja innan det gamla invanda KSS försvinner.

Arne har varit med på identifieringar här förut och vet att de ska ta hissen ner till källaren där bårhuset ligger. Det känns verkligen inte särskilt trevligt att gå i de långa underjordiska korridorerna, här och var hänger det någon tavla som landstinget verkar ha köpt in för att förstärka intrycket av kuslighet. Antagligen har de på sjukhuset varit tvungna att hänga upp konstverken någonstans och då valt att sätta de fulaste här nere på källarplanet, det är mycket grått och brunt och abstrakt på motiven. Dock ser han ingen naken lila man. Det var nog i ett annat landsting de fått den tavlan på sin lott. Han har läst om det i en artikel någon gång, att personalen på en vårdavdelning, en personalstyrka som uteslutande var kvinnor, hade klagat när det sattes upp en tavla på denne lila man. "Det känns som att han ligger och smygtittar på oss" sa de, så tavlan fick tas bort. Markus var lite tveksam om sina åsikter när han läste om det där. Tavlan var även på bild i tidningen, den lila mannen låg på sidan och såg inte alls ut som någon spanande snuskhummer. Det var ju ganska ovanligt med en man som poserade på detta sätt på en tavla, borde inte personalen glatt sig lite åt att det inte bara var kvinnor som avbildades i så naket tillstånd? Men det är klart, särskilt vacker hade inte tavlan varit, många verkar föredra vackra motiv och lila män kanske inte står sig i konkurrens av natur och hav och röda stugor. Kanske var det en ursäkt för att slippa ha den uppe på väggen överhuvudtaget.

De kommer omsider till en skylt där det står "bårhus" och precis intill finns det ett rum för lik som ska obduceras. Där ligger hon, Marianne Ekholm. Det är bara hon i rummet. Det är kallt och obehagligt, Markus önskar att Göran hade sluppit se sin döda fru på ett så otrevligt ställe. När hans egen mor dött hade de fått komma och ta farväl av henne på ett rum uppe på avdelningen. Där hade sköterskorna tänt ljus och även satt fram en blomma. Det var fint. Här är det stelt och bara resan ner med hissen och vandringen i kulverten innan har gett obehag.

Läkaren som visar dem vägen är den som senare ska obducera. Hon och Göran och poliserna går tillsammans in i rummet. Göran och poliserna stannar strax innanför dörren. Arne och Markus tänker stå där och låta läkaren följa med Göran fram. Men Göran går inte fram till båren. På håll kan man se att hon som ligger där är blåaktig i ansiktet. Ansiktet har som tur är klarat sig bra. Benet som var av har lagts intill kroppen på rätt ställe, det ser man på täckets kontur. En vit handduk är virad över hennes skalle och en bit ner i pannan. Läkaren går fram till liket och frågar Göran om han kan komma fram en bit med, för att se bättre.

– Nej, det behövs inte, säger Göran, det kan ändå inte vara hon.

– Du måste nog komma närmare tyvärr, för en ordentligare identifiering. Tycker du det är för obehagligt kanske du vet någon annan närstående som kan komma hit? Vi behöver en identifikation av någon.

Göran går sakta fram och ställer sig bredvid läkaren. Han säger något tyst till läkaren, sedan börjar hela han att skaka av gråt. Det är nog chocken som släpper nu. Han verkar inte förstått något av det hela innan. Det är nog bra att han får se henne ändå, tänker Markus, annars hade det nog varit svårt för honom att ta till sig beskedet och förstå att det är sant, att hans hustru faktiskt är död.

Om man bortser från den konstiga färgen i ansiktet ser hon ganska fin ut ändå där hon ligger, Marianne Ekholm. Även i detta trista rum blir det nu som en känsla av frid, det är som att dödens tillför en annan dimension av närvaro, en tystnad som skapar närhet. Markus känner för att gå fram till mannen som står och skakar av gråt där framme, gå fram och lägga armen om hans skakande axlar. Men han gör det inte.

Markus hemma

När Markus till slut kommer hem den dagen är han mycket trött. Det är som att alla händelser hållit honom i spänning hela dagen. Att man kan bli så trött av psykisk anspänning, det är nästan som när han sprungit maraton, samma känsla av total utmattning.

Han och Arne hade avslutat den långa dagen med en gemensam måltid på pizzeria Bella Notte. Pizza var inte Markus favorit, men han hade velat hänga med Arne, de behövde sammanfatta dagens arbete tillsammans i lugn och ro. Arne hade redan varit uppe hos chefen och fått lov att lägga över sin arbetstid helt till det här fallet, åtminstone i en vecka. Han hade dessutom sett till att Markus skulle vara med honom på detta. Markus kände sig hedrad på ett sätt, Arne var en kunnig polis och det var kul att han ville jobba ihop med Markus som var så ny. Men samtidigt kändes det lite jobbigt. Arne kunde vara påfrestande att vara med hela tiden och Markus hade tyckt mycket om jobbarkompisarna i trafikgruppen och skulle helst velat fortsätta där en del av veckan som tidigare. Men det ville han inte säga till Arne nu. Förhoppningsvis var det här fallet klart på några dagar och då antog han att det skulle bli samma upplägg på hans arbete som innan.

På pizzerian hade de mest talat om annat, inte så mycket om dagens jobb. Arne berättade att han missat ett möte med trädgårdsföreningen idag. Sedan började han tala om sina clematisar. Markus hade nog hört talas om clematis förut och visste att det var någon sorts blomma, men han kunde inte med att fråga Arne hur den såg ut. Tydligen fanns det flera olika sorter. Blommor var inte riktigt Markus grej. Han var förvånad över att Arne var trädgårdsintresserad, han hade mer gissat på ett sportintresse eller kanske flugfiske om han nu skulle gissat. Det var lite kul att höra om trädgårdsföreningens tokiga tanter. Men sedan började Arne skämta om invandrare och tog upp vandringssägner om pizzerior som tillagade kråkor och liknande och talade om det som om det vore dagens sanningar. Det kändes pinsamt så här inne på pizzerian, Markus trodde nog att personalen hörde en del. Arne kom igång ordentligt och började klaga på invandringen i allmänhet och Markus tyckte illa om sig själv för att han inte stoppade sin kollega, särskilt när Arne började berätta om sådant som det absolut var tystnadsplikt för. Människor han stött på i tjänsten som gjort saker som inte var okej. Markus trodde knappast att Arne skulle talat högt om dåraktigheter som svenskar begått på samma sätt, det var väl den där känslan av att ingen visste vem han talade om som gjorde honom så oförsiktig.

Det kändes skönt när det äntligen var dags att gå därifrån. Nästa gång de var ute och åt eller fikade tillsammans skulle Markus undvika ställen som ägdes av invandrare, han ville inte att poliskåren skulle få dåligt rykte bland dem på grund av Arnes högljudda skitprat.

Men nu är dagen slut, äntligen kan Markus slå sig ner i sin favoritfåtölj. Det är en riktigt ful sak i svart skinnimitation men den går att ställa in i olika lägen, mycket behagligt. Det var föräldrarna som gett honom den i julklapp för två år sedan. Först hade han bara tyckt att den var hemsk, den såg ut som en möbel till ett tonårsrum. Men sedan var han fast, rent bokstavligt kändes det ofta som. Han satt nästan alltid där då han var hemma. Intill fåtöljen hade han en låg bokhylla som han brukade lägga sin mobiltelefon och ha fjärrkontrollen i. Ovanpå fanns plats för att ställa dricka och lite snacks, en dålig ovana han hade svårt att vänja sig av med på kvällarna.

Det är inte lätt att koppla bort jobbet efter en sådan här dag. Han tänker framför allt på Göran Ekholm, han som mist sin hustru. Hustrun som kanske blivit dödad, av Göran själv eller någon annan. Göran hade inte verkat skyldig, men kan Markus som relativt ny polis avgöra sådant? Arne Tjärlund var ju myck-

et mer erfaren och han verkade på inget sätt räkna bort Göran som gärningsman bara för att han verkat förvånad och chockad när han fått dödsbeskedet. Nej Arne verkade ändå tycka de skulle lägga allt krut på att "avslöja" Göran som hustru-mördare. Om Göran dödat Marianne, hur kände han sig nu i så fall? Eller om någon annan gjort det, hur mår man om en när-stående blir mördad? Vilka frågor ger det, vilket hat väller upp? Eller var det så att hans hustru inte velat leva längre, var hon så säker på att hon ville dö att hon både tog något dödligt medel och sedan la sig på tågrälsen, för säkerhets skull?
Kanske Göran var inblandad på ett annat sätt, han kanske hade varit otrogen och hon tog livet av sig som en hämnd? Händer det att folk gör så? Och hur känns i så fall det för en make?

I fikarummet

När Hillevi kommer till jobbet nästa dag är det ingen som häl-sar på henne, de är fullt upptagna av att prata i mun på varandra. Det verkar handla om någon kvinna som tagit livet av sig. Hon har hoppat framför tåget, det hände igår, efter vad Hillevi uppsnappar av samtalet. Mest är det Annika som pratar:
– Hon var lite konstig, tycker jag, säger hon. Hon hälsade inte när man mötte henne i affären, verkade lite högfärdig.
Hillevi undrar hur Annika kan känna till alla människor i trak-ten. Hon har själv inte en aning om vem de talar om. Men det är klart, Annika är ju född på orten, Hillevi har bara jobbat här i sju år, de första åren bodde hon dessutom kvar i Lidköping innan hon hittade en fin liten lägenhet med uteplats i Forshem. Forshem ligger några kilometer från Hällekis precis vid foten av Kinnekulle, så hon är ju ingen Hällekisbo nu heller. För att vara

en riktig sådan hade det ändå inte räckt med att bo där, förstår hon. Man ska helst inte bara vara född här utan även ha föräldrar som jobbat på Cementa. Cementa var namnet på den gamla industrin som skapat samhället och där tillverkade man förstås cement. Kinnekulles kalksten fick bidra med råvaran. Nuförtiden hette industrin som låg på samma område Paroc, där tillverkar man isolering, stenull. Men den görs inte av kalkstenen utan av diabas. Det stora kalkstensbrottet utanför Hällekis har därför fått bli en stillsam plats att fiska på istället.

– Hennes gubbe verkar också konstig, fortsätter Annika. Stig och Kerstin som bor granne med dem säger att de struntar i trädgården, de verkar bara vara inomhus jämt.

– Var det inte de som köpte Einars torp för några år sedan? undrar Ragnhild.

– Jo det var det, vad de nu skulle med det till! Deras hus i Gössäter är väl tillräckligt mycket att hållas med, men de verkar inte bry sig om hur det ser ut! Annika ser irriterad ut, hon är mycket noga med hur saker ser ut, det har Hillevi förstått. Det blir en sekunds tystnad så Hillevi passar på att skjuta in en fråga:

– Vem är det ni pratar om? Är det någon som hoppat framför tåget?

Så får hon berättelsen så långt hennes arbetskamrater hört den. Det är tydligen en kvinna som hette Marianne, hon och hennes man hade antikhandeln i Gössäters gamla stationshus. Hillevi har själv varit inne i den affären, hon tycker mycket om gamla saker och brukar gärna åka både till loppisar och antikaffärer. Men när hon varit där hade hon bara träffat en man som haft hand om butiken. En trevlig man, tyckte hon. Han verkade kunna massor om gamla saker och han var intresserad av gamla glasföremål, ett intresse som Hillevi delade. Så de hade talats vid en bra stund. Men någon fru hade hon inte sett till så hon vet ändå inte vilken kvinnan de talar om var.

Det är väl lika bra det. För hennes del kan döden gärna hålla sig lite på avstånd, bland människor som hon inte känner. Men det är ju synd om mannen som blivit änkling. Måste vara hemskt när en partner tar livet av sig, man måste känna sig maktlös. Maktlös och arg, tänker Hillevi. Hon skulle nog blivit arg på någon som gjort så. Fast man visste ju inte hur de haft det tillsammans, även om han verkade trevlig när Hillevi var i butiken så kanske han och hans hustru hade ett dåligt förhållande. Eller kanske hustrun var sjuk, led av depression eller någon annan psykisk sjukdom. Man vet så lite om människors bekymmer. De hade i alla fall inga barn, har Annika berättat, det var ju tur, det är så mycket svårare om barn är inblandade i sådant här. Det borde vara förbjudet för föräldrar att ta livet av sig, tänker Hillevi men inser det absurda i tanken. Fast förr var det ju faktiskt straffbart att ha ihjäl sig. Om du tog livet av dig kunde du förvisso inte straffas här, men det var ingen större lättnad. Du blev förtappad i evighet istället, det var ett riktigt helvetes straff det!

Hillevi tänker i alla fall att hon ska ta sig till antikaffären någon dag, om han inte stänger igen den nu förstås. Det var nog några månader sedan hon kikade in där, hon har för sig att den har öppet onsdag och söndag så här under lågsäsong. Det är så med det mesta på Kinnekulle, det stänger mer eller mindre igen under vinterhalvåret. Ja, det var väl likadant överallt i Sverige, fast inte lika mycket i städerna.

Man skulle bosätta sig i ett varmare land, tänker Hillevi. Det tänker hon ganska ofta nuförtiden. Hon är less på jobbet, de gamla är förstås ljuspunkter, men arbetsuppgifterna blir ständigt fler känns det som, och tiden man har på sig hos var gamling blir kortare och kortare. Det är så mycket som ska hållas reda på, det är nycklar och mediciner och förändringar hela tiden. Hon tycker det börjar bli jobbigt att komma ihåg allt, och då är hon ändå bara 40 år. Hur ska det bli när hon blir äldre? Hon beundrar de äldre kollegorna som fixat att hänga med i alla förändringar i rutiner, framförallt är det ett evigt ändrande i datarapporteringen och nya program man ska lära sig när kommunen byter leverantör av datatjänster. Hon har hört någon gång vad dataföretaget kostar kommunen och det var inga småsummor. Undrar om det inte varit bättre att skippa hela systemet och anställa fler människor istället som gör jobbet som förr med handskrivna rapporter? Hillevi får skriva små lappar på morgonen om de olika uppgifterna precis som när hon var alldeles ny i hemtjänsten. Det som senare blev rutin och vana får aldrig vara det längre, allt ska ändras jämt och ständigt. Anpassningsbara anställda verkar vara det enda som uppskattas idag, och hon tror inte hon har en särskilt anpassningsbar personlighet. Hon tror det är jobbet som blivit så mycket mer krävande men det kan ju även vara så att hon fått svårare att ta in och komma ihåg. Kanske är det båda delarna.

Hon avbryts i sina tankar av att de övrigas samtal fångar hennes intresse. De talar fortfarande om kvinnan som hoppat framför tåget. Maria har berättat att hon hört att hon nog hade vänsterprasslat. Antikhandlarparet hade tydligen en sommarstuga på högkullen där kvinnan brukade vara, men inte maken. Tydligen hade hon inte varit ensam där alltid, enligt skvallret. Någon som Maria kände som brukade jogga där uppe hade sett att det varit en man där ibland och huggit ved. Kanske var det Ingrids son som var där och friade emellanåt, det var väl inte så långt emellan de torpen?
– Den token, skrattar Annika, då kanske han inte är oskuld ändå, som jag alltid trott!
Hillevi tycker inte om att Annika alltid gör narr av Ingemar och pratar om honom som om han var någon sorts byfåne. Men hon säger inget nu, hon är rädd för att det ska komma upp diskussioner om tvätten i sådana fall. Hon tror i varje fall inte ett dugg på det där skvallret om Ingemar som älskare åt en gift kvinna. Det var skrattretande. Hon kan inte tänka sig Ingemar smyga runt och vara älskare åt en kvinna som vänsterprasslar. Ingemar är hederlig och rejäl. Lite gammalmodig och enstörig, ingen Casanova precis, han skulle aldrig göra så!
Fast hur fånig Annika än är för övrigt har hon kanske rätt i en sak, det där om att Ingemar kan vara oskuld. Det är inte omöjligt. Det vore tråkigt om han aldrig fått vara med om kärleken.

Förhör med Stefan, konduktören

– Hon brukade åka med tåget, berättar han för poliserna. Hon brukade gå på i Hällekis och åka med till Lidköping någon gång i veckan.

Det hade blivit att han lärt känna henne lite grann, i början brukade hon bara åka mellan två stationer så hon stod ofta upp den sträckan och småpratade med honom. Nej, han hade inte pratat med henne mycket, bara några ord sådär. Ja, hon brukade resa ensam, han kunde inte komma ihåg att han sett henne i sällskap med någon. Jo, det var en regelbundenhet i hennes tider. Nej, det fanns inget särskilt annat han kom ihåg med henne. Sa han.

De hade visat ett foto, frågat om han känt igen henne, talat om vad hon hette, Marianne Ekholm. Ekholm? Han kände inte igen det, han hade haft för sig att hon hette Eriksson. Men Marianne hade inte talat så mycket om sådant, inte om hård och kall personfakta, bara om den mjuka, varma. Men det sa han inte till poliserna.

Han sa inte heller att han tyckt hon varit ovanligt vacker, vacker på ett sensuellt, annorlunda vis. Hon var rund i kroppen, hela hon hade utstrålat kvinnlighet, mjukhet. Hennes doft och leende, hennes läppar som var mjuka och som hon brukade måla med något som fick dem att glänsa svagt och lockande. Han sa inget om den där lockelsen hon haft på honom eller att han blivit glad de där kvällarna hon åkte med. Hon hade åkt med tåget in till Lidköping på torsdagskvällar. Det sa han inte heller. Att det var just torsdagar alltså. Han ville inte att poliserna skulle tro att han kände henne, alls. Innan hade hon åkt med samma tåg fast till Trolmen i nästan ett års tid. Hon hade varit med i Medelplana kyrkokör då och tyckte det var en lagom promenad att gå mellan Trolmen och Medelplana. Sedan hade hon börjat i en kör inne i Lidköping istället. Det var i samband med att tågturerna lades om, kvällståget slutade helt enkelt att stanna på småstationerna. Vilken tur att det fanns en kör i Lidköping då, på samma tider som passade så bra, tyckte hon. De sjöng visst gospel i Lidköping med, istället för gamla psalmer som det var i Medelplana. Han tyckte också mycket bättre om gospel än gamla psalmer, sa han.

Han sa inte att han också var jätteglad över att tågtiderna passade för henne in till Lidköping. Just kvällsturen på torsdagar brukade han avsluta sitt pass i Mariestad där Elin gick på och tog över jobbet. Så han hade god tid att konversera och nu kunde han få chansen att tala med henne i tjugo minuter ibland, mot tidigare sju, åtta, då hon bara åkte med till Trolmen. Sedan började de även promenera från tåget tillsammans, hennes körövningar var i en lokal nära hans lägenhet så det föll sig helt naturligt. Om detta sa han heller inget till poliserna, han ville ha deras historia ifred.

Det var andra gången poliserna frågade ut honom. Första gången var igår, precis efter olyckan. Självmordet. Han hade ingen aning om vad han svarat då, men då hade de mest talat med Anders, tågföraren, han själv hade inte fått så många frågor. Anders hade verkat så chockad. Han var ändå en av de mest vana förarna och den som verkade väldigt lugn och trygg i alla situationer annars. Men det är klart, det måste varit helt fruktansvärt för honom och antagligen kände han sig skyldig. Det brukar bli så för förarna, fast de inte har en chans att påverka situationen.

Då är det bättre att vara konduktör. Men även han mådde jävligt dåligt av den synen han fått igår. Synen satt där på näthinnan och han undrade om den någonsin skulle försvinna. Kanske skulle det bli mardrömmar resten av livet av det här. Stefan var glad att han inte gått så nära, det räckte bra med det han sett ändå. Det var särskilt den där bilden av huvudet som satt snett. Hennes vackra fina huvud satt snett. Och så benet förstås, det lösa benet. Men det var så absurt, så overkligt, det var som att det kunde ha varit något annat. Nej, vinkeln på huvudet, den bilden satt på näthinnan som ditklistrad just nu.

Poliserna frågade honom massor. Varför så många frågor? Han kände sig så trött. Varför undrade poliserna så mycket om allt möjligt? Brukade de göra en så grundlig undersökning så fort någon tog livet av sig? Eller var det bara för att det var andra poliser idag och att de var frågvisare än kollegan som frågat ut honom igår varit? Det kändes obehagligt, han blev på något vis rädd för att säga något fel, han kände sig som en misstänkt, som en anklagad.

Han var bara konduktör och mådde skit ändå, det måste vara tjugo resor värre för den som kört tåget, den som kört och inte kunnat stanna. Hoppas de inte gick lika hårt på Anders. Han hade väl fått psykologhjälp idag förstås, de brukar få någon att tala med snabbt i sådana här lägen. Det hade slarvats med stöd förr, men nu visste man hur svårt det kunde bli efter en olycka av det här slaget. Eftersom det var han som fått springa och kolla efter olyckan hade även han fått erbjudande av företagshälsovården att gå och tala med en psykolog men han hade avböjt. Det kanske var dumt. De här poliserna verkade i alla fall inte fått någon utbildning i psykologi, deras frågor fick honom att börja grubbla mer igen, fick den hemska, sista bilden av henne att klistra sig ännu hårdare fast på näthinnan.

När de frågat om han inte sett någon väska eller något annat intill kroppen lät det nästan som att de trodde att han plundrat liket på ägodelar! Usch, det var hemskt. Han fick vända och vrida på minnesbilden för att svara, han som skulle gjort allt för att kunna glömma det han sett. Han kände sig yr, han kände för att spy.

– Vi förstår att det känns jobbigt! hade de i alla fall förstånd att säga när de avslutat förhöret. Tack för alla upplysningar, vi kanske återkommer.

Återkommer! Hade de inte fått nog av alla detaljer han kunnat ge dem, skulle de komma och påminna honom om den fasanfulla synen om en vecka igen eller? Han förstod inte vitsen med det här. Två poliser för att tala om ett tydligt självmord som det var försent att göra något åt. Jaja, de hade väl sina order någonstans ifrån de med, kanske hade de själva hellre varit ute och jagat tjuvar och rattfyllerister.

Han hade promenerat hem. Solen sken och det kändes så fel med allt ljus och alla vackra färger ute. Det var som ett hån med solen och alla människor som log och såg ut som att livet var ett trevligt tillstånd att befinna sig i.

Han kände sig så ensam. Hur skulle livet bli nu? Trist och tomt, som innan Marianne, antagligen. Men då hade han inte vetat av något annat. Då hade han ingen kärlek att sakna. Och vem skulle han kunna tala med, vem skulle kunna förstå? Fanns det andra som hade hamnat i något liknande? Den här situationen var det nog inte många människor som varit i. Eller vem visste, det kanske fanns andra konduktörer som råkat ut för att deras älskade kvinnor dog framför just deras tåg?

Undersökning av torpet

Det var något som luktade illa i stugan. Det kändes svagt men tydligt. Markus gick fram till diskbänken. Han tänkte att det var bäst att kolla soporna först. När han öppnade skåpet under diskbänken förstod han att han letat på rätt ställe. Här var samma lukt men kraftigare. Han första reaktion var att snabbt stänga skåpet igen och backa en bit för att ta ett andetag med renare luft. Sedan vågade han sig tillbaka och öppnade skåpet igen, han tog ut sophinken men insåg att det nog inte var ur den det luktade ändå. Det stod en till hink där inne, med en handduk över. Han drog fram den och det skvalpade i den. Han lyfte på handduken och här stank det illa. Det såg mest ut att vara vatten, lortigt vatten, i hinken. Ja, så verkade det ligga en tygtrasa i. Kanske något som skulle tvättas men blivit kvarglömt? Men varför luktade det så illa? Markus beslöt att ta med hinken ut i dagsljuset och titta närmare på den. Han hade ju handskar på sig, så inga eventuella fingeravtryck skulle suddas över av hans egna.

Det hade bestämts att han och Arne skulle fara upp till Mariannes och Görans lilla torp idag för att göra en första undersökning. Om de fann något misstänkt, något spår efter bråk eller så, skulle de genast avbryta sin undersökning, då fick det bli något för kriminalteknikerna istället. Men det var ju ingen idé att kalla hit dem i onödan, det var inte ens helt fastställt om det rörde sig om mord än. Obducenten de mött igår var tydligen inte så erfaren trots sitt trovärdiga intryck och sin ålder, hon hade ringt i morse och sagt att de fått tillkalla en expert utifrån och att det därför dröjde med besked om dödsorsak. Allt hon kunde ge var ett preliminärt utlåtande där hon menade att trubbigt våld mot huvudet kunde vara dödsorsaken.

Torpet låg uppe i granskogen. Man kände inte riktigt av att det var Kinnekulle här uppe, tyckte Markus. Det kunde lika gärna vara i vilken svensk granskog som helst. Även om de var högt upp på kullen märkte man inte av det, det var ingen utsikt åt något håll här, bara skog. Det var inte alls som de där mysiga ställena de åkt förbi på vägen hit, den vackra vägen mellan Lidköping och Hällekis, där man såg Vänern på den ena sidan nästan hela vägen. Där skulle Markus kunna tänka sig att bo om han varit tvungen att flytta ut på landet. Så här inne i skogen fick han en känsla av beklämning, det kändes hotfullt med höga mörka träd som stal ljuset. Han var lite rädd av sig när det gällde naturen. Han var inte den som skulle vilja möta älg eller varg, han var till och med rädd för spindlar. Han gick aldrig ut på några skogspromenader, han avskydde att få ansiktet rakt i spindeltråd som konstfärdigt hängts upp emellan träden. Han rös bara vid tanken.

Markus tog hinken i ena handen och gick ut med den i sollju-
set. Arne, som sagt att han skulle gå runt i trädgården och kika
först, verkade ha fastnat i ett mobilsamtal igen. Det var lite
störande med hans mobil, den ringde stup i kvarten och det
var mycket privata ärenden som avhandlades. Markus tyckte
egentligen att det skulle vara förbud mot att ha sin privata
mobil igång när man var i tjänst. När han tänkte efter var det
nog så med, visst var det otillåtet? Det tog mycket av arbetsti-
den och han var trött på att höra Arne prata om trädympning
eller snigelmedel med någon kompis när de tjänstgjorde till-
sammans. Det kändes lite olustigt att bli tvungen att vara åhö-
rare till sådant man var ointresserad av. Var de i bilen förvän-
tade sig Arne att han, Markus, skulle hålla koll på polisradion
och sköta den kontakten, under tiden som han själv talade
privat i telefon.

Nu stod han där med hinken i solskenet utanför stugan och
Arne kom fram till honom, fortfarande talandes i sin mobil.
Hinken var av röd plast, vätskan såg ut att vara röd eller brun-
aktig den med, men den färgade plasten kunde lura ögat. För
att se ordentligt vad det var för vätska som luktade så illa be-
hövde han hämta ett genomskinligt glas. Han fann ett sådant i
köksskåpet. Det var ett litet tunt dricksglas värdigt en antik-
handlarhustru. Han kunde se att det inte var fabriksgjort, det
hade den där speciella skimmern och en svag brunton som
gamla, hantverksmässigt gjorda glas har. Han sänkte ner glaset
och fick upp lite av vätskan. Han höll den mot ljuset. Vätskan
skimrade och gnistrade i solskenet som en röd rubin.

Markus såg att hans hand som höll glaset började skaka. Väts-
kan rörde sig och han var rädd att spilla ut den, han hällde
snabbt tillbaka den i hinken. Arne såg oberörd ut, men han sa:
– Det är ingen riktig yxa ute i vedboden.
– Riktig yxa?
– Det finns en liten en som hon nog haft att göra stickor med,
men ingen rejäl.
Markus visste inte så mycket om vedhuggning men antog att
Arne hade full koll på sådant.

– Det är väl bäst att vi inte gör så mycket mer nu än spärrar av
här, föreslog Markus.
Detta ställe borde undersökas av några specialister nu. Han och
Arne kunde, trots sin försiktighet, i värsta fall förstöra bevis.
Arne stod fortfarande och tittade på hinken. Han kanske inte
var så oberörd som han såg ut ändå, tänkte Markus. Så sa
Arne:
– Jag känner igen det där.
– Vadå? Undrade Markus.
– Hinken, jag har sett en sådan förut.

Första steget

Det var hon som tog första steget till något mer. Det var en
kväll som hon skulle till kören men var osäker på om det var
någon övning, sa hon, och hon hade inte fått tag på körledaren
för att kolla. Hon frågade Stefan om han visste vad man kunde
göra i Lidköping på kvällen, om det nu visade sig att kören var
inställd
– Tja, sa han, det är nog inte mycket det. Du får väl gå och ta
en pizza nånstans i så fall, föreslog han.
– Du har inget te att bjuda på om en kvinna blir satt i nöd, me-
nar du? sa hon då och la huvudet på sned och skrattade.
Han hade blivit överraskad och glad över frågan, han har för sig
att det var så illa att han till och med rodnade när han såg på
henne och sa att visst, det kanske fanns lite tepåsar hemma
hos honom.
– Det finns ingen fru där som blir svartsjuk då? hade hon frågat
vidare och han tänkte att kanske, kanske var hon lite intresse-
rad av honom.

– Nädå, det är ingen risk, jag brukar skrämma bort de flesta damer, hade han skämtat, du får gärna komma upp på en kopp. Te är jag inte säker på, men kaffe finns det garanterat.

Han hade nästan blivit rädd när han väl sagt det, tänk om hon kom! Han var så ovan vid kvinnor i lägenheten, hade han dammsugit i veckan? Jo, han hade det nog snyggt hemma, han åt och sov mest, och bäddade gjorde han varje morgon och disken brukade han ta så fort han ätit klart. Han tyckte om att ha ordning kring sig. Men vidare hemtrevligt var det ju inte. Han borde köpa hem lite krukväxter till fönstren någon dag och sätta upp nya gardiner, de gamla hade hängt med ända sedan han flyttade in. Det blir liksom ingen anledning att fixa och dona när ändå ingen annan än han själv ser det, besöken han haft i den lägenheten var lätträknade och då hade han ändå bott där i snart åtta år.

Hon hade kommit en liten stund senare bara, så här efteråt undrade han om det var medvetet gjort av henne, om hon egentligen vetat om att det inte var någon övning med kören denna torsdag men velat träffa honom ändå den kvällen. Eller om det kanske varit körövning men att hon hoppat över den. Han hade hoppats att det var så.

Redan den kvällen hade hon förfört honom. Han kunde inte beskriva det på ett annat sätt, han själv hade aldrig vågat närma sig henne, han var en urdålig charmör. Men hon hade ställt sig lite för nära när han fixade kaffet i köket, satt sig lite för nära när de sedan drack det i soffan och efteråt kommit väldigt, väldigt nära, han minns knappt hur det gick till att de plötsligt började kramas.

Varför hade hon valt just hans tåg när hon tagit sitt liv? Eller var det bara en slump att det var han som jobbade just då? Fast hon måste ju ha förstått att det kunde vara han som arbetade på tåget. Hon kanske till och med hade kunnat kolla hans schema på något sätt och sett till att det blivit så. Det måste vara något hon ville tala om för honom, hon måste mått jättedåligt, men varför kunde hon inte talat med honom om det istället, varnat om hur dåligt hon mådde, bett honom om hjälp? Han visste ju att hon hade det svårt hemma, hennes man var allvarligt sjuk och förvirrad och hon brottades säkert en hel del med sitt samvete. Varför hade han inte begripit hur dåligt hon mådde? Hur blind han måste varit! Han trodde verkligen att de hade det riktigt bra båda två, han tyckte hon verkat vara en lycklig och glad människa trots sina problem.

Han kände sig så förvirrad av det här. Fast förvirrad var inget bra begrepp, han kände det mer som att han höll på att förlora förståndet, kanske var han på väg att bli allvarligt sjuk? Han hade varit glömsk sista tiden, han hade trott att det var förälskelsen, eller den erotiska berusningen eller vad tusan man kan kalla det, den här kombinationen av kåthet och kärlek och ständig längtan som han gick och bar på, att det var detta som gjort honom tankspridd. Kunde det vara något annat?

Mariannes man led av alzheimer fast han inte var gammal. Ja, han var väl kring sextio, Marianne hade sagt att han var mer än tio år äldre än hon, men det var ingen ålder Stefan trott att man kunde bli dement i. Men det drabbade tydligen en del i den åldern med, eller till och med ändå yngre även om det var mycket ovanligt. Tänk om det var något sådant med honom också? Den här känslan av yrsel när han reste sig hastigt, den här pricken han såg i ögonvrån. Den som inte fanns utanför ögat utan var något som blev när han tittade. Det kanske inte bara var små skavanker man fick som medelålders man, utan tecken på att något var i obalans i kroppen? Fast han hade gjort en hälsokontroll för ett år sedan, den visade inget konstigt som tur var. Men då mätte de bara blodtryck och sådant, hjärnan var väl för komplicerad för att man skulle märka något om den förändrades på ett sådant test.

Om han var frisk eller inte spelade faktiskt ingen större roll längre, inte om inte hon fanns. Vad ska han nu med en frisk kropp till? Vad ska han med sitt liv överhuvudtaget till? Så meningslöst utan henne. Så grått, grått utan hennes färger.

En gammal stöld

Det var ju hon! Hillevi plockade undan lite mer på bordet för att ge plats åt tidningen ordentligt. Det här måste hon läsa! Idag hade lidköpingstidningen en bild på kvinnan som hoppat framför tåget. Fast det hade hon kanske inte, stod det i tidningen, omständigheterna var visst oklara. Det var ett foto på henne på framsidan och Hillevi hade känt igen henne direkt. Det var ju hon som upptäckt stölden av Johannes! Marianne Ekholm hette hon, stod det i tidningen. Vidare stod det att polisen gärna ville komma i kontakt med alla som varit i rörelse i Hällekis den aktuella tiden och dagen och att de gärna tog emot alla tips de kunde få från allmänheten.

Stölden av Johannes skedde för över ett år sedan men hon kanske ändå skulle höra av sig till polisen och berätta att det var denna Marianne som upptäckte stölden först? Fast det var ju längesedan det hände nu, och det var ju inte ens Marianne som hade polisanmält det hela.

Hillevi hade träffat henne utanför Västerplana kyrka. Att Hillevi var där var en ren slump, det var en så vacker vårdag och hon hade fått för sig att ta en lite längre cykeltur på Kinnekulle. Just den årstiden är det alldeles underbart att susa fram och se alla blommor och träd som slår ut och lyssna på fåglarna i lundarna kring godsen på Vänersidan och känna doften av vitsippor och grönska. Ramslöken hade inte slagit ut än men börjat sticka upp små ljusgröna blad på sina ställen. Hillevi brukar stanna till och plocka lite av bladen där det inte är förbjudet. Stora delar av naturen på Kinnekulle är naturreservat, där ska man inte röra något. Men när ramslöken kommit igång ordentligt brukar det sitta folk lite här och var med påsar. Så länge de bara tar några blad för att göra en vårsoppa till sig själva kommer det knappast att påverka återväxten.

Hillevi var tyvärr inte så intresserad av att jogga eller gå på gym heller, så cykelturerna var ett sätt att ändå försöka hålla sig i hyfsad kondition. Den här dagen hade hon faktiskt cyklat ända bort till Blomberg och hälsat på en väninna från skoltiden som skaffat sommarstuga där. På hemvägen hade hon stannat till vid kyrkan i Västerplana för att dricka vatten. Hon hade glömt att fylla på vattenflaskan hos väninnan och kommit att tänka på att kyrkogårdar alltid brukar ha en vattenkran. När hon sedan slagit sig ner vid kyrkomuren hade den här kvinnan, som hon inte visste namnet på då, kommit fram och börjat prata. Hon brukade gå in i kyrkan ibland, sa hon, men idag hade något varit annorlunda därinne, träfiguren som föreställde Johannes var inte framme. Hon undrade vad Hillevi trodde, kunde någon ha stulit den? Eller höll de på och renoverade inne i kyrkan, fast allt annat såg ut som vanligt? Vore den stulen borde det ju stått i tidningen, hon hade inte hört något? Nej, det hade inte Hillevi.

– Men fråga Birgit Hansson som bor borta i den röda stugan till vänster efter svängen, föreslog hon. Hon känner till allt som händer här på kullen. Inte för att Hillevi själv kände Birgit särskilt väl, men det lilla hon stött på henne hade gjort klart för henne att detta var en kvinna som hade koll på det mesta.

 – Nja, hade kvinnan sagt, jag tänkte bara om det var något som hänt nyss och behöver anmälas eller så. Men det är väl folk här ofta och tittar till kyrkan, prästen och kyrkvaktmästaren och så, de vet nog om det. Jag måste ta mig hemåt, jag har lite bråttom, fortsatte hon och gick bort till en silverfärgad bil på parkeringen.

Men Hillevi hade själv gått bort till Birgits hus. Hon hade ändå tänkt att hon skulle ta sig dit och hälsa på någon dag. Birgit var inte bara med i samma kyrkokör som Hillevi, hon var dessutom aktiv i Kinnekulle hembygdsförening. Hillevi hade alltid varit intresserad av historia så det var roligt att tala med Birgit.

Trädgården utanför den röda stugan hade varit ljuvlig. I skuggan under sötbärsträden blommade fullt med scilla och de fyllda gula påskliljorna som är så vanliga i gamla trädgårdar på

Kinnekulle. Birgit hade ett uthus som till hälften var byggt i kalksten och framför det fanns det en matta av vitsippor. Mitt i denna oas stod Birgit själv. Hon höll på att ställa iordning en ny utemöbel som hon varit inne Lidköping och köpt samma dag.

– Ibland kan nya saker vara bra med, sa Birgit och syftade på möblerna med tålig klädsel i sådant där flätat material som tål regn men ändå har tygkänsla.

– Visst är det skönt att slippa släpa in och ut dynor, höll Hillevi med.

– Fast bordet måste jag allt flytta lite nu ser jag, sa Birgit och högg tag i den runda kalkstensskivan som fungerade som bord.

– Stopp, vänta, skrek Hillevi, inte ska du lyfta den själv! Hemsamariten i henne såg genast framför sig hur illa det kunde gå. Det var alldeles för många gamlingar som envisades med att försöka göra allt själva och sedan fick ryggproblem helt i onödan. Okej, Birgit var ju inte så lastgammal, men det var ändå bra onödigt att hon skulle förlyfta sig. Hillevi tog själv tag i ena änden av bordskivan och frågade hur Birgit tänkt sig det hela, vart skulle de flytta den?

– Jag tänkte lägga den på brunnslocket, sa Birgit och pekade med huvudet en bit bort i gräset. Så blir det inte så högt att lyfta när jag ska lägga tillbaka den, jag måste ju flytta fundamentet först. Fundamentet bestod av ett symaskinsunderrede i gjutjärn.

Skivan var inte särskilt stor men herregud så tung! Och den hade Birgit tänkt sig att lyfta själv, det var knappt Hillevi orkade få upp den i ena ändan! Fast Birgit såg inte ut att ha samma problem, trots att hon säkert var minst tjugofem år äldre än Hillevi. Det var inte första gången Hillevi fick se vilken kraft äldre ofta har, det verkade som att arbetet de fick göra som små byggde dem starka och sega. Fast Birgit var förstås inte så gammal att hon växt upp under de förhållanden många av hennes brukare hade. Och hon såg mest mjuk och rund ut, men det fanns tydligen muskler under bullmammefiguren, Hillevi kunde inte annat än att beundra henne.

När bordet väl var placerat på lämplig plats för det nya möblemanget hade de slagit sig ner och Hillevi hade berättat om mötet med kvinnan vid kyrkogården. Hon hade frågat Birgit om hon visste något om Johannesfiguren, om den var ner-plockad av någon anledning? Birgit hade inte hört något alls om det och blev ivrig att genast gå och titta. Så stunden i solen blev kort, snart var de i den svala kyrkan och tittade på en tom plats ovanför ett sidoaltare. Där hade tydligen en medeltida träfigur som föreställt Johannes suttit.

Innan Luthers lära kom till Sverige var det vanligt med sidoal-tare, framförallt Maria brukade alltid ha ett eget sådant i kyr-kan men även helgon kunde ha egna små altare. Reformation-en hade gått hårt fram med dessa figurer, utrensningen var skoningslös. Det var bara Jesus som fick vara kvar, undantaget var mamma Maria som kunde få vara med om den lille sonen fanns i hennes famn. Men på en och annan kyrkvind hade man på senare tid hittat de gamla heliga träbelätena och dammat av dem och låtit dem komma in i kyrkan för att åter beskådas. Numera som oftast rätt maskstungna historiska stoltheter i bygden. Ibland saknades en arm eller ett öra men med den åldern de hade, från tiden före reformationen, så hade de ändå börjat bli åtråvärda. Inte bara för bygdens hembygdsvänner utan även för en del samlare av antikviteter och därmed även för tjuvar i jakt på stöldgods som gick att växla mot pengar.

Tydligen hade detta drabbat Västerplana församling nu och efter att de stått en stund och tittat på den tomma platsen där Johannes suttit hade Birgit dragit med Hillevi till prästen som bodde i prästgården strax intill kyrkan. Hon hade inte varit hemma, men hennes man fick de tag på. Han hade inte heller hört något om att Johannes skulle renoveras eller av någon annan anledning blivit nerplockad från sin plats i kyrkan. De ringde därefter kyrkvaktmästaren men han hade inte heller kunskap om att någon fått lov att plocka ner Johannes. Prästen hade de inte fått tag på, hon var tydligen på någon retreat för kyrkans folk och var inte nåbar. De beslöt att vänta till senare på kvällen när retreaten skulle vara slut och mannen trodde han kunde nå henne innan de vågade göra en polisanmälan. Hillevi hade ångrat att hon inte frågat kvinnan som upptäckt att Johannes var borta om hennes namn, men det var inget att göra åt det nu. Så hade hon cyklat hem och lämnat Birgit och Västerplana och prästens man åt sitt öde. Prästmannen, tänkte Hillevi, så borde det heta, det har ju hetat prästfrun i alla tider, varför kan man inte uppkalla mannen efter fruns yrke då?

Det var ett och ett halvt år sedan nu hon gjorde den där utflykten som slutat i Birgits trädgård. Men kunde det ändå vara av intresse för polisen att veta att kvinnan som blivit mördad var samma kvinna som upptäckt stölden av Johannes? På något sätt kändes det knepigt, det var inte så vanligt med stölder här på Kinnekulle, i alla fall inte sådana här. Det var mest bönderna som drabbades av diesel- eller maskinstölder, byggmaterial hade någon blivit av med också. Kyrkorna hade faktiskt blivit drabbade med ibland, men då var det utvändigt, stuprör och plåtar i koppar försvann. Inomhus hade de fått vara ifred som väl var. Så den här stölden var inget vanligt brott. För att inte tala om det här mordet! Hon kanske skulle ringa till polisen även om de tyckte hon gav meningslösa uppgifter.

Undrar vad Birgit skulle tänka om det hela? Och undrar hur det gick sedan, med den där stölden, vad hon visste blev den aldrig uppklarad. Det hade stått några gånger om det i Lidköpingstidningen och i Götene tidning, men sedan hade det blivit tyst och bortglömt. Hillevi bestämmer sig, hon ska fara till Birgit och prata lite med henne om det hela. Om inte annat vore det kul att kika in i Birgits stuga, den såg så mysig ut när hon var där sist och hon hade ju aldrig varit inne i den, då var de ju bara i trädgården.

Markus o Arne vid torpet

– Jag känner igen den där hinken, sa Arne.

Markus tittade klentroget på honom. Arne var förvisso äldst på polisstationen, nog hade han sett mycket i sina dagar förstod man. Men en hink full med blod lät ändå lite väl magstarkt att ha sett två gånger, tyckte Markus.

– Det är något minne från barndomen, fortsatte Arne. Kanske var det något vid slakten, funderade han vidare. Högst troligt, tänkte Markus, men tyckte det var tämligen osmakligt att höra på Arnes tankegångar. Han ville hem nu, men det verkade bli övertid idag med.

De hade ringt och rapporterat om hinken, tekniker skulle komma dagen efter när det var gott dagsljus och söka igenom stugan efter fler spår och hinken skulle förstås in för att undersökas både utvändigt, förhoppningsvis fanns där fingeravtryck, och innehållsmässigt.

Markus och Arne hade spärrat av infartsvägen, kanske var risken inte stor att någon skulle ta sig till stugan, den låg ensligt, men det var svamptider och en del folk rörde sig i skogarna så de tyckte det var säkrast så.

Nyckeln hade de fått låna av Göran själv, så han verkade inte ha något emot att de undersökte stugan. Ytterligare ett tecken på att han knappast var den skyldige, tänkte Markus. Hade han varit den som ställt en hink full med blod under diskbänken skulle han väl först ha hällt ut den, inte låtit poliserna se den. Arne hade föreslagit att de skulle gå runt ett tag till och leta efter yxan innan de for hem. Han tyckte det var märkligt att det inte stod någon rejäl yxa, som han sa, ute i vedboden, fast det tydligt märktes för övrigt att torpet värmdes med ved. Markus hade letat runt i trädgården och Arne hade sökt av skogsområdet bakom torpet. Men de hade inte hittat den. Kanske skulle teknikerna hitta den i morgon. Det vore det bästa som kunde ske i utredningen just nu, tänkte Markus. Ett mordvapen kan bära spår efter förövaren och att yxan kunde vara det mordvapen som använts tyckte både han och Arne verkade troligt. De hade tidigare på dagen fått en preliminär rapport från obducenten på rättsmedicin och hennes analys tydde på att Arne haft rätt när det gällde skadan i huvudet, att den var den troliga dödsorsaken. Och att den hade tillkommit före kroppen blivit påkörd av tåget.

– Den trubbiga delen på yxan, förmodligen, sa Arne. Man såg ju att hon var skadad i bakhuvudet, men hade det varit den vassa eggen som använts hade det varit ett stort jack, det verkade det inte vara enligt obduktionen heller. Vi får kontakta obduktionsläkaren och höra vad hon säger, om en yxa kan varit mordvapen.

– Ja, höll Markus med, ska du eller jag ringa till henne?

– Det kan jag ta när vi kommer tillbaka. Du ser lite trött ut? Arne tittade på Markus och det kändes ovant, det här plötsligt personliga tilltalet.

– Jo vars, sa Markus. Du är väl trött du med?

– Nej, sa Arne, men hungrig. Ska du med till pizzerian?

– Inte idag, sa Markus. Jag har lovat att fara en sväng till farsan. Det var en vit lögn, men han hade svårt att bara säga nej rakt av till Arne. Men minnet av det senaste pizzabesöket gav ingen mersmak och förresten behövde han något betydligt nyttigare i sig. Han hade köpt en receptbok om GI-mat för några veckor sedan och försökte följa lite recept i den. Inte för att han hade någon övervikt, men det var väl lika bra att tänka på sådant i tid, innan problemen dök upp.

Markus hade alltid varit noga med sitt utseende. Det berodde kanske på att han hade en syster. Hon var tre äldre än honom och när han var liten var han ofta med henne och hon tyckte om att greja med kläder och hår. Hon brukade ha i hårgelé i hans hår och göra fräcka frisyrer. Hon var duktig på sådant och hennes intresse smittade av sig på Markus. Han tyckte det var kul med kläder och frisyrer, han gillade att lukta på hennes deodoranter och prova kläder ihop med henne. Men så, i högstadiet, började några killar i klassen att reta honom. De kallade honom för bögen. Det var hemskt. Idag kanske det inte varit så tungt, det verkade ha förlorat lite i styrka som skällsord i takt med att de genuina bögarna i samhället fått bättre status. Men då, under hans skoltid, stod bög för något mesigt och töntigt. Det ville ingen bli kallad, framförallt inte i en sådan känslig ålder som tonåren. Markus var djupt förälskad i en tjej som hette Pernilla nästan hela högstadiet. Men han vågade aldrig säga något till henne, hans självkänsla föll ner i botten på grund av de där mobbarna. Han hade väl ändå haft tur, kunde han se så här i efterhand, det hade bara varit tre killar som var dumma mot honom, det hade funnits bra kompisar kring honom med. Men ändå hade det tagit bort hela hans glädje för skolan, den glädje han faktiskt känt i både låg och mellanstadiet. Markus tänkte på den här tiden ibland nu när han blivit polis. Två av de här killarna som mobbade honom i skolan hade det gått riktigt illa för senare i livet. Det var uppenbart redan på högstadiet att det var barn från problemhem. Ändå fick de ingen hjälp.

Markus kände att han gärna skulle vilja jobba ute bland skolungdomar på något sätt. Det är ändå där det brukar gå fel någonstans, det är där det vore bäst om de flesta förebyggande resurser sattes in. Det här med mordutredningar kändes i alla fall inte riktigt som hans grej, märkte han. Han tyckte inte det kändes spännande, bara obehagligt.

– Ska vi fara tillbaka? frågade han nu Arne.

– Ja, vi har väl gjort nog för idag. Har du fått tag i någon av systrarna förresten? undrade Arne.

Det hade visat sig att både Göran och Marianne hade var sin syster och Markus hade fått i uppdrag att fråga dem lite vad de visste om Mariannes liv och om förhållandet mellan makarna.

– Jag fick bara tag i Görans syster, hon bor uppe i Gävle.

– Fick du veta något intressant?

– Nej. De träffades sällan numera, hon och Göran. De sågs ibland till jul och någon gång sommartid. Hon trodde att Göran och Marianne haft ett bra förhållande.

– Frågade du henne om hur han var när han var yngre?

– Ja, jag hörde mig för lite om han varit i slagsmål och så i tonåren eller om han var en lugn kille. Det verkade lugnt. Hon sa att han bara var snäll och lugn överlag så vitt hon visste. Men som sagt, de sågs ju knappt de sista åren.

Markus hade ringt till Görans syster Kristina före lunchen. Hon hade inte fått veta något om svägerskans död av Göran än så Markus fick först delge dödsbudet. Det kändes inte bra så här per telefon. Markus sa därför först inte att Marianne troligen varit död redan innan kroppen blev överkörd av tåget, han nämnde bara lite om oklara omständigheter kring olyckan och sa de behövde göra sig en bättre bild av Marianne och hennes liv. Han tyckte inte själv att det lät bra. Det tyckte inte Kristina heller. Hon bad honom återkomma i morgon istället, hon kände att hon gärna ville ringa till sin bror direkt för att se hur han mådde, det måste ju vara fruktansvärt för honom! Markus visste inte vad han skulle svara på hennes begäran, han kände sig irriterad över att han inte fått bättre instruktioner innan han ringde. På något vis hade han tagit för givet att Kristina talat med sin bror redan, att hon visste vad som hänt.

Nu fick han ge sig in på en utförligare förklaring och tala om att de måste undersöka alla omständigheter kring det här fallet. Och att de vore tacksamma för hennes hjälp. Han sa att det bästa vore om hon kunde komma ner till dem så att de fick talas vid muntligt, men att det även gick att ta ett samtal via telefon eftersom det bara var lite bakgrundsuppgifter de ville kolla upp med henne. Vid jämförelsen telefonsamtal eller att träffas öga mot öga fast 50 mil från hennes hem, verkade hon snabbt tycka att lite frågor via telefon visst gick bra ändå.

Så hade han frågat om hur väl de kände varandra, hon och Marianne. När de träffats senast, om brodern och svägerskan haft några kriser i förhållandet som hon kände till?

Det hade gått bra, som väl var. Kristina hade inte stoppat honom alls, fast han tog upp frågor om ganska privata saker. Han kände sig nöjd med sin insats att förhöra per telefon, även om det inte framkommit några uppgifter som kunde hjälpa dem framåt i utredningen. Det verkade inte finnas några lik gömda i Görans garderob, i varje fall inte sådana som hans syster kände till.

Det hade inte varit lätt att få tag i fler människor som kände Marianne Ekholm. Båda hennes föräldrar var döda men hon hade precis som Göran en syster, denna bodde i Göteborg och han hoppades få tag på henne snart. Hittills hade det bara varit telefonsvarare där, både på hemtelefonen och mobilen. Eftersom Marianne inte arbetat ute, utan bara i sin och makens affär, var det inga arbetskamrater att fråga ut. De hade börjat forska i hennes fritidsliv och hittat några sammanhang hon hade varit med i. Dels hade hon sjungit i en kör, dels hade hon tyckt om att fotografera. Vid en sökning på datorn efter Marianne Ekholm, Gössäter, var det just fotografier som dök upp. Hon hade lagt in några foton på bygdens egen hemsida, Hällekiskuriren. Hon hade även varit med i en fotoutställning i Lidköping tre år tidigare och hon hade vunnit pris i en fototävling på nätet. Imorgon skulle de följa upp fritidsintressena och prata med människor hon mött genom dem.

Men nu skulle de äntligen hem. Markus var trött men när han försökte blunda där han satt i bilen kom hinken med blod upp på näthinnan och han blev nästan lika illamående nu som där uppe i stugan. Hoppas det gick bättre när han kom hem, han fick väl titta på TV en stund och se om hjärnan kunde plocka in några nya intryck innan natten.
Kom igen nu Arne, tänkte han, vi är redan försenade så det räcker!
De hade stannat till vid macken i Källby, Arne skulle bara springa in och köpa en liter mjölk men nu stod han där utanför affären och talade med en kvinna. Det var hopplöst att han alltid kände alla överallt! Kvinnan var i femtioårsåldern, rund och blond och kortklippt, hon log och skrattade mycket och Arne verkade inte ha det minsta bråttom därifrån. Markus

började bli riktigt sur och var på väg att ta till tutan då kvinnan äntligen hoppade in i en vit pickup utanför butiken och Arne drog sig mot polisbilen. Han hoppade in utan att ursäkta sitt dröjsmål och Markus kunde inte låta bli att kommentera.

– Vem var detta då?

Han hörde själv hur dum han lät, som en svartsjuk hustru eller något, men frånvaron av någon sorts ursäktande kommentar från Arne efter det långa samtalet vid macken gjorde honom sur. Han skulle själv aldrig låtit någon sitta och vänta på det där sättet.

– Det var hustrun till en gammal vän, sa Arne utan att låta det minsta ursäktande.

– Jaha, sa Markus, hade hon något viktigt att säga?

– Nej, men hon är glad och trevlig.

Lite som en pik, han insåg att han själv inte lät särskilt glad och trevlig nu. Men han tänkte inte ta illa upp, han tyckte fortfarande att Arne var den som borde tänkt lite innan han lät en kollega sitta och vänta på sig, särskilt efter en sådan här arbetsdag. Nu behövde han verkligen få komma hem, hem till fåtöljen.

– Nu far vi raka vägen, sa han bara.

Sjukskriven

Stefan har sjukskrivit sig några dagar. Inte för att han vill gå hemma själv med tankarna, han hade hellre börjat arbeta direkt. Men han känner ansvar för resenärerna, han har svårt att sova nu och vet inte om han klarar av att hålla uppmärksamheten tillräckligt bra. Det är mycket att tänka på som konduktör, mer än folk fattar. Och det känns inte som att hans hjärna fungerar i dagsläget. Han tror själv att det skulle bli bättre om han kunde gråta. Personalhälsan ringde för att åter erbjuda honom att komma in och prata då han sjukskrev sig men han tackade än en gång nej till erbjudandet.

Han önskade själv att det hade varit så, att han kunnat gå och prata med någon men det skulle vara för ansträngande. Han var rädd att han inte kunde hålla masken om han träffade någon som visste hur de skulle fråga, att han skulle börja berätta om Marianne, berätta om hur det varit. Han ville inte lämna ut henne inför andra, han ville inte att deras förhållande skulle granskas och analyseras och att tala med någon utan att berätta om deras historia skulle bara bli konstigt, meningslöst.

Det var tredje dagen han var hemma nu. Han hade sovit litegrann framåt morgontimmarna, klockan var elva på förmiddagen när han gick för att hämta tidningen samtidigt som kaffebryggaren skötte sitt jobb. Lustigt nog tänker han att det nog är lugnt att öppna tidningen idag. Igår hade det stått en artikel om att en kvinna blivit påkörd av tåget. Det hade inte stått rent ut, men man förstod ändå i texten att det handlade om ett självmord. Han ville inte läsa om det, men kunde inte låta bli att göra det ändå. Han hade läst artikeln flera gånger. Det kändes som att läsa om något annat, inte något han själv varit inblandad i. Men han mådde inte riktigt bra av det ändå, efter fjärde gången hade han lagt tidningen i soporna och gått ut till soprummet med den. Sedan kom han på att han glömt läsa resten av tidningen och det var ju dumt att slänga bort TV-tablån.

Idag ska det väl inte stå något om detta, hoppas han. Fast han vågar inte titta i tidningen på vägen upp till lägenheten som han brukar. Han börjar nästan skaka när han kommer upp till sig igen. Han funderar på att läsa den baklänges, annonserna och vädret som var på sista sidan såg vardagliga och trevliga ut. Han skulle ha följt sin impuls för när han vänder på tidningen och ser förstasidan blir han helt matt. "Tågolyckan ingen olycka?" är rubriken. Så har de en bild på henne, den måste vara några år gammal men hennes varma ögon lyser mot honom. Han kan knappt andas, han bara stirrar på bilden och äntligen känns det som att gråten närmar sig, det kommer som hugg av saknad inuti honom. Så börjar han läsa men förstår inte. Det var så obegripligt. Marianne hade tydligen varit död ett tag redan innan hon hamnade framför tåget. Nu förstår han varför polisen ställde så konstiga frågor igår!

Men varför hade de inte berättat för honom om det här? De hade inte sagt ett ord till honom om att hon redan varit död! Hade de fått reda på något om henne och honom, var han på något vis misstänkt?

Han borde nog själv ringa polisen och berätta om vad de hade haft ihop. Men han kan inte, hur skulle han kunna berätta om dem och hur ska andra se på Marianne, de som kände henne och visste att hon var gift? Och hennes make, han förstod inte allt längre, Marianne hade berättat hur hans hjärna tagit stryk av sjukdomen, men man visste inte hur mycket han kunde uppfatta. Kanske personalen där han bodde började tala högt om Marianne fast han kunde höra vad de sa, det var säkert mycket skvaller och snack på en sådan arbetsplats med bara kvinnor. Marianne skulle säkert inte vilja att han fick höra om hennes otrohet, även om hans förstånd inte var alert längre.

Nej, han kunde inte göra så mot henne, hon hade haft dåligt samvete för det här med maken ändå, troligtvis visste polisen inget om dem, han måste lugna ner sig.

Marianne hade inte haft det lätt, det förstod han. Men ändå, varför skulle hon ha tagit sitt liv? Trots alla svårigheter hon haft med sin sjuke make verkade hon så gladlynt och full av livslust. Det hade inte känts logiskt att någon som hon skulle kasta sig framför ett tåg, hon hade inte visat minsta tecken på depression. Hon hade ibland varit ledsen och känt en del skuld för deras förhållande, för att hon gjorde detta trots att hennes make levde. Men inte hade han tolkat det som att hon hade så stor ångest att hon skulle vilja ha ihjäl sig själv. Nej, om det var så att polisen misstänkte att det inte var ett självmord, att tvärtemot någon dödat henne, då skulle det nästan vara mer logiskt, hur orimligt det än lät.

Han borde berätta. De kunde ju i varje fall inte misstänka honom, han hade ju jobbat på tåget. Fast det är klart, tänk om de redan visste något om honom och henne, tänk om de trodde att han var mördare just därför, just för att han jobbade på tåget? De kanske trodde att han lagt henne där som någon symbolisk handling eller någon annan märklig anledning, kanske trodde de att han trott att man inte skulle märka att hon dött tidigare? Men de måste ju förstå att det vore absurt om han dödat henne för att sedan lägga liket på rälsen i Hällekis och efter det fara till Lidköping där han går på tåget och börjar sitt arbetspass och sedan komma tillbaka i en rälsbuss med passagerare som kör på kroppen. Helt absurt. Inte kunde han bli misstänkt?

Mariannes syster

– Han drack inget, fast han inte var religiös!

Mariannes syster hade låtit anklagande då hon berättade om sin svåger. Som om nykterheten vore ett brott, eller i varje fall en besvärlig åkomma. De hade inte umgåtts så mycket de båda systrarna och det verkade som att det just var Görans nykterhet som kommit emellan dem. Britt, som systern hette, hade berättat för Markus att förr, när Marianne var tillsammans med någon som hette Krister, då hade de minsann haft roligt ihop! Markus förstod att Britt inte var den som tyckte att man kunde ha kul utan alkohol. Han noterade namnet Krister och fick lite uppgifter om detta förhållande. Det var visst minst tolv år tillbaka i tiden och Britt var säker på att Marianne inte hade haft någon som helst kontakt med den mannen längre.

Nuförtiden hade det mest blivit att systrarna setts några timmar när Marianne tog tåget ner till Göteborg för att shoppa och göra ärenden som gällde antikaffären. Då brukade de träffas på ett matställe och ta en lunch ihop, eller gå på café och fika. Ibland åkte de ner båda två, Marianne och Göran, det var när de hade otympligare saker de skulle sälja till någon kund som de tog bil och for ner tillsammans. Men då var det inte så ofta de tittade in, Britt och hennes man bodde centralt och Göran ville nog undvika vägtullen, trodde hon.

– Han var lite småsnål. Fast det behövdes nog, att leva två stycken på en antikaffär, det kan inte ha varit fett. Jag undrade ofta hur de kunde försörja sig. Fast Marianne hade förstås lite egna besparingar som hon kunde dryga ut kassan med.

Systrarna hade ärvt pengar när deras morfar gick bort för några år sedan, han blev nästan hundra år gubben, berättade Britt. Han hade haft en liten gård nära havet på Tjörn, så det huset hade varit värt en del. Britt berättade för Markus att de varit åtta barnbarn som fått dela på arvet efter morföräldrarna och då hade ändå alla fått några hundratusen var. Britt och Mariannes föräldrar var döda och kusinernas föräldrar så rika att de kunnat ge arvet vidare till sina barn. Fast det var tråkigt att de behövde sälja stället, den lilla gården hade varit i släkten i mannaminne och den var förknippad med barndomens sommarlov för både henne och hennes kusiner. Men det gick ju inte att lösa ut de andra när husen var värda så mycket och att ha kvar stugan tillsammans kändes för krångligt och dyrt, det skulle ju betalas både fastighetsskatt och försäkringar. Vatten och avlopp och sopor kostade mycket i kustkommunerna med. Och sedan skulle någon ta ansvar för skötseln och hon och hennes man var de som bodde närmast så det hade man ju kunnat räkna ut vilka som skulle bli de som fått arbeta med det! Nä, det var nog bäst som det blev och för Mariannes del hade det nog varit nödvändigt, inte hade hon kunnat vara med och stå för utgifter där inte, dessutom var hon nog den som haft minst trevliga minnen från barndomens somrar där, hon ville alltid hem till stan.

Men det är klart, Marianne hade verkligen förändrats på senare år, nu bodde hon ju frivilligt på landet där uppe på Kinnekulle. Hon hade blivit mer lugn och tråkig, kanske var det svågerns fel, kanske var det själva lantlivet som gjort henne sävligare. Ganska rund hade hon blivit med, det fanns väl inte så många gym där ute i obygden!

Markus hade frågat en del om systerns uppfattning om sin svåger, om hon visste hur de haft det tillsammans Marianne och Göran.

– Tråkigt, sa Britt, det var i alla fall hennes uppfattning.

– Göran verkar inte kunna tänka på annat än gamla prylar, menade hon, och Marainne hade blivit likadan. Fast Marianne hade ju skaffat det där torpet att vara i också, Britt hade varit med där en gång och förstod att det varit Mariannes största nöje, att pyssla i trädgården och gå ut på långa vandringar i skogen. Marianne som varit så i farten när de var yngre! Och stan hade varit det enda som gällde, hon avskydde att åka med när deras föräldrar ville ha ut dem på landet. Hon hade varit rädd för spindlar och ormar som barn, men det verkade ha gått över helt och hållet de rädslorna, de sista åren hade hon pratat om både svampplockning och odling. Ja, hon hade blivit som en gammal medelålders tant, la systern till.

Markus tyckte systern verkade mycket medelålders tant själv, hon hade säkert passerat fyrtiofem, men han sa inget om detta, han hade märkt det där förut, att åldersbegreppen verkade flyttas uppåt ju äldre man blev. När han praktiserat på ett äldreboende hade det varit likadant där, det fanns gamlingar i 80-årsåldern som klagade på att de andra som bodde där var så gamla! Man tyckte att man själv var ungdomlig, kanske var det så att de flesta människor trodde de själva var ungdomligare än sina jämnåriga.

För Mariannes syster kanske det var så att de som höll igång med helgdrickandet var unga än.

– Verkade hon och Göran ha ett bra förhållande? undrade Markus.

– Jodå, bra men tråkigt. Han var ju en hel del äldre än hon och ganska gubbig av sig. Men det var som att tråkigheten var något de trivdes med, det kändes som att det var lugnt mellan dem. Men som sagt, hon träffade dem ju inte så ofta tillsammans så hennes intryck av hur Marianne haft det ihop med Göran byggde mest på det Marianne berättat. Sist hade hon pratat om hur de ägnat flera dagar åt att putsa upp lystern på gamla prismor tillsammans. Det verkade inte så särskilt roligt i Britts öron, men Marianne hade längtat hem för att fortsätta jobbet med den gamla kristallkronorna de tydligen höll på med, de skulle montera upp alla prismorna nu, hon hade bett Göran att vänta med det jobbet tills hon kom hem ifrån Göteborg igen men verkat orolig för att han skulle tjuvstarta.

– Usch, så trista människor kan bli! sa Britt.

Systern hade kommit vägen förbi Lidköping, hon skulle vidare upp till Kinnekulle för att tala med Göran om begravningen och kanske få några av de föremål Marianne hade ärvt från deras föräldrahem. Hon hade pratat med sin svåger i telefon igår och de skulle träffas på Kinnekullegården idag och luncha tillsammans där. Det kändes lite jobbigt att hon inte lärt känna svågern bättre innan, nu när det skulle diskutera sådant här allvarligt, sa hon. Han hade låtit så ledsen i telefon, han verkade ha svårt att sköta allt själv med bouppteckning och det här att ta hand om Mariannes tillhörigheter, så Britt hade lovat att komma och hjälpa till. Hon hade också fått höra genom svågern att det inte var riktigt klart om Marianne tagit livet av sig eller om hon kunde ha blivit utsatt för något brott. Visste de mer om det nu, poliserna?

– Tyvärr tyder mycket på att din syster blivit utsatt för yttre våld, sa Markus.

– Har ni någon idé om varför och av vem i så fall?

– Nej tyvärr har vi inte kommit så långt än.

– Är det till och med så att ni tror att Göran kan ha gjort det? Var det därför du frågade mig om hur de hade det ihop?

– Vi är ju tvungna att kolla alla möjligheter. Det förekommer ju en hel del våld inom familjer så vi försöker reda ut hur det var mellan Göran och Marianne. Vet du om det förekommit något fysiskt bråk mellan dem? Hade hon blåmärken eller så någon gång när ni sågs?

Britt började le, hon bad strax om ursäkt för det.

– Men, sa hon, det var så svårt att tänka sig Göran och Marianne i några större gräl. De verkade ha saknat all form av passion mellan sig. Fast, tillade hon, hon kunde ju inte veta.

Hon hade läst om våldet med, att så många kvinnor blev dödade av sina män. Och hon kände ju inte Göran särskilt väl. Men några blåmärken hade hon i alla fall aldrig sett på sin syster när de träffats, inte nu i vuxen ålder. Det var skillnad när de var små, då hade både hon och Marianne haft blåmärken och skrapsår nästan jämt. De hade varit rätt vilda som barn, de lekte mycket med grabbarna på gården och var bland de bästa i fotbollslaget. Men det var längesedan nu

– Tror ni att han kan vara farlig, Göran? Kan han vara någon sorts psykopat och ha sidor jag inte vet om?

– Jag har bara träffat Göran några gånger, sa Markus, men jag har också svårt att tänka mig honom som våldsam. Och skulle det vara så att han varit våldsam mot din syster, vilket vi i dagsläget inte har några indikationer på, så är det inte troligt att han skulle vara våldsam mot dig för det. Jag är ledsen att jag gett dig grubblerier om din egen svåger, men vi är tvungna att utforska alla möjligheter när det gäller vad som kan ha hänt din syster. Hon hade inte så stort umgänge som vi har förstått det. Vet du om hon har någon gammal väninna eller annan person som hon stod nära?

– Nej, hon var nog mest med Göran, i alla fall sedan de flyttat till Kinnekulle. När de bodde i Kristinehamn på 90-talet hade hon någon tjejkompis hon var mycket med där, Melinda hette hon. Fast den tjejen hade fått barn sedan, Marianne hade klagat på det, att det inte gick att umgås som förr med väninnor som fått barn, att det var jobbigt med allt prat om barnen och familjen hela tiden. Fast de barnen är ju stora nu men jag tror inte de hade någon kontakt sedan Marianne flyttade.

– Var hon ledsen för det, att hon inte hade barn själv? undrade Markus.

– Nej, tvärtom, Marianne ville verkligen inte ha barn! Det sa hon redan som liten och hon verkade inte ändra sig när hon blev äldre. Hon tyckte att det räckte med ungar på jorden och trodde inte hon skulle trivas som mamma. Men hon var en riktig toppenmoster till mina barn när de var små, de älskade Marianne, hon kom alltid ihåg när de fyllde år och de brukade åka till henne en vecka varje sommarlov.

– Och Göran, vet du hur det var med honom, var han lika nöjd med barnlösheten?

– Jag tror det, Marianne sa i alla fall att det var så, att de båda ville ha det så. Och jag tycker inte det är något fel med det. Herregud, det finns väl alldeles tillräckligt med ungar i världen!

– Finns det något annat du vet om din syster som du tror kan vara bra för oss att veta, frågade Markus slutligen.

– Nja, jag får nog tänka på det. Det är inget jag kommer på nu, men skulle det vara något hör jag förstås av mig, sa systern.

När de sagt hej då till varandra tänkte Markus på vad obehagligt det måste vara för de anhöriga så länge inte mördaren hittades. Tänk att inte veta om ens svåger eventuellt är en mördare, att kanske bli misstänksam mot de som hör till den egna släkten! Och hur skulle det inte kännas att vara Göran nu, han måste väl ana att folk talade om honom och hans döda hustru överallt på Kinnekulle? Nej, Markus var inte avundsjuk. Han var glad att han ringt Göran först och frågat om Mariannes syster fått information om dödsfallet. Han hade samtalet med Görans egen syster Kristina i färskt minne och ville inte utsätta sig för att alldeles oförberedd bli den som lämnade ett dödsbud igen. Och det var tur att han frågat, för Göran hade inte ringt, det verkade som att han inte pratat med någon förutom poliserna om sin hustrus död. Men han lovade att ringa svägerskan direkt, han ville vara den som berättade det först för henne sa han, inte skulle hon få veta det genom polisen. Han hade bara inte tänkt på det, han ursäktade sig flera gånger för detta, men det var nog så att han ännu inte riktigt ville kännas vid att Marianne verkligen var död sa han, han kunde inte förstå det riktigt än, fast han sett henne där på sjukhuset.

Markus kom att tänka på sin far igen, undrar hur han mådde egentligen där i det stora huset? När han varit hos honom senast, på hans födelsedag, hade han pratat om att kanske sälja. Det är klart att det var onödigt stort för honom nu, det hade varit ett stort hus även när Markus växte upp och de bodde där hela familjen. Han kunde förstå sin far och han hade själv inget emot att föräldrahemmet såldes. Men hans syster hade blivit orolig, hon tyckte det var så roligt att huset fanns kvar och bad pappan att behålla det åtminstone ett tag till, kanske var hon och hennes man intresserade av att ta över det med tiden, sa hon. Jo, det kunde ju passa dem bra, tänkte Markus, och inte honom emot. Han tyckte bra om sin syster och svägern med för all del. Det skulle bara vara roligt om de ville ta över huset med tiden och visst hade det passat bättre att de bodde där än fadern.

Till helgen, sa han till sig själv, då skulle han åka hem och hälsa på. Men nu var det till att ta nya tag i arbetet. Den där väninnan Marianne haft i Kristinehamn, skulle det vara idé att kontakta henne kanske? Och hur var det med syskonbarnen, att han inte passat på att fråga systern om de fortfarande hade haft en bra kontakt med sin moster! Han fick väl lov att ringa en gång till och kolla det. Här behövdes alla tänkbara kontakter granskas noga, kände han. För det var irriterande att det fanns så få människor som verkat känna Marianne. Hade hon verkligen bara haft sin man att umgås med?

Hillevi hos Birgit

Hon har ställt bilen strax utanför Birgits lilla fina stuga men sen fått för sig att hon ska gå en sväng bort till kyrkan först och titta själv så att inte Johannesfiguren är tillbaka. Halvvägs dit ångrar hon sig. Det börjar skymma och hon har inga reflexer på sig. Vägen är så smal borta vid kyrkan så det är otrevligt att gå där om det kommer bilar. Hon vänder tillbaka till Birgits hus. Hon har för sig att det är en köksingång till huset på baksidan, dörren vid glasverandan ser i varje fall inte ut att användas. Precis när hon går förbi verandan för att ta sig runt huset ser hon hur något rör sig där inne. Hon går närmare för att se vad det är. Då släcks plötsligt lampan där inne och hon inser att det är en hand hon sett, en hand som sträckt sig in för att nå strömbrytaren till lampan. Sen är det snabbt en hel människa som kommer in i det mörka rummet. Det går så fort att hon blir riktigt skrämd. Det tar flera sekunder innan hon inser att det är Birgit själv som står där på andra sidan glaset i mörkret och att Birgit ser alldeles vettskrämd ut hon med.

Efteråt, väl inne i stugvärmen, skrattar de gott åt varandra och sig själva. De hade nog blivit lika rädda båda två. Kanske är det just lättnaden efter den gemensamma skräcken som gör att de får det så trevligt sedan. Man blir liksom lite extra uppsluppen efter en skräckupplevelse som visar sig vara ofarlig. Birgit berättar om rädslan hon haft förra året när hon visste att det fanns tjuvar ute och härjade och hur hon blivit rädd igen när hon hört hur bilen stannat utanför. Hon hade släckt lampan i verandan för att hon skulle kunna spana ut genom fönstren utan att synas själv.

Hillevi blir tveksam om hon ska prata om sina funderingar kring tjuvar och mördare, det kommer väl bara att väcka upp Birgits rädsla på nytt. Hon beslutar att istället tala lite runt och kring ämnet. Hillevi berättar att hon ville fråga om Birgit hade hört något sedan, om stölden blivit uppklarad, hon har själv inte hört något mer alls om det hela men hon har funderat på det då och då.
Den här kyrkstölden är tydligen Birgits favoritämne. Hon börjar berätta en lång historia om någon tattare som stjäl och att polisen inte gör något, alla ska visst få komma och ta våra fina svenska skatter hur som helst!
När prästen kommit hem den där gången, hade de konstaterat att inte hon heller hade hört något om att någon skulle fått lov att ta ner Johannes, det var inget renoveringsprojekt på gång i kyrkan eller så. Det blev polisanmälan och vid det här laget hade Birgit dragit sig till minnes att det stått en röd bil parkerad utanför kyrkan en kväll tidigare i veckan. När sedan Birgit sett att "tattaren" som hon sa, en man som visst bodde hos en bonde som hette Lage och hade en gård borta i Fullösa, hade en likadan röd bil hade det varit lätt att lägga ihop två och två. Så hon hade tipsat polisen om vem som kunde vara tjuven men polisen hade förstås inte gjort någonting!
När de talat en bra stund om stölden och polisernas oförmåga att hitta den skyldige och sorgen i att kulturskatter försvinner ifrån svenska kyrkor, byter Birgit plötsligt ämne och börjar tala

om mordet. Mordet som skett nu, i Hällekis. Birgit har också läst om det i tidningen idag. Att det inte var något självmord, att kvinnan tydligen har blivit mördad.

– Tänk om det är den där tjuven som varit framme igen, han kanske är mördare nu också, funderar Birgit.

Sedan börjar hon berätta om den mördade kvinnan, hon har tydligen haft en massa "karlaffärer" som Birgit kallar det, Birgit känner tydligen till henne väl, Marianne som hon hetat, hade visst också varit med i Medelplana kyrkokör ett tag. Det verkade ha varit strax innan Hillevi gick med i den.

Här kan inte Hillevi hålla tyst längre. Hon berättar det hon tänkt göra från början, hon talar om för Birgit att den där kvinnan, Marianne, som kanske blivit mördad enligt dagens tidning just var den samma som hon själv träffat utanför kyrkan då när stölden av Johannes skett.

Birgit Hansson blir tyst. Det kändes riktigt märkligt, tystnaden blir så påtaglig, först nu inser Hillevi hur mycket den äldre damen pratat innan. Nu verkar hon verkligen ha fått något att tänka på. Kanske skäms hon lite med för att hon baktalat en kvinna som nu är död.

– Har du talat med polisen om detta? frågar hon sedan Hillevi.

– Nej, säger Hillevi, jag tänkte göra det idag, men ville fråga dig först hur det hade gått med den där stölden. Om det blivit uppklarat.

– Nej vi har tyvärr inte fått tillbaka Johannes. Och inte lär vi få det heller. Om det inte skulle slumpa sig så av ren tur vill säga. Om han skulle dyka upp i antikrundan eller så, fast då har väl kyrkan ingen rätt att ta tillbaka honom, antar jag. Då kostar det säkert mer än vår församling skulle ha råd med. Är han såld är ju risken stor att det heter att det skett i god tro. Hur nu någon kan tro att gammal kyrkokonst är sådant som kommer ut på marknaden utan tjuvars hjälp!

– Men du, fortsätter Birgit, nu ska du inte bekymra dig mer om det här. Det var bra att du talade om för mig att det var den där Marianne som sa att Johannes var stulen. Det har säkert något samband med att hon är död nu. Jag ska ändå in till Lidköping i morgon, **då far** jag till polisen och berättar om det här med ska du se.

Hillevi känner inte något dåligt samvete för att hon berättat för Birgit. Hon verkar inte ha blivit uppskrämd alls. Snarare upplivad. Det är som att hon bara tycker att det är spännande alltihop.

Mobiltelefonen?

Mobiltelefonen! Satan också, Mariannes mobiltelefon var förstås full av alla meddelanden de sänt varandra! Eller hade hon raderat dem direkt, som han gjort med en del av hennes? De som var fräcka, de som han inte vågade behålla om någon av någon konstig anledning skulle få tag i hans mobiltelefon och läsa dem. Hade hon behållit hans sms vore det en katastrof! Hade hon raderat dem skulle de väl ändå gå igenom hennes kontaktlista och kolla upp alla som fanns med där och undra varför hon hade hans nummer. Att han inte tänkt på hur enkelt det var för polisen att hitta honom där!

Stefan mår illa vid tanken på att någon kanske just nu satt i ett rum och läste om deras kärlek och åtrå. Det allra vackraste han någonsin skrivit till någon kanske blivit en del i ett utredningsmaterial. Och det allra mest snuskiga och förbjudna. Hur dum kunde han vara? Tydligen hur korkad som helst! Inte gick det att hålla något hemligt idag, vad hade han trott?

Kanske var det därför de haft så många frågor sist de var här, poliserna.

Fast de hade ju frågat honom om det funnits någon väska eller några andra saker på olycksplatsen, kanske kunde det vara så att de inte hittat den, att mobiltelefonen var försvunnen? Kanske den som haft ihjäl henne helt enkelt tagit mobilen och väskan? Kunde hon blivit rånad, vad tänkte då rånaren nu om han varit nyfiken och tittat i hennes mobil? Fast det gjorde de nog inte, rånare, de raderade väl snabbt allt som fanns och bytte sim-kort för att göra stöldgodset anonymt. Marianne hade haft kontantkort visste han, hennes mobil funkade inget vidare när hon var i sin stuga. Hon brukade klaga på sin operatör och hon hade sagt hur många gånger som helst att hon skulle byta, men det blev aldrig av. Hans mobil hade fungerat uppe i hennes stuga så hon tänkte ta samma operatör som han hade. Då kunde de ringa varandra gratis hade hon påpekat. Fast de ringde inte så ofta, de skickade mest meddelanden.

Tankarna på hur läget var om polisen satt och läste det de skrivit till varandra var för obehaglig att ens tänka. De skulle säkert höra av sig om det var något, han måste helt enkelt sluta grubbla överhuvudtaget just nu, annars blev han knäpp. Om han inte redan var det. Han tog på sig jackan och gick nerför trapporna, ut i det småregniga höstvädret. Han hade inte långt att gå, det var skönt att bo centralt. Det tog bara några minuter för honom att ta sig till systembolaget.

Arne och Markus

– Han är rökt!
Arne verkar nöjd efter förhöret han hållit med Göran Ekholm.
– Trodde han verkligen att vi skulle tro på att hon inte hade någon mobiltelefon? Det finns väl knappt en människa som inte har det idag! Han har gömt den, eller slängt den, det är jag hundra på.

Göran Ekholm hade hävdat att hustrun inte haft mobil vid det första korta förhöret som Arne hållit i direkt efter identifieringen. Nu hade han tydligen ändrat sin verision och menat på att hon haft en mobil förut, en gammal. Men att den gått sönder och att hon inte skaffat någon ny.

– Men vi hittade inte någon gammal i stugan och han påstår att han inte har den liggande i huset i Gössäter heller. Det är inte särskilt trovärdigt. Eller har du slängt din gamla mobil innan du skaffat en ny?

Nej, det har inte Markus, fast det måste det väl finnas många människor som slänger dem när de slutat fungera, det vore väl inte något konstigt med det? Men visst verkar det lite underligt att hon inte skulle ha haft någon mobil alls, det kan han villigt hålla med om.

– Och när jag frågade honom om yxan sa han att det inte funnits någon annan än den där lilla, han sa att hon alltid köpte kluven ved. Men i vedboden fanns det stora klabbar liggandes som behövde klyvas, såg jag. Börjar han ljuga om allt möjligt är det för att han har saker att dölja. Nu gäller det bara att vi får dit honom. Jag har fått tillstånd för husundersökning och de ska även kolla igenom hans bil. Jag tror knappast att han är så slipad att han fått undan alla spår och så vi har kontaktat mobiloperatörerna, hoppas vi får napp. Göran hävdade att Marianne haft en gammal Nokia med kontantkort, stämmer det kan det bli svårt att få fram samtal och sms. Men jag tror inte mycket på det som Göran Ekholm säger överhuvudtaget och har vi tur ljuger han. Den nya tekniken med mobiler har sina nackdelar, men för oss inom polisen underlättar det i många utredningar att folk har dille på att använda sina mobiler hela dagarna. Har vi tur hittar bara Göran på det där med att mobilen var trasig för att lura oss att inte rota i det hela.

Markus hoppas att Arne har rätt. Men han har en känsla i maggropen av att Göran ändå inte är förövaren. Det var det där första mötet då de gett dödsbeskedet, det verkade otroligt att Göran spelat den okunskap han visat av vad som hänt hustrun.

Men Markus säger inget om sin känsla, Arnes entusiasm efter förhöret är påtaglig, kanske det kommit fram något mer förutom det här med mobilen som gör att han är så övertygad om Görans skuld.

– Hur gick förhöret annars då? frågar därför Markus nyfiket.

– Han låtsas fortfarande som att han inte vet något alls, som att han bara är en sörjande stackars make. Han påstår att de hade ett fint förhållande och när jag frågade honom om varför hon bott så mycket i torpet fast de skulle haft det bra tillsammans menade han först att det var för att hon trivdes så bra i torpet och att han inte fixade att gå på utedasset och därför sällan var där. Sedan sa han att de tyckte om att vara isär för att sedan fira lite extra när de väl var tillsammans, ungefär som att det var ett medvetet val att de delade på sig ibland bara för att få sakna varandra. Det osade lögn om alltihop, troligen hade hon tröttnat på honom och var på väg att ge sig av på allvar och så fick han panik när hon tänkte lämna honom. Det är många män som inte tror de klarar sig själva om kvinnan talar om att lämna dem, bortklemade morsgrisar som inte kan stå på egna ben. Göran verkar vara den typen av man.

Markus vet inte om han fått intryck av att Göran Ekholm var en man som inte klarade sig på egen hand, han förstår heller inte logiken i att han skulle haft ihjäl sin hustru om han nu inte klarat sig utan henne. Men han säger inget om det heller, han får lätt tunghäfta ihop med Arne, det är väl intrycket av pondus som den äldre kollegan trots allt har som gör Markus lite tillbakadragen i samtalen.

Han måste skärpa sig. Om han ska vara till nytta i utredningen bör han ju ge Arne feedback i funderingarna, även om de ligger på olika linje i tänket. Det är väl det som är en av meningarna med att vara två i utredningen, att man ska få olika infallsvinklar, kunna bolla idéer med varandra. Det är bara det att det inte känns som att det går att bolla med Arne, han verkar så säker, han verkar inte tro att det behövs några mer reflektioner än hans egna.

Kanske är det så med, Arne är förstås den duktigaste av de båda, med all sin yrkeserfarenhet borde han veta vad han håller på med.

Kanske är Göran Ekholm trots allt en mördare.

Birgit Hansson i Lidköping

Det var ett gäng på fem sex killar. De stod och knuffades och apade sig inför varandra vid övergångstället. De verkade så upptagna av sitt småbråk att de inte såg att det var grönt ljus för dem. De grälade om något, några skrattade. Birgit satt i bilen och retade sig på att de inte gick över fast de hade grönt ljus. Ungdjävlar, tänkte hon. Killar i den åldern var odrägliga. Nu slog det om, de fick rött. Hennes tur att åka. Precis då började killgänget långsamt dra sig ut i gatan. Birgit hade just släppt kopplingen och börjat rulla framåt. Hon var tvungen att bromsa bara metern ifrån dem. Mitt framför bilen tittar en av killarna rakt in på henne genom rutan. Han gör en ful min och sträcker upp fingret. Birgits bil gör ett skutt fram när hon släpper kopplingen och gasar till, nästan samtidigt. Hon är snabb än i reaktionerna, fast hon gått och blivit pensionär! Hon ser att killen, och en kompis till honom som också gick framför bilen, faller i gatan. Den ena killen är snabbt på benen igen. Men den där idioten som sträckte upp fingret mot henne ligger kvar. De andra killarna samlas runt honom, någon tittar upp på henne inuti bilen och skriker:

– Kärringdjävel, hur kör du?

Killen på gatan syns knappt, men han hörs desto mer:

– Aj, faan, jag har brutit benet, AAaah, låter han.

– Det ser jävligt illa ut, säger en av dem, vi måste ringa efter ambulans. Och de runt om börjar plocka fram mobiler allihop och diskutera vem som ska ringa.

En man från bilen bakom kommer nu framrusandes. Han har sett allt, han har stått bakom henne vid stoppljuset och sett hur ungarna gått över gatan just när de, bilisterna, fått grönt. Han rusar inte fram till killen som nu halvsitter framför bilen. Han rusar inte dit för att se hur det gått med honom. Han ser istället in på Birgit som nu täckt sitt ansikte i händerna. Han öppnar hennes dörr:

– Hur är det, hur gick det med dig? undrar han.

En klok man, tänker Birgit. En fin man som tar hand om henne först. Hon ryser och säger att hon inte hann, det hände bara, hon blev så rädd, hur har det gått med pojken? Något sådant får hon ur sig och låter nog lagom chockad.

– Nej, det var alls inte ditt fel, säger den kloke mannen, som är klok nog att inse att hon såklart är en oskyldig och förvirrad tant. – De rusade ju ut mitt i gatan när det blev grönt.

Hon gillar hans beskrivning. Visst var det så, de där odrägliga, sega, släntrande grabbarna rusade ut. Det låter bra om polisen frågar. Sedan går mannen fram till ungdomarna.

– Har ni ringt ambulans, frågar han. Birgit blir lite förvånad. Hon förstår nu att killen framför bilen kanske blivit skadad ordentligt, hon trodde bara de överdrev.

Jo, någon hade ringt.

– Han har nog brutit sig, säger han till Birgit när han kommer fram till hennes bildörr igen. Det är bäst vi inte rör honom, jag kan backa bilen lite om du kliver ut. Birgit har ingen lust att gå ut. Visserligen har killarna blivit lugna och ser nästan snälla ut där de står runt sin kamrat. Men hon kan ju backa själv. Fast det är nog bäst att låta den snälle mannen tro att hon inte vågar köra just nu. Hon går ur bilen och mannen backar bilen någon meter. Hon förstår varför, hon ser nu också killen som skadats, hans underben har hamnat i en konstig ställning, visst bröt han sig.

Rätt åt honom, tänker hon, hoppas han lärt sig något! De läker så fort i den åldern. Hon kanske borde gå fram och låta omsorgsfull eller ångerfull, oja sig över det hela, men hon förmår sig inte. Hon sätter istället händerna mot kinderna och går lite bakom bilen. Mannen tolkar det som att hon är chockad och kommer bort och erbjuder henne sin egen rock. Han vet tydligen att man ska värma den som är i chock.

Ambulansen är där på rekordtid, inte illa. Det är säkert för att de fått reda på att det är en ung pojke som skadats. Hade det varit en gammal dam som brutit lårbenshalsen hade hon nog fått ligga ett bra tag till, tänker Birgit. Nåja, det är ju bra de kommer fort ibland i alla fall! De bär upp killen på en bår och han skriker och nog har han gråtit lite med? Det var nog nyttigt för honom, tänker Birgit. Nu kommer även polisen och ställer frågor. Mannen svarar åt dem båda. Han berättar hur det var grönt för fotgängarna och att tonåringarna bara stod där. Precis när det blev grönt för bilarna istället så gick de ut som om de ville bli påkörda. Polisen frågar även ut killarna som är kvar om hur det hela gick till. De berättar i stort sett korrekt hur det var, dock utan att nämna några fula miner eller sträckta fingrar.

– Hon körde på honom, hon bara körde rakt på honom, skriker de. Polisen verkar mest försöka lugna dem. Det kommer nog inte bli något krångel. Den hjälpsamme mannen insisterar på att Birgit ska åka till sjukhuset hon med. Hon är chockad säger han. Birgit vill inte till något sjukhus. Hon vet inte hur hon ska komma ifrån detta utan att verka alltför lugn och stabil. Hon säger att hon hellre vill ringa till sin dotter. Hon vill gå till caféet där borta och vänta på sin dotter. Hennes dotter kan hjälpa till och köra henne hem sedan, säger hon, när både mannen och polisen insisterar på att hon absolut inte ska köra bilen hem efter det som hänt. Hon inser att hon spelat sin roll som chockad gammal tant med nästan alltför stor bravur.

Det har varit en bra dag inne i Lidköping. Hon hade handlat lite och så hade hon även gjort sig ärende till polisstationen. Det var om det där förskräckliga mordet. Man vill ju inte att mördare ska gå fria om man kan göra något åt det! Det hade hennes samvete inte klarat. Hon var så upprörd över att polisen inte tagit fast den där tattaren den gången när han stal i kyrkan. Tänk att det skulle behöva gå så långt som till mord innan någon reagerade. För nu måste väl polisen iallafall ha lyssnat på henne?

Stefans dröm

Hennes skinkor lyste vita i skenet från stearinljusen. Vita med en svag rodnad. Varje smäll följdes av ett ljud från henne, hon gnydde eller stönade, om vartannat. Så äntligen tyckte hon det var dags, hon sa "kom". Han slutade slå och lät lemmen komma fram och peka rakt mot hennes sköte. Då vände hon på huvudet, men huvudet satt snett och det var vitt som på ett lik. Sedan såg han benet. Benet låg intill honom, det rörde sig mot honom men tårna var inga tår utan fingrar. Han vaknade.
Han hade försökt skrika och han kände att han skakade. Han ville ta sig ur sängen men kroppen var som fastlåst. Så lyckades han få upp handen till lampknappen och tända. Han hade fortfarande stånd, men han kunde inte ta hand om det, det fungerade inte i hjärnan att tänka några sådana tankar nu. Han tog sig upp och tände alla lampor i hela lägenheten. Han satte på tv:n och letade reda på en kanal som var igång. Klockan var exakt tre på natten, det kändes lite kusligt att den var så exakt. Som ett varsel. Han tog sig till toaletten och pinkade. Lemmen lyckades sakta slakna men det var en konstig ihålig känsla kvar i honom. Det där benet, det som rörde sig i drömmen och det riktiga, det som legat intill rälsen. Det var bilder som inte gick att få bort. Blunda vågade han inte ens försöka än. Så släppte

något av skräcken och han började gråta. Han visste inte om han någonsin gråtit förut.

Han mindes hur det varit, hur sprängfull han varit, hur han längtat efter att få komma in i henne, njuta av hennes njutning. Men hon ville ha mer, hon ville att han skulle fortsätta. Hon ville ofta att de skulle hålla på lite till. De fick stanna och vila, bara ligga intill varandra och andas i takt. Inte röra, beröra varandra på ömtåliga ställen. Det var hemskt, outhärdligt. Men så skönt sedan, efter, när njutningen fick tillåtas. Han hade lärt sig det av henne, att det faktiskt var som att njutningen kunde sparas och då blev större. Först hade han bara blivit frustrerad men sedan hade han accepterat. Nu kunde han stoppa sig riktigt bra. De lekte. Hon hade lärt honom leka. Det var som en teater, men det var roligt. De skrattade mycket, ibland blev det så tokigt. De hade till och med lekt doktor, hon hade varit kvinnig doktor en gång och låtit honom komma in som patient. Den gången hade det blivit så knäppt så de kommit av sig i erotiken. Men det gjorde liksom inget att de skrattade istället för att njuta sexuellt. Det var väl lika viktigt att skratta som att älska, tyckte hon. Men som tur var tyckte hon att det var lika viktigt att älska som att skratta med. Han höll med henne. Överhuvudtaget var det så att hon pratade och han höll med. Hon hittade på knasiga lekar och han följde med henne in i lekens värld. Hon var den som satte fart på dem båda. Men ibland kunde hon slänga sig raklång på sängen och säga till honom att nu var det hans tur, nu orkade hon inte hitta på något idag.

– Varsågod herrn, ta hand om mig!

Han var inte bra på att hitta på. Det blev mer stilla då, men det var skönt med henne på det sättet med, att hon bara kunde ligga rakt upp och ner och ta emot, bara låta honom smeka henne. Men han fick hejda sig här med, inte för fort, inte röra där! Snart blev det till en lek ändå, hon befallde honom att röra på vissa sätt, han var hennes slav som måste följa hennes ord. Det var bara teater. De kunde binda varandra och leka att de var hårda mot varandra, men det var de aldrig på riktigt, de fick aldrig några märken efter sina lekar. Jo, kanske något sugmärke som i tonåren. Det blev som en tonår på nytt på flera sätt för honom. Fast en mycket bättre sådan än den han haft i uppväxtåren. Med henne kändes allt som om det var första gången.

Mycket var också verkligen första gången för honom, det var första gången han kysstes på riktigt. Han hade faktiskt inte vetat vad man gjorde innan, förstod han nu. Han hade öppnat munnen och försökt röra tungan "rätt", försökt kyssas som han trodde att man skulle. Han hade inte förstått att det bara var att låta munnen och läpparna och tungan känna, att det var detta och inget annat det handlade om, att känna, att smaka, att mötas, att leka.

Hon hade lärt honom att dansa. Han hade dansat förut, det var faktiskt något han gjorde ganska ofta i sin ungdom. Men han hade aldrig känt sig bekväm i dansen, han hade känt sig fumlig och klumpig. Hon hade lärt honom även här. "Håll dig rak", sa hon. Och se, simsalabim, så kunde han dansa snyggt. Inte bara det att det var snyggt, han märkte att dansen blev annorlunda, mer laddad. Det blev att man kom emot varandras höfter och underliv lite lätt. Det var väl det han varit rädd för när han var ung, det var väl därför han hukat, han hade sett till att komma tjejerna nära med överkroppen i stället. Han hade varit rädd att flickorna skulle märka att han hade ett underliv, att de skulle tro att han försökte trycka det mot dem. Men hans rädsla hade gjort honom överdrivet framåtlutad. Det ledde till en hopplös dansställning, tafatt och klumpig.

Hon fick honom att känna sig yngre än när han var ung. Hon lärde honom tycka om vin, det hade han knappt druckit innan, avskräckt efter något försök att bli full på något otäckt surt vin i sin ungdom. Men nu, tillsammans med rätt mat var det som att en ny smakernas värld öppnade sig för honom. Nog var det väl kärleken som gjorde honom så öppen, det förstod han. Han hade nog aldrig vågat sig på konstig ost eller musslor och annat utan den. Men nu förstod han vikten av rätt kombination mellan mat och vin. Hon visade honom vägen till alla möjliga goda maträtter. Det blev smakrikt och färgstark allting kring henne. Han var så lycklig över att ha mött henne. Och nu fanns hon inte mer.

Birgit på polisstationen

Hon hade fått tala med den där Arne Tjärlund. Hon hade påmint honom på skarpen om hur dåligt polisen skött sitt jobb förra året med stölden i Västerplana kyrka och att det faktiskt var samma kvinna som upptäckt stölden av Johannes som nu blivit mördad. Trodde polisen månne att det var en slump? Nu måtte de väl ha förstånd nog att bura in den där lusken hon berättat om för dem då, så han inte hann rymma! Hon var så upprörd, det skulle inte få gå till såhär i ett rättvist land, det skulle inte komma hit slödder som tog våra kyrkoskatter! De hade blivit tvungna att börja låsa kyrkorna på Kinnekulle, så skulle det väl inte behöva vara? Låsta kyrkor! Stölder i Herrens hus!

Fast det var väl inte så underligt om tattare och muslimer och andra knepiga människor som man lät komma hit stal, de hade förstås inte samma känsla för det heliga i våra kyrkor! Det var ju inte deras förfäder som arbetat och slitit med att få kyrkorna fina. Visste konstapel Tjärlund hur mycket bönderna jobbade för sina kyrkor förr? Och inte bara bönderna, alla i byn fick minsann göra dagsverken för kyrkan. Men på den tiden var man gudfruktig och ville att ens egen sockenkyrka skulle vara fin minsann, det var ju bönderna själva som byggde kyrkorna!

Här någonstans hade den där Tjärlund börjat fråga ut henne om vad hon visste om Marianne Ekholm. Han verkade lite spakare än sist, hoppas han hade förstånd att ha dåligt samvete över att de inte burat in tjuven. Fast han ville helst inte tala om det, utan bara om mordet nu. Men Birgit tänkte inte låta sig avspisas så lätt den här gången. Skulle hon berätta vad hon kände till om Marianne så måste han först lova att poliserna skulle kolla upp den här mannen ordentligt den här gången. Först när han lovat detta började hon berätta.

Man ska ju inte tala illa om de döda, men i det här fallet så var det ju viktigt att polisen fick alla fakta omkring den mördade, och även misstankar som man bar på kunde ju vara viktiga pusselbitar i deras arbete. Det hade han själv sagt, kommissarien. Så hon berättade så gott hon kunde.

Hon talade om hur Marianne hade varit lite väl lössläppt av sig när hon var med i kyrkokören i Medelplana. Att hon verkade vara ute efter karlarna mer än sången. Hennes röst hade förresten inte alls varit något vidare, så man förstod lätt att det inte var för sångens skull hon var med. Ibland hade hon haft djupa urringningar som verkligen inte passade sig i kyrkan. Och så höga klackar sedan, hon kunde ju knappt stå på dem en gång! Birgit själv hade minsann förstånd att ta på sig rejäla skor när det var körövning, det är inte bra för fötterna att stå länge i sådana där högklackade. Sedan var det den där gången när de skulle ha sommaravslutning i Munkängarna. Alla skulle ta med sin egen matsäck, då hade hon tagit med sig rödvin till maten! Ta med vin när hon var på utflykt med kyrkokören! Så ville hon absolut bjuda en av herrarna på vin, man kunde verkligen se vad hon var ute efter. Tydligen hade hon lyckats ställa sig in hos den här stackars mannen. Efter vad Birgit förstått, så hade det nog haft avsedd verkan, det där vinet. Det var verkligen synd om hennes man, antikhandlaren. Fast det var väl så att det inte var så mycket med honom. Vad Birgit hört så hade de knappt levt tillsammans, Marianne hade mest varit uppe på torpet de köpt på högkullen sades det. Var inte det också märkligt, säg? Att köpa ett torp någon kilometer bort från hemmet bara?

Birgit trodde att det bara var för att Marianne skulle ha någonstans att ta vägen med sina karlar. Man hade aldrig sett hennes make där uppe. Han fick väl snällt stanna och ta hand om affärerna medan frun roade sig.

Ja, hon hade berättat så gott hon kunde, både sådant hon visste och sådant hon misstänkte. Sedan hade hon passat på att fråga Arne Tjärlund om lite som hon var nyfiken på själv:

– Arne Tjärlund, han måste bestämt vara släkt med Tjärlunds i Källby?

Jo, det hade stämt bra det. Så hade de haft en ganska trevlig stund där de talat om gamle Tjärlund i Källby, han som hade affären där på sextiotalet. Så de hade talat om en del annat med. Ganska rolig var han faktiskt den där polisen. Han berättade lite dråpligheter från sitt polisarbete. Men man märkte tydligt att han var rasist. Det gillade inte Birgit, det hade hon aldrig varit. Men det berodde väl på att hon haft så många utlänningar som arbetskamrater när hon jobbade i storköket. Det var finskor och chilenskor och det var rejäla människor allihop. Men det var klart, idag tog de ju hit en massa araber och annat konstigt folk. Sådant folk är ju annorlunda, det kan aldrig vara bra att tillåta i Sverige! Inte undra på att det blev så mycket brott.

Hillevi i tvättstugan

Visst är det typiskt att någon ska komma i dörren precis i det ögonblick hon för första och enda gången fört Ingemars skjorta till ansiktet för att känna hans doft. Hon fick bara så stark lust att göra det, hon kunde liksom inte låta bli, och då går handtaget ner och in kommer ingen mindre än Annika! Som om det inte räckt med att bli upptäckt snusande på tvätten av någon av de mer försynta jobbarkompisarna! Hillevi riktigt spritter till och kastar tillbaka skjortan i tvättkorgen. Som tur är verkar inte

Annika reagera på Hillevis snabba rörelser, hon slipper nyfikna frågor och drar en suck av lättnad när Annika börjar klaga över vädret istället. Annika ger inte vädrets gudar några vidare recensioner för dagens show.

– Fy fan för det här jävla regnandet, det har pissat ner hela dagen!

Hillevi kväver en impuls att säga vad hon tänker, att hon själv tycker det varit en fin dag, att hon gillar doften från jord och mull som blir av regnet, doften av hösten. Men hon har blivit klokare med åren, hade hon varit yngre hade hon säkert talat om sina känslor. Nu är hon visare, hon vet att en av de saker människor verkligen stör sig på hos andra är överdriven optimism, när man gjorde en undersökning över sådant man retade sig på hos arbetskamrater kom just detta på tredje plats. När man klagar vill man ha medhåll, inte höra någon säga något hurtfriskt, sådant får bara andra att känna sig dumma, som tråkiga gnällmånsar. Därför är Hillevi förståndig nu och låter som att hon istället håller med Annika.

– Ja, säger hon, de där soliga höstdagarna har inte kommit än.

Först nu får Annika syn på tvättkorgen med Ingrids och Ingemars tvätt. Hon ger den en blick och konstaterar kort:

– Skjortor och jeans nu igen!

Hillevi säger inget om den kommentaren utan fortsätter istället på väderspåret.

– Tror du semestern kommer regna bort för oss nästa år igen?

Hon och Annika brukar ha samma semesterperiod, arbetslaget delas upp i två delar sommartid för att det inte ska bli för många vikarier på en gång. Varannat år har man tidig semester, då går man redan veckan efter midsommar, och varannan är det sen, då ligger det mesta i augusti. Förra året hade de den sena tiden och då var det den regnigaste augustimånaden på tjugo år. Detta året, när de hade tidig, var det istället juli som slog något liknande rekord i nederbörd. De andra, de som hade motsatt semesterskift hade däremot haft riktig tur de här sista två åren.

– Förmodligen, säger Annika, fast det gör inte så mycket, då slipper jag dra runt på motorcykeln, Kjell har dille på att vi ska ut på den så fort solen skiner.

Hillevi hejdar en impuls att fråga varför Annika åker med om hon inte tycker om det, hon vet att någon frågat det förut men minns inte svaret. Som hon har förstått det är det ändå så att Annika vill vara med sin gubbe i alla lägen, fast hon gärna vill klaga på det, troligen bara för att det ligger i hennes natur att klaga på det mesta.

– Ska du stryka dem med sen? frågar Annika med en menande blick mot korgen.

– Får se. Ska du tvätta åt Maj? frågar hon i sin tur Annika, efter att ha sett den rosa tvättkorgen Annika släpat på.

– Jo, det var inte nådigt där idag, jag höll på att aldrig få in kärringen i duschen. Hon frös så förskräckligt, sa hon, fast hon har minst tjugofem grader i lägenheten! Det spelar ingen roll hur hög temperaturen är inne, hon kikar ut genom fönstret och fryser om det ser kallt eller regnigt ut. Så tycker hon alltid att det är alldeles för varmt om solen lyser ute. Det är som att känseln är kopplad till synen på henne! Men det gick till slut, jag sa åt henne att Henrik skulle komma till matsalen och att det väl vore trevligt att vara fin i håret och lovade rulla det åt henne om hon duschade först.

Historien om Maj och Henrik var känd på äldreboendet. Maj, som bott hos dem i snart fem år och närmade sig nittioårsstrecket kunde inte dölja sin förälskelse i den några år yngre mannen. Henrik bodde fortfarande i sitt hus på Sjösätersvägen men brukar ta sig upp till äldreboendets matsal för att äta lunch någon gång i veckan och Maj vill alltid att de ska sätta henne vid ett bord nära honom.

I början hade de inte förstått det där, de hade bara undrat varför Maj plötsligt velat sitta på en massa olika ställen i matsalen, hon som alltid tyckt om att sitta vid ett visst bord i ena hörnet. Nu kunde hon stå upp och titta och säga att hon inte ville sätta sig riktigt än när de kom till matsalen. Det kändes

bökigt, som personal vill man förstås se till att alla får sin mat snabbt och effektivt, lunchen är den tid då det är körigast på jobbet, nu fick man vänta med Maj ibland och eftersom hon behöver hjälp med att bära tallriken fanns det risk att man missade henne när andra pockade på uppmärksamheten. Det var inte roligt att lämna henne stående så där. Men sedan hade någon, det var nog faktiskt Annika, kommit på att bara man satte henne nära Henrik var hon nöjd. Det var honom hon spanade efter och eftersom hon ser dåligt tog det lite tid, men när de väl förstått hur det låg till kunde personalen hjälpa henne. De sa inget om saken till Maj, de såg bara till att följa henne till något bord så nära det bordet Henrik satt som möjligt eller föreslå att de kunde dela bord när det verkade lämpligt. Och även om Maj var en av de mer försynta damerna så hade hon haft mod nog att börja tala med Henrik och numera brukade de alltid sitta tillsammans på lunchen när han var där.
– Det var inte dåligt av dig att du fick in henne i duschen, sa Hillevi.
Hon hade själv försökt få in Maj där några gånger och visste hur svårt det kunde vara. Annika var verkligen duktig på sådant, det måste erkännas, hon var bra på att truga, tjata och ibland småluras, hon skojade med gamlingarna tills deras motsträvighet för vissa saker försvann. Hillevi själv var inte alls bra på sådant, hon hade inte fantasi att hitta på saker att säga som kunde övetyga på det där sättet som Annika gjort nu med Maj.
– Ja, nu är hon ren för några dagar iallfall. Så du har varit hos Ingrid och hämtat tvätten, hur är det med dem nuförtiden?
– Jo, det är väl som vanligt. Ingrid har ont i handen men gör det mesta ändå och Ingemar verkar mest greja i verkstaden när han är hemma. Hur länge tror du han jobbat på Paroc? Har han inga kompisar? han verkar alltid vara hemma när man är där.
Hillevi brukar inte fråga Annika om Ingemar, hon vill inte verka intresserad, men nu när ändå Annika tar upp ämnet kan hon inte låta bli att passa på. Det finns ju en del hon funderat på och Annika är onekligen den som brukar veta det mesta.

– Han har aldrig jobbat nån annanstans, han hör till inventarierna där! Fast, fortsätter Annika, han har inte alltid varit en sån där enstöring, han hade kompisar förr. När han var yngre var han mer normal och han var ganska gullig, ja han var inte min stil, men jag vet en del som var intresserade av honom då. Maria som jobbar här hade ett gott öga till honom på den tiden, har jag för mig. Men det var som sagt innan det blev som det blev.

Hade inte Annikas larm börjat pipa precis då skulle Hillevi inte kunnat låta bli att fråga vad det var som blev som det blev. Men det var Rune som larmade och då brukade det vara bråttom så Annika frågade Hillevi om hon kunde köra igång en maskin med Majs tvätt och pep sedan iväg snabbt. Hillevi blev ensam i tvättstugan igen med sina frågor men de kunde hon väl fråga nästa gång hon såg Annika, hon kände att hon absolut ville veta lite mer om Ingemar. Tänka sig att Maria varit kär i honom i tonåren! Fast Maria var en av de jobbarkompisar Hillevi trivdes bäst med och den som kändes mest lik henne själv, så det var väl inte så konstigt om de hade samma smak när det gällde män.

Innan det blev som det blev, hade Annika sagt. Undrar vad det var, det där som blivit?

Arne och Markus

Arne satt i telefon. Markus hörde latinska ord nämnas, ”fritularia” och ”primula” lät det som och han förstod så pass mycket som att samtalet knappast rörde polisarbete. Han visade sig i dörren och gjorde ett tecken att han väntade utanför. Han tog en kopp varm choklad istället för kaffe. Det tog inte så lång stund innan Arne kom ut, bara lagom för Markus att hinna läsa några nya PM som nålats upp på anslagstavlan.

– Nu har jag lyssnat på inspelningen du gjorde med Birgit Hansson, började han, och det var ju intressant.

– Javisst, höll Arne med, Birgit Hansson är ju en förbannad pratkvarn, men något litet guldkorn kan hon ju ha.

– Visste du om det innan, att det var hon, Marianne, som upptäckte den där kyrkstölden?

– Jaså det! Arne började plötsligt skratta, den historien är inget att bry sig om!

Markus blev förbryllad.

– Jag fattade det som att du också verkade tycka att det var intressant, du sa något om det innan du gav mig bandet?

– Ja men det var inte det jag tänkte på! Den där gamla historien om tjuvaktiga tattare och fan och hans moster är jag less på. Vi hade ett litet helsicke med den tanten förra året! Hon ringde var och varannan dag och tjatade om att vi skulle göra husrannsakan hos en stackars kille som jobbade nere hos Lage, bonden som har Storegården borta i Fullösa.

Markus visste varken var Storegården eller Fullösa låg.

– Så han var inte inblandad i stölden? frågade han

– Inte vad vi vet. Det var inga fler liknande stölder häromkring sedan, så det borde varit någon utifrån. Han som jobbade hos Lage hade ju dessutom jobb och fick lön, de som stjäl är ofta de som inte fått något jobb. Det här var bara en vanlig svartskalle som Lage fått tag i via någon kontakt han har på Öland, där har de mycket importerat folk som skördar på höstarna.

Svartskalle. Markus hade som väl var sluppit höra det ordet på länge, det var väl så rasister kallade invandrare på 90-talet? Det var faktiskt ganska påfrestande att lyssna på Arne ibland. Han och Birgit hade varit ett ganska lämpligt par, tänkte han och smålog. Arne verkade förstås inte så förtjust i tanten. Kanske var de för lika.

– Men det här med att det var Marianne som upptäckte stölden, du tror inte att det kan ha något samband eller vara intressant på något sätt, alltså?

– Nänä, men däremot det andra. Birgit verkade ju säker på att Marianne var lösaktig, som hon kallade det. Då får vi ett motiv som kan passa in i mönstret

Det kunde man ju räknat ut med lilltårna, tänkte Markus, att det var så. Att det var något helt annat som Arne tyckt varit intressant än det han, Markus, tyckte. Och att det var något som kunde passa in i Arnes favorittanke, att Göran tagit livet av sin fru. Markus beslöt i alla fall att ta reda på lite mer om historien med den där stölden. Det var lika bra att fråga Arne direkt. Arne hade inget emot att berätta, han verkade se det som en lustig historia.

– Det måste ha varit innan du började här, det var i april förra året som någon stal en figur inne i kyrkan i Västerplana.

– Var är det Västerplana ligger? undrade Markus. Det hade inte varit så mycket ärenden åt Kinnekullehållet för hans del tidigare, så han hade inte lärt sig området geografiskt.

– Du vet, det är den där byn som ligger finast till på hela kullen, ja, Medelplana är inte så tokigt heller.

– Medelplana känner jag igen, sa Markus

– Det borde du göra, och Västerplana med. De ligger i rad efter varandra när vi kör från Lidköping till Hällekis.

– Ja, just det! Nu kom Markus ihåg. Han hade allt sett skylten med ”Västerplana” på när de åkt till Hällekis. Arne hade rätt, det var en mycket fin liten by, med gamla hus där kalkstenen fanns med som byggnadsmaterial.

– Kom den till rätta, figuren som blev stulen?

– Nej, tyvärr. Den är nog i något helt annat land nu. Det är lågprioriterat, kyrkostölder i Sverige. Det var annat förr det, då var det nästan det värsta man kunde göra att stjäla i kyrkan.

– Men varför verkar hon så säker på att det är den här killen som hon kallar tattare?

– Jo, det var så att hon hade sett en röd bil stå parkerad borta vid kyrkan några dagar innan de märkte att den där Johannesfiguren i trä var borta. Det var en gammal figur från medeltiden. Den sitter säkert som en kitschig detalj någonstans i ett hem borta i USA eller så nu. Nåväl, figuren var borta och en röd bil hade varit parkerad där utanför kyrkan någon dag innan. Så fick hon nys om att det fanns någon utlänning som jobbade hos Lage borta i Fullösa. Eftersom han var från utlandet och lite svartmuskig sådär, som tjuvar brukade vara i böckerna hon läste som barn, var det logiskt för tanten att tro att det var just han som stulit figuren, särskilt när han visade sig ha en röd bil.

– Så beviset skulle alltså vara att bilen var röd, hon visste inte ens märket?

– Precis. Hon krävde att vi skulle göra husrannsakan hos den där stackaren bara för att han körde en en röd bil! Vi försökte fråga henne lite mer om bilen, om det var en kombi eller en sedan eller cupé, Lages arbetare brukar köra runt i en röd kombi ser du. Då sa hon att modellen som stått utanför kyrkan var "vanlig". Vi fick visa bilder på lite modeller för att hon skulle förstå vad vi menade. Då pekade hon på en bil av sedanmodell.

– Var det något annat än bilen som gjorde att hon just misstänkte den där mannen tror du?

– Svårt att säga, förutom just det att han inte är svensk. Kanske har det gått några rykten på byn. Vi for faktiskt ner till Lage Andersson för säkerhets skull. Men han visste inte något. Han sa att hans kille var skötsam och att han definitivt inte var en tjuv.

– Kan det vara en tråd att kolla upp igen? jag menar, nu efter mordet på Marianne. Det är ju lite speciellt ändå att det var hon som upptäckte stölden, tycker jag.

Markus väntade sig stöd av Arne, men Arne lät ovanligt skarp på rösten när han sa:

– Nej låt bli det där, det är ingen idé. Det är bara en vimsig kärrings idéer. Det är bättre vi ägnar tiden åt annat, vi har inte kommit så långt med Göran Ekholm som jag hoppats på. Jag var hos honom idag en sväng på ett spontant besök men han är svår den jäveln, låtsas fortfarande som att han är oskyldig och inget vet. Jag tror nog det är han som är gärningsmannen, men det går ju inte att utesluta att det kan ha funnits en annan man inblandad. Det verkar ju som att hustrun mest var ensam där i torpet men kanske hade hon en älskare. Vi måste ta reda på sådant nu, vi kan inte hålla på med långsökta spår som bara bygger på kärringsnack!

Men Markus kände sig inte säker på att "kärringsnacket" var värdelöst i det här sammanhanget. En stöld av ett antikt föremål. En mördad antikhandlarhustru. Det kunde finnas ett samband.

Ingen hårding

Stefan var verkligen ingen hårding, så mycket hade han insett. Han tyckte mest om att smeka mjukt och försiktigt, han älskade att stryka över hennes silkesmjuka hår och stoppa in näsan i hennes nacke och dra in hennes doft. Han kan känna hennes doft i sina näsborrar närhelst han vill. Undrar hur länge han kommer att kunna det, hur länge doftminnet dröjer sig kvar? Och minnet i händerna, de som han älskade att dra långsamt från hennes små runda tår, längs med de vackra vita benen, över den mjuka magen och sedan kupa kring armarna, svänga uppåt vid armbågarna mot axlarna och så avsluta utflykten med fingertopparna mot hennes haka, läppar, följa ögonbrynens linje, kyssa pannan. Hon njöt av det, det märkte han, hon kunde sträcka på sig och le och säga att det var skönt, att hans händer var sköna.

Men det var inte sådant hon tände mest på, det hade han insett. Det var när han tog i lite, när han istället för att stryka mjukt över håret samlade ihop det till en tofs och kramade hårt så det drog lätt i hårrötterna, när han höll fast hennes händer över huvudet med ena handen och använde den andra till att nypa i bröstvårtan så den blev stenhård och bita henne lätt i örsnibben. Då blev hennes andedräkt häftig, hon försökte komma loss men blev misslynt om han lät henne lyckas, om han höll fast henne och fortsatte blev hon istället mer och mer upphetsad. Det var det som gjorde att han kunde fortsätta fast det egentligen inte var hans natur att vara hårdhänt, men hennes respons, henne häftiga andetag, kroppen som blev het och mjuk under honom fick honom att spela med, bli den dominante mannen han egentligen inte var.

Hon älskade det där och hennes kåthet gjorde honom lycklig. Det var underbart att få vara den som tillfredsställde henne. Han växte som älskare, han vågade ta för sig mer och mer. Han varvade det mjuka med det hårda tills hon gnydde av lust och han själv var så hård att han kunde komma in i henne utan att de behövde krångla med händerna. Det blev blött och varmt och häftigt. Men sedan, efteråt, älskade hon att han låg och smekte henne sakta och länge, då fick han njuta så mycket han ville av att ge henne all den ömhet han bar inom sig.

Det hade inte kommit av sig själv, just de här lite hårdare lekarna hade det varit hon som fått styra in honom på. I början, i alla fall. Senare hade han vågat pröva sig fram lite mer själv och hon var bra på att belöna hans trevande försök att vara dominant genom att tydligt visa att hon njöt av det. Han hade försökt hitta på lite själv, pröva några nya sätt att göra henne lycklig. Hon tyckte om när han rörde hennes hals märkte han, han hade börjat ställa in rakhyveln på skäggstubbsläge bara för att hon verkade älska känslan av den vassa stubben mot sin mjuka hy där. Han kunde lägga handen över hennes hals ibland när de älskade. Det tände hon på, han behövde inte ta i hårt, bara hålla den stilla över halsen. Det var väl det där med maktlösheten som hon gillade, kanske för att hon styrde det mesta annars och hade så mycket ansvar i andra lägen. I alla fall trodde hon själv det kunde vara därför, det sa hon när de pratade om det. De pratade mycket om sex och känslor och sånt, fast sällan just när de höll på, det var mer samtalsämnen till frukosten eller kvällsfikat.

Med tiden hade han börjat tycka ganska bra om det med, att vara den som tog i lite hårdare. Att ha henne under sig, att känna att hon litade så fullkomligt på honom. Att hon litade så mycket på honom att hon till och med vågade lägga sitt liv i hans händer.

Herr Lennart Karlstam

Herr Lennart Karlstam bodde på Ramsäter. Det var det minsta godset som var på Kinnekulle, inte alls i paritet med Råbäck eller Hällekis säteri. Nej, i jämförelse med dessa var Ramsäter bara en vanlig bondgård. Men så hade det inte alltid varit. På 1600-talet var Ramsäter ett gods att räkna med. Fru Elvina Karlstam Stolpe hade fått det i morgongåva då hon gifte sig med sin friherre 1659. Det fanns ett dokument bevarat från detta år då godset beskrivs med areal och antal torp som är mantalsskrivna under det. Senare förlorade släkten Karlstam sin förmögenhet och friherrinnans make, Anders Stolpe, gick in och hjälpte sin svärfar, fast genom att sälja av en del av fruns gods. Men helt barskrapade blev de inte och fortfarande idag ägdes alltså gården av en släkting av familjen Karlstam.

Lennart Karlstam hade blivit änkeman för fyra år sedan. Han var lite tunnhårig men stilig ändå och alltid snyggt klädd. Så hade han den vackraste barytonrösten i kyrkokören. På midnattsmässan sjöng han alltid "O helga natt" så att alla höll andan och hela kyrkan fylldes av högtidlighet. Han var också trevlig och språksam. Birgit hade varit i samspråk med honom flera gånger i olika ärenden som rört hembygdsföreningen. Det blev ju naturligtvis så, då han var ägare till Ramsäter. Väldigt många gamla dokument som fanns bevarade rörde ärenden kring godset eller anställda där. Med tiden hade det blivit så att Birgit tittat in till honom ibland bara för att tala en stund om sådant som rörde bygden förr. Han var alltid tillmötesgående och

vänlig, säkert var det skönt för honom att få lite kvinnligt säll-
skap, det måste vara tomt för honom nu sedan hustrun gått
bort. En gång hade Birgit även tagit med lite kaffe och hem-
bakta kakor och bullar. Hon ville på så sätt tacka honom för att
han hjälpt henne att leta reda på uppgifter till en artikel hon
skrivit i hembygdsbladet. De hade haft en riktigt trevlig stund i
Ramsäters vackra kök. Birgit kände att en djupare förtrogenhet
började växa fram mellan dem.
När Marianne hade börjat i kören märkte man direkt vad hon
var ute efter. Hon ställde sig alltid nära herr Lennart. Hon
kunde ställa sig där, fastän alla de andra som sjöng alt-stämma
hade ställt sig längst bort till höger. När man påpekade detta
för henne fick hon alla altar att komma och ställa sig intill
henne, istället för att själv byta plats. Och så var det de här
kläderna hon bar. Hon kunde bara vara tio år yngre än Birgit,
tja möjligen femton, men hon var i alla fall på tok för gammal
för att ha sådana urringningar! Framförallt i kyrkan! Men de
här urringningarna var till för att visa Lennart, förstod Birgit.
Marianne såg alltid till att ställa sig snett framför honom, så att
han skulle se dekolletaget. Tvi för sådana fruntimmer! Hela
stämningen i kören hade blivit sämre när Marianne börjat. Hon
lade sig i vilka psalmer de skulle sjunga. Ofta fick hon körleda-
ren att lyssna på sina förslag och så skulle de börja sjunga go-
spelsånger och annan konstig musik på engelska som var svår
att lära sig texten på. Så skulle hon alltid ställa in sig hos
Lennart.
– Kan inte Lennart sjunga förstastämma här, han har ju en så
underbar röst, kunde hon föreslå.
En lismande förbannad katta var vad hon var, tänkte Birgit. De
andra i kören verkade inte förstå vad som pågick. De var bara
snälla och vänliga och sa ja och amen till allt som Marianne
föreslog.
Det var Marianne som kommit på att de skulle ha terminsav-
slutning i Munkängarna. Där skulle de sitta under grönskande
stora bokar, i den kraftiga doften från ramslöken, och sjunga
visor i skymningen. Inte bara psalmer, utan Bellman och allt

möjligt skulle det vara. Hon hade satt ihop ett häfte med
sånger själv och delat ut till de andra. Precis som om hon varit
körledaren! Men deras körledare, Anne-Marie, hade bara sagt
att det var jättebra och tackat Marianne för att hon gjort sig
besvär. Ja, inte bara Anne-Marie utan alla i kören hade skrutit
om Mariannes idé att vara i Munkängarna. Elisabeth Hallgren
hade sagt till Birgit att det allt var bra mycket härligare att vara
ute i naturen än inne i bygdegården som de brukade vara på
avslutningen. Detta kunde hon med att säga fast hon visste att
det var Birgit som brukade ordna med avslutningen i Medel-
plana bygdegård. Usch, sicket folk, tänkte Birgit. Otacksamma
människor! När Marianne sedan tagit fram sitt vin och börjat
truga på de andra, framförallt Lennart, gick det för långt. Då
förstod Birgit att hon måste ta reda på lite mer om den där
Marianne. Såhär kunde det inte få fortsätta, då hade hon snart
lagt vantarna på den ensamme änklingen.
Hon hade flera gånger försökt fråga Marianne själv om varifrån
hon kom och om hon var gift.
– Jag har mest flyttat runt i livet, svarade hon på frågan om var
hon kom ifrån. Och på frågan om hon var gift hade hon svarat
att hon alls inte var giftig.
Det var lite misstänkt det där att hon inte ville tala om sig själv.
Birgit hade förstått direkt att det var en oärlig människa, det är
bara sådana som har saker att dölja.
För att få reda på Mariannes efternamn var hon tvungen att
fråga Anne-Marie, det var lika så bra. Marianne själv verkade
så störd av frågor. Men när hon väl fått reda på namnet gick
det snabbt att få reda på vem denna Marianne var. Hon var
minsann gift, hon var antikhandlarfru! Det var de som hade
köpt den gamla stationen i Gössäter och öppnat butik där.
Birgit hade varit inne i butiken strax efter att den öppnat för
några år sedan, men det var inget för henne. De sålde mest
skrot, tyckte hon. Sådana saker hon själv haft jobb med att
köra till tippen då och då under livets gång. Ja, någon fin liten
kaffeservis från Rörstrand hade de haft förstås. Men annars var
det mest rostiga plåtburkar och spruckna trädgårdsurnor. I ett

hörn hade det hängt pornografiska teckningar från 1700-talet i fina ramar. Precis som att porr och snusk blev finare för att den var gammal! Någon Marianne hade hon dock inte sett till i affären, det hade bara varit en man där då. Han var riktigt trevlig att språka med och inte alls så hemlighetsfull av sig som sin fru. Han hade både berättat varifrån han kom och att han var gift men inte hade några barn. Så det var alltså den mannen som Marianne var gift med. Stackars karl!

Birgit hade inte varit sen att använda informationen. Redan nästa körövning hade hon börjat tala högt med Marianne om hennes man och deras antikaffär och frågat hur det gick för dem. Eftersom Marianne som vanligt sett till att ställa sig nära Lennart Karlstam så fick han naturligtvis också höra hela samtalet. Det var strålande, nu kunde hon inte föreställa sig mer. Nu fick alla herrarna veta att den här damen minsann inte var ensamstående, utan gift, fast hon inte bar sin vigselring som hon borde. Nu skulle det inte löna sig för henne mer att försöka ställa in sig hos herr Karlstam. Han skulle aldrig kunna tänka sig att ha en affär med en gift kvinna, det var Birgit övertygad om. Lennart Karlstam var en fin man.

Erosafe

Inatt hade han drömt om Marianne igen. I drömmen åkte hon tåg, hon skulle till Värmland. Han ville hejda henne, det var farligt att åka tåg, det var någon otäck man med på tåget som hon måste akta sig för, Stefan ville varna henne men han kunde inte lämna sin plats i förarhytten. I drömmen var det han som körde tåget och han fick inte lämna platsen, då skulle han inte hinna bromsa när kvinnan dök upp på spåret. Sedan var hon där, på spåret istället, men hel och leende, hon stod och vinkade mot honom och han bromsade men inget hände.

Han vaknade av drömmen men bara nästan, han försökte ta sig in i den igen, han ville se till att slutet blev bra, att han hann stanna tåget. Det gick sådär, det blev att han halvsov och drömde halvt om halvt någon timme till. Drömmen gick inte att få tillbaka som den var men han beslöt sig för att tänka den och i tankarna omvandla den till en dröm med lyckligt slut. Ett slut där Marianne levde.

Sedan låg han kvar i sängen en stund till. Han låg och tänkte på sådant som hänt i deras förhållande, han tänkte på mannen de skrivit till men aldrig träffat. Kanske han undrade varför de slutat skriva? Kanske skulle han skriva och berätta att Marianne var död, han kände ett behov av att få tala om henne med någon.

Han hade kallat sig Erosafe. De hade tagit kontakt med honom via en sida där många människor presenterade sig för varandra genom att visa upp bilder på sina underliv istället för på ansiktet. Marianne hade skrattat åt bilderna på erigerade penisar.

– Hur kan de tro att kvinnor vill se sådant, sa hon, inte tänder vi på det, män lägger alldeles för stor vikt vid den där masken de har mellan bena! Jag har aldrig hört en kvinna bry sig om utseendet på den. Huvudsaken är att den är hård, tillade hon och log när hon smekte över hans jeans för att få hans lem att hålla med i det sista påståendet.

Stefan tror att hon hade rätt i det där, de kvinnor han varit med hade i alla fall verkat betydligt mer intresserade av att se honom i ögonen än mellan benen. Fast på den här sajten var det många män som borde ha svårt för att se åtminstone en kvinna i ögonen, och det var den egna frun. Det fanns gott om män som uppgav att de var gifta och ville ha ett äventyr, deras äktenskap var döda kunde de skriva. Han undrade om deras fruar visste om det, att äktenskapet var dött. Varför inte begrava det i så fall, varför gå omkring och släpa på ett lik hela livet? Nej, han fick lust att skriva och skälla på dessa män. Men han berättade inget för Marianne om sina känslor, de var ju på sätt och vis i samma situation. Och kanske någon av dessa män hade det precis som Marianne hade det med sin man. Kanske frun var dement och kissade ner sig och hade svåra personlighetsstörningar och inte längre var den partner som de gift sig med en gång i tiden.

De var överens om att de som la ut bilder nog mest var exihibitionister och tände på att visa upp sig. Plötsligt kunde man blotta sig offentligt för en massa människor utan att bli åtalad, internet måste vara blottarnas paradis. Fast en del av blottarna kanske tände mest på att skrämmas, och då var det ju inget vidare för dem förstås.

Erosafe hade varit klok nog att inte visa vare sig ansikte eller könsorgan, han hade istället en bild på sig själv där han stod med ryggen mot kameran. Han var ganska liten och tanig, i hans faktaruta stod det att han var 170 cm lång och vägde 72 kilo. Det var bra, tyckte Marianne, att han var liten, då skulle det inte vara så farligt om han skulle visa sig vara farlig, menade hon.

Stefan tyckte själv inte storleken spelade någon roll på mannen någonstans, de skulle ju i alla fall aldrig ta kontakt på riktigt, det hade de kommit överens om. Marianne hade nog inte haft något emot att leva ut sina fantasier på den här punkten, men han kunde absolut inte tänka sig att ha med en tredje part i kärlekslivet och det respekterade hon. Han ville ha sin kvinna för sig själv! Ja, han visste att Marianne var gift, han visste att hon inte ville skilja sig i nuläget och att det kanske verkade fånigt att han inom sig kallade henne sin kvinna, men det var så det kändes. De var som gjorda för varandra. Och maken var ju i sin egen värld och kunde inte vara make mer på riktigt, efter vad han förstått.

Men som fantasi tyckte även han att det var spännande att tänka sig Marianne med andra män, med flera män. Och det var tillåtet att fantisera, som Marianne sa. Ibland kunde han tycka att de lurade den här mannen som kallade sig Erosafe, att de gav honom falskt hopp när de skrev om allt de ville göra när de träffade honom. De skrev aldrig "om" vi träffas, utan alltid "när" vi träffas. Bara det. Men Marianne sa att det här var det vanliga sättet att mötas på sådana här sajter, de fantiserade bara nästan allihop här, inte många gjorde allvar av att mötas på riktigt. Och det var skönt att fantisera tillsammans med Marianne. De skrev att de bodde i en villa i Götene, dit ville de förstås bjuda Erosafe, där skulle han få vara med dem. Första gången fick han bara titta på, skrev de. De skulle laga god mat och köpa hem vin och sedan skulle han få vara med och titta på när de älskade med varandra. Se men inte röra, de ville känna sig trygga med honom först och främst. Erosafe verkade inte ha något emot detta upplägg. Han skrev i sin tur att de fick komma till honom i Värmland, där bodde han på en liten ort i ett eget hus så de behövde inte vara tystlåtna av sig om de kom dit, det låg en bit ifrån närmsta granne. Han hade en stor säng och även en del leksaker som dildos och handklovar. Han skrev hur de kunde sätta fast Marianne i handklovarna och sedan smeka och slicka henne överallt så hon blev galen av kåthet. Så skrev han. Marianne tyckte om det, hon tyckte att Erosafe skrev så bra, ja så bra att hon ibland misstänkte att det var en kvinna som bara låtsades vara man. Man kan aldrig veta något säkert på de här sidorna, sa hon.

När de skrivit ett tag presenterade han sig, han började avsluta sina mejl med "kramar från Johnny".

Johnny! Hade han vetat namnet från början hade han sett till så att de valt en annan man att kontakta. Stefans mamma hade varit dagbarnvårdare och haft hand om minst hundra ungar, och hans egen erfarenhet från skolan hade bekräftat det där som hans mamma brukade säga. Det där att det bara var problembarn som hade namn som slutade på bokstaven y.

Hillevi får morgonrapport

– Något har hänt med Hedvig. När jag var inne hos henne igår kväll verkade hon konstig. Hon frågade om det skulle bli mat snart, jag förstod det som att hon väntade på middagen. Hon verkade inte gjort iordning sina kvällsmackor som vanligt och hon hade inte ringt på oss som hon brukar.

Sanna ser bekymrad ut när hon rapporterar och Hillevi förstår henne, det var verkligen inte likt Hedvig att verka så förvirrad. Damen ifråga var förvånansvärt pigg för sin ålder, hon var den näst äldsta invånaren i servicehuset med sina 95 år, men det skulle man aldrig kunnat gissa. Kanske det goda livet som herrgårdsfru gjort att hon bevarats ovanligt väl. Ja, troligen var det väl så tänkte Hillevi.

– Har sköterskan varit där?

– Nej, men hon är tillsagd och ska komma idag. Hon bad oss kolla om Hedvig verkade påverkad på andra sätt men vi har inte märkt något, möjligen om hon rör sig lite stelare.

– Konstigt att hon inte kom hit istället, det låter ju som en TIA-attack eller något, de brukar ju alltid vara snabba att komma. Vem var det?

– Det var Lena som hade jouren igår, jag tror att hon jobbar idag med. Hon verkade ha ganska fullt upp så det var nog mitt fel också att hon inte kom, jag var så osäker på om det behövdes. Det gick inte att märka något direkt på Hedvig, hon är inte sned i kroppen eller så. Det verkar bara som att hon blivit snurrig ändå.

– Det brukar alltid vara något, sa Hillevi. Har du varit inne hos Hedvig nu på morgonen?

– Nej, jag ville inte väcka på henne, tänkte vänta och gå in vid nio som vanligt.

– Vi kan väl gå in ihop, föreslog Hillevi. Då blir hon nog nöjd, tillog hon och log.

Det hade märkts att Hedvig Karlstam var en dam van vid att ha tjänare omkring sig när hon flyttade in på äldreboendet. Hon var inte den som bad om ursäkt för sig när hon behövde hjälp. Faktum var att de allt som oftast fick lov att göra den gamla damen besviken då hon bad dem om att utföra diverse sysslor. Trots sin ålder var hon inte tilldelad så många timmars hjälp i månaden, hon var alldeles för pigg för att biståndbedömaren skulle kunnat ge henne mer. Handling och städning var det som gällde. Och så på med stödstrumpor varje morgon, ta av dem kunde hon själv. Men Hedvig hade larm och det brukade hon flitigt.

– Kan lilla Hillevi vara vänlig och hjälpa mig att posta ett brev?

Så kunde hon fråga och göra en grimas som troligen skulle föreställa ett vänligt leende när Hillevi lämnat en annan av de boende tillfälligt för att ta sig ändå bort till A-husets länga för att se vad Hedvig larmade om.

Hillevi hade till en början varit en av dem som snällt hjälpte den gamla damen med än det ena, än det andra. Men ju mer de hjälpt henne, ju mer larmade hon, så under ett personal-möte ganska nyligen hade de alla kommit överens om att vara mycket restriktiva med att utföra ärenden som låg utanför ramen på det Hedvig hade fått beviljat av kommunen.

Kunde detta påverkat att hon var förvirrad nu? Kunde det helt enkelt vara ett sätt för henne att försöka få mer uppmärksam-het från personalen? Hade hon inte nyligen i matsalen sagt något som:

– Man får väl bete sig som den där tokan, så man får hjälp här någon gång! Så hade hon pekat på stackars Astrid som behöv-de hjälp vid matbordet för att inte köttfärsåssen och spagettin skulle blandas ihop med servetterna och mjölken.

Man kunde aldrig så noga veta med Hedvig, tänkte Hillevi. Det var underligt annars om hon blivit förvirrad bara sådär. Fast när hon tänkte efter, var det inte så att en del saker som hänt tidi-gare kunde tyda på en begynnande demens? Det fanns en viss misstänksamhet hos Hedvig och det var vanligt hos personer som började bli dementa. Senast härom veckan hade det varit

tal om att Hedvig anklagat personal för att ha slarvat bort en linneduk för henne. Hon hade också ganska omständiga procedurer för sig när det gällde en del saker som pengar och nycklar. Kanske var hon bara bra på att dölja sin glömska? Nåväl, de fick väl se hur det var idag, kanske Sanna fattat fel igår, kanske Hedvig menat något annat när hon undrat över maten, hon var inte alltid helt lätt att förstå sig på. Ibland kunde hon ge förtäckt kritik, man förstod inte riktigt hur hon huggit förrän efteråt. Men de var vana, hemtjänstpersonalen. Hillevi och flera med henne kunde nästan tycka det var lite roligt ibland med de här vassare gamlingarna. Det var inte svårt att förstå att de försökte behålla sin värdighet i utsatta situationer, att vara beroende av andra är ingen lätt sak, det tär på värdigheten. En del liksom kröp ihop och ursäktade sig hela tiden. En farbror de haft hade gråtit av skam när han kissade ner sig:
– Förlåt, förlåt, förlåt, hur jag ställer till det! jämrade han sig. Varje gång. Och han brukade kissa ner sig minst tre gånger om dagen. Stackars man, det var nästan jobbigare att möta den attityden än den som Hedvig visade upp. Hon blötte också ner sig emellanåt, urinrör har en tendens att bli slappa med åren. Men något inlägg ville hon inte ha minsann, det var inte bra för underlivet, sa hon. Man kan få svamp! Hon kunde förvisso ta av sig de nerkissade kläderna själv och ta på sig nya, men en förfärlig massa tvätt blev det i onödan. Men Hedvig verkade inte det minsta skamsen över kisstvätten utan verkade bara tycka det var bra att personalen fick lite att syssla med. Jaja, det var ju tur det fanns gamlingar som behövde hjälp överhuvudtaget, annars vore vi arbetslösa allihopa på det här bygget tänkte Hillevi.

De hann inte gå till Hedvig förrän vid nio, det hade larmat hela morgonen, det var ovanligt många morgonpigga idag. Hasse i C-korridoren hade fått sådan andnöd att de var tvungna att ge honom en dos från inhalatorn, det var längesedan han behövt det. Kanske var det vädret som påverkade hans astma, när kylan kom brukade luften bli sämre i de långa huslängorna som äldreboendet bestod av. Hillevi var skeptisk till modern ventilationsteknik, system där fläktar skulle vara på hela tiden. Hon misstänkte att det frodades dålig luft i ventilationsrören. I alla fall tyckte hon luften brukade vara bäst i gamla hus med självdrag

När Hillevi väl kom till Hedvig verkade allt som vanligt, nästan. Det som var annorlunda var att Hedvig verkade trevligare och ville prata mer än vanligt. Hon frågade Hillevi om hur hon mådde och hur hon trivdes i livet. Hillevi blev förvånad, Hedvig hade aldrig pratat på den nivån med dem förut, med en kamratlig ton. Det hade bara varit önskemål om det ena eller andra och ibland rena befallningar. Hillevi svarade så gott hon kunde, hon berättade lite om svampplockningen och de talade om hur skönt det är i skogen på hösten. Sedan passade hon på att också fråga Hedvig hur hon mådde och hade det.
– Jovars, sa Hedvig, inte skulle de prata om henne nu, hon trivdes bra som vanligt.
När Hillevi sa adjö sa Hedvig:
– Ta du med Lennart nästa gång du kommer, det är inte bra att ni lever så mycket var för sig.
Lennart, visst var det så Hedvigs son hette? Hedvig måste trott att Hillevi var Lennarts fru! Det var därför hon haft en annan ton, det var inget tjänstefolk hon trott sig ha umgåtts med utan sin sonhustru.
Hillevi sa som det var att hon inte hade någon koll på Lennart och vad han gjorde för något men att hon skulle hälsa honom om hon stötte på honom.
– Du ska se till att ha lite mer koll, det är inte bra för honom att bara sköta sig själv. Han behöver hjälp av dig, han blir så knepig om han går själv för mycket.
– Jag är inte Lennarts fru, förklarade Hillevi då. Jag jobbar här på äldreboendet där du bor, Hedvig.
Hedvig tittade på henne men såg inte ut att lyssna.
– Ta med Lennart nästa gång, sa hon istället återigen. Jag vill inte att han blir sådär konstig igen.

Hillevi orkade inte försöka förklara mer för Hedvig, ibland känns det bättre att låta förvirrade gamla få leva i sin värld där de har en sorts kontroll istället för att hela tiden påpeka för dem att det de säger på något vis är galet.

– Kram på dig Hedvig, sa hon därför bara, vi tittar in senare!

Hon kunde höra att Hedvig sa något mer när hon gick ut genom dörren men hon öppnade inte igen för att fråga vad hon sagt. Många äldre kunde prata så länge och tiden räckte inte alltid till för att stanna kvar och lyssna.

Markus och Arne

– Har du hört om hon med hängpattarna?

– Nej. Markus var måttligt intresserad av Arne skämt, antingen handlade de om kvinnor eller invandrare. Ibland kunde det som omväxling bli något om någon som la av en rökare på fel ställe med.

– Jo, ser du, fortsatte Arne som inte verkade ha märkt hans ointresse. Det var så att tanten var less på livet och skulle ta livet av sig. Så hon ringde och frågade doktorn var hjärtat satt.

– Mm, sa Markus och försökte se lite intresserad ut.

– Ja, då sa doktorn att hjärtat sitter ungefär fem centimeter nedanför vänstra bröstvårtan. Då gick hon hem och sköt sig i knät!

Arnes skratt mullrade fram när han berättat klart och Markus kunde skratta med, litegrann, den här historien var nästan rolig. Men det han kommit dit för kändes inte så kul. Han skulle tala om för Arne vad Kristina, Görans syster, berättat igår per telefon. Hon hade ringt upp honom idag strax innan fem och sagt att det var något hon funderat på efter deras samtal, något som hade med den där frågan om Göran varit lugn i sin ungdom att göra. Hon hade ju sagt att han inte bråkade. Men en gång när han var full hade han tydligen gjort en flickvän illa, berättade hon nu. Men han hade mått så dåligt av det han gjort att han helt slutat dricka sprit efter det.

Markus kände det lite motigt att ge Arne kött på benen till hans teori om att det var Göran som haft ihjäl sin fru. Det var inte bra heller att han inte spelat in samtalet men Kristina hade varit så tveksam till att tala i telefonen överhuvudtaget och när hon plötsligt hasplade ur sig det som hon ville ha sagt var inte Markus så pigg på att avbryta för att be om att få göra ett formellt förhör. Han hade varit rädd för att hon skulle komma av sig om han blandade in formalia. Men nu var han rädd för att Arne genast skulle vilja pressa systern i ett nytt förhör. Han kände på sig att det nog skulle bli så, och fick dåligt samvete gentemot Kristina. Hon kände sig ju tydligen som en förrädare mot brodern för att hon berättat den här gamla historien. Nya förhör kanske skulle få henne att ångra att hon sagt något alls. Och hon skulle tänka sura tankar om den där polisen som låtit så vänlig i telefon. Alltså honom, Markus. Han ville gärna att folk skulle tycka om honom. Det var väl lite fel yrkesval han gjort när han blev polis, så sett. Fast han hade i alla fall haft förstånd nog att inte bli lärare, som han funderat på först.

Som tur var verkade inte Arne vilja kasta sig över Kristina direkt. Markus fick inte ens skäll för att han inte spelat in. Arne höll tvärtemot med honom om att det nog bara stört samtalet.

– Blir det viktigt senare så kan vi göra ett formellt förhör då, sa han.

Så långt var allt väl. Det enda obehagliga var att se Arnes menande leende när han berättat om samtalet. Nu skulle han säkert bli ännu mer inkörd på att undersöka omständigheter kring Göran. Markus var rädd för att det skulle gå ut över undersökningen i övrigt. Att det skulle hindra dem från att hitta den rätte mördaren.

Rapport om utredningen

Det var nu fem dagar sedan tågolyckan. Allt tydde på att dödsorsaken var yttre våld mot offrets huvud. Enligt rättsläkaren har Marianne troligen bragts om livet på torsdagskvällen och alltså varit död cirka åtta timmar innan kroppen hamnat framför tåget. Teknikerna som undersökt området har hittat tecken efter en bil parkerad vid vägkanten strax intill där vägen korsade järnvägen. Bilen hade haft två av däcken på asfalten och två i vägrenen. Tyvärr gick det inte att få tag i något däckspår, det var för mycket gräs och andra växter på platsen, man såg bara fördjupningar i marken under gräset. Den gamla vägen mellan brottet och det som en gång var Cementa var ett ganska ensligt ställe. Men det var en del som använde den till att rasta sina hundar så det var trots allt inte ett helt ofarligt ställe att dumpa ett lik på. Beträffande könet på förövaren ansåg man det troligast att det var en man, det är tungt att bära på lik, även om Marianne varit en relativt nätt kvinna. Hon var under medellängd och smal om armar och vader och hade små fötter, de kilon hon hade var mest fördelade kring lår, stuss, mage och byst. Hon hade varit vad man skulle kallat liten och kurvig, även om magen med åren gjort kurvorna mindre markanta.

Det kunde givetvis även vara två eller fler gärningsmän. Inget tydde på att offret blivit utsatt för våldtäkt, det enda tecknet på våld mot henne var så långt man kunnat se skadan i bakhuvudet. Sexuellt våld kunde dock inte uteslutas då kroppen blivit svårt skadad i bäckenet, skadorna tydde på att kroppen legat med benen på var sin sida om rälsen, en annorlunda position som i sig kunde vara en indikation på att den som forslat dit kroppen velat att tåget skulle förstöra underlivet på offret, eventuellt för att dölja bevis. Obducenten skulle fotsätta arbeta med att gå igenom den skadade vävnaden för att söka eventuella spår av sperma.

Förhöret med hennes man har inte gett så mycket. Göran Ekholm har uppgett att han såg sin fru senast måndag eftermiddag förra veckan. De hade då varit tillsammans i några dagar, Marianne och han hade hjälpts åt att möblera om i affären och gått igenom papper för momsredovisningen. Marianne brukade periodvis bo i en stuga paret ägde gemensamt uppe på högkullen. Göran uppgav att han själv inte trivdes att bo där, mest på grund av sanitetslösningen, han tyckte helt enkelt att det var obehagligt att gå på utedasset.

Paret Ekholm hade inga barn. Ingen av dem hade heller barn från tidigare förhållanden. Enligt Göran var deras förhållande gott och vänskapligt. Inga uppgifter finns som motsäger denna uppgift. Göran förekommer ej i brottsregistret sedan tidigare, så inte heller hans avlidna hustru.

Göran Ekholms bil har tagits i beslag för undersökning. Man har även tagit in paret Ekholms dator för granskning.

Man har i dagsläget inte funnit något mordvapen. Uppe vid torpet där Marianne brukade bo periodvis har man upptäckt att en klyvyxa som borde funnits i vedboden fattas. Man har sökt efter den i närområdet, dock utan resultat. Göran Ekholm har uppgett att det troligen inte funnits någon yxa av större modell då hustrun brukade köpa ved som var färdigkluven. I vedboden har man dock påträffade okluven ved, misstankar finns därför att det kan ha funnits en större yxa. Utredarna har begärt förstärkning av hundpatrull för att genomsöka området kring torpet och vägen ner mot Hällekis efter eventuella föremål.

Blodet som funnits i en hink uppe vid torpet var av Mariannes blodgrupp och har troligen hamnat där samma dag Marianne Ekholm mördades. Hinken har lämnats för en vidare analys, förhoppningen är att kunna spåra eventuella spår av annan blodgrupp (ev från gärningsman). I hinken återfanns även en trasa som troligen använts för att torka blodet med.

Utredarna håller i dagsläget på att kartlägga Mariannes vidare bekantskapskrets, vaga uppgifter om att hon eventuellt kan ha haft ett utomäktenskapligt förhållande ska undersökas grundligt. Spåren kring brottet är små och utredarna tror i dagsläget inte att det fyller någon större funktion med en förstärkt styrka kring utredningen på lokal nivå. Man önskar dock hjälp med att kontrollera uppgifter kring Göran och Marianne Ekholms förflutna, alltså från deras barndom och fram till tiden då de flyttade till Kinnekulle år 2008.

Det har kommit in en del tips från allmänheten, dock inget av större intresse för utredningen.

Birgit

Den där slampan! Och så Lennart som var en så fin man! Där ser man vad ensamhetens gissel kan ställa till med.

Hon borde förstås själv visat Lennart lite tydligare att hon fanns där för honom, inte bara som en god kamrat utan även att hon kunde bli hans på riktigt. Hon hade varit för försiktig. Fast det var lätt att säga såhär i efterhand, innan Marianne kom in i bilden hade hon tyckt att hon skött sina kort väl, gått fram i lagom takt. Men det är klart, karlar har svårt att klara sig själva och de är väldigt lättledda som Birgits förstått det. Kommer det en kvinna som vet hur man förför så har de inte mycket att sätta emot. Hennes egen man, Sven, hade nästan varit otrogen en gång i början av deras förhållande, det var en midsommarafton som en kvinna hade fått klorna i honom när han var berusad. Som tur var hade Birgit haft ögonen på skaft den gången och märkt att Sven och den här kvinnan försvunnit iväg ut i sommarnatten och smitit efter.

– Jag visste inte hur jag skulle säga nej, var hans kommentar efteråt, när hon frågat varför han gjort så mot henne, varför han följt med den där kvinnan och börjat vänslas med henne.

Då var hon inte särskilt nöjd med den förklaringen, men så här i efterhand förstod hon att det nog var precis så det varit. Sven var liksom många andra män uppväxt med att de skulle försöka fånga flickor, de skulle vara de aktiva som ansträngde sig för att få kvinnan att säga ja. Men de hade ingen som helst träning i att själva säga nej, han var inte van vid den situationen.

Kanske hade det varit likadant för Lennart när Marianne kom och började flamsa runt honom. Kanske han inte visste hur han skulle säga åt henne att sluta, han var ju så fin och artig mot alla. Eller hade han helt enkelt blivit förförd, Birgit ville gärna tro att Lennart inte var en sådan som föll för slampighet men tyvärr kanske alla karlar var sådana, kanske inte ens en friherre var ett undantag. Marianne var ju ganska mycket yngre än honom och såg väl bra ut i karlarnas ögon så det var kanske inte så konstigt om han blev smickrad. Tur i alla fall att Birgit varit där och satt stopp för det hela innan det gått riktigt illa.

Kan tänka att Lennart verkat vara ett intressant byte för en kvinna som arbetade med antikviteter! Ramsäter var ju fullt av sådana, det var säkert lockande att bli fru i huset där. Säkert betydligt bättre än att vara det till den där antikhandlaren, det verkade mest vara loppiskvalité på hans grejor efter vad Birgit kunnat bedöma. Och Birgit var inte helt ute i det blå då det gällde antikviteter, hon hade följt antikrundan på TV noga i alla år och som aktiv i hembygdsföreningen på Kinnekulle hade hon ett gediget intresse för gamla ting. Jojo. Hade Marianne lyckats nästla in sig mer hos Lennart hade hon väl förskingrat alla fina gamla släktklenoder som fanns på Ramsäter, det hade inte varit roligt. Det var nog värda en hel del, de saker som fanns i det huset. Birgit hade roat sig med att kika på internet hur värdet låg på antika vapen, Lennart hade tre gamla pistoler hängande i den stora entréhallen. Hon hade letat reda på en liknande som var till salu på en sida för vapensamlare. Sexton-tusen ville ägaren ha för den! Tänka sig, bara en enda sådan där pistol kunde säljas och bli en resa till Paris för två om man så ville! Och vad skulle då inte alla fina svenska möbler han hade vara värda? Det fanns gamla rokokobyråer och speglar på Ramsäter som gott kunde vara gjorda av stockholmsmästare. Dessutom hade både Lennarts mor och Sylvia varit förtjust i det moderna, luftigare möblemanget, främst tillverkat av Carl Malmsten och hans elever. Sådant började det minsann också bli priser på, men de möblerna vore synd att sälja. Det är väldigt bra möbler det där, lätta att flytta på när man ska städa till skillnad från gamla klumpiga linneskåp och chiffonjéer.

Birgit skulle minsann se till att allt fick bli kvar som det var om hon blev husfru på Ramsäter, det var då en sak som var säker! Ja, förutom kanske några gamla pistoler, sådant som bara hängde och samlade damm kunde väl hellre säljas till någon samlare som blev glad åt det. Det tyngde ner väggarna med sådant där bråte, det hade varit vackrare med lite blommor i väggamplar eller någon fin vepa eller tavla. Vapen var ett otyg, även om de var gamla, kanske någon blivit dödad med just de där antika pistolerna. Några av de dyrbara men klumpiga möblerna kunde de också göra sig av med. Det blev lite tungt och mörkt med gamla valnötsskåp och annat antikt och om det skulle bli så att Birgit flyttade dit en dag behövde ju även något av hennes möblemang få plats. Åtminstone den fina spegelbyrån som hon ärvt efter sin mormor. Den var byggd av en släkting som varit möbelsnickare vid sidan av sitt lantbruk någon gång på artonhundratalet.

Birgit brukade tänka sig in i hur hon vandrade runt och gjorde fint på Ramsäter. Hon såg hur hon och Lennart Karlstam gick genom rummen hand i hand och hur glad han var över att ha henne där, hur tryggt och gott det var för honom att få lämna över skötseln av rummen till en kvinna, en som visste hur man kunde få det hemtrevligt och stilfullt på en och samma gång. Det kallades att visualisera, hon hade lärt sig tekniken på en kurs kyrkan hade anordnat på kursgården borta i Vallebygden. För tjugo år sedan hade samma kurs setts som farlig New Age av svenska kyrkan, men nuförtiden tog man emot det mesta med öppna armar, visualisering, meditation och mindfullness. De hade till och med haft dans i kyrkan en söndag! Ja, ingen vanlig dans förstås, det kallades "heliga danser", men ändå. Det var sannerligen högt i tak i herrens församling numera. Det mesta var väl rena tramset, men Birgit hade ändå gett sig på det här med att visualisera ibland. Hon hade till exempel visualiserat att Lennart stod ensam och att Marianne inte längre fanns där och störde honom utan att hon, Birgit, kunde få komma och ge honom den kärlek han var värd. Och så var det ju nu.

Markus åker till Storegården

Höstdagen är klar och landsbygden här kring Kinnekulle är verkligen vacker. Han är på andra sidan berget idag. Han har tagit vägen via Götene, så upp mot Kinne-kleva och fortsatt ut på småvägar längs med gärdena. Det är något ålderdomligt över markerna här, de gamla kyrkorna bidrar nog mycket till känslan. Arne har berättat att många av dem är från 1100-talet. Det är egentligen maffigt, inte många byggnader man kan gå in i än idag är så gamla. Niohundra år! Markus har aldrig tidigare varit intresserad av historia men Arnes intresse har smittat av sig litegrann, märker han nu. Man får en annan känsla för saker om någon kan berätta på ett spännande sätt. Det var väl det som fattats historieämnet i skolan. Hans lärare i historia hade inte varit bra på något. De lektionerna hade varit bland de värsta, eleverna fick ta över helt och hållet, och det var säkert roligt för de stökigaste att få en plats att visa upp sina konster på. Men för Markus del hade det bara inneburit rädsla och olust. Han visste aldrig när de plötsligt skulle börja bråka med honom. Usch, det var skönt att slippa vara skolbarn något mer.

Markus kände mer och mer att det var ungdomar han ville jobba med. Det här med kriminalhistorier, som verkade vara de mest eftertraktade jobben inom polisen, var inte alls hans grej. Han är inte nyfiken av sig. Han tycker inte om att behöva rota runt i människors privata liv och försöka hitta motiv hos människor som kanske är helt oskyldiga. Det finns på något sätt bara offer. Han vill jobba förebyggande, han vill vara till nytta i samhället. Det är därför han blivit polis. Men nu fick han göra det bästa av situationen han var i.

Idag har han bestämt sig för att åka en tur till Storegården, trots Arnes avrådan. Han tycker att de är skyldiga Birgit Hansson det. Även om Arnes beskrivning av henne som en gammal sladdertant med livlig fantasi kanske stämmer, tycker Markus att det ändå måste undersökas så det inte finns något samband mellan kyrkostölden och mordet. Även om denne gästarbetare som Birgit är så misstänksam mot inte har något med det hela att göra kan det vara intressant att se om han alls finns kvar i Kinnekulletrakten. Kanske är han inte ens kvar i kvar Sverige, då behöver man inte mer fundera över det.

Men det känns lite olustigt att veta att Arne inte skulle gilla hans tilltag att åka hit, hittills har de alltid talat om för varandra vad de ska göra. Idag är Arne på väg till Kristinehamn. Han har letat reda på en väninna till Marianne som han ska tala med. Markus har i uppdrag att åka och tala med Lennart Karlstam på Ramsäter. Detta var ett jobb Arne gärna gjort själv, men Karlstam var lite bekant med Arne och ibland kan det vara bättre att polisen är en helt anonym person. Eftersom det gäller lite intrikata frågor så ansåg både Markus och Arne att det var bättre att Markus åtog sig att fråga ut Lennart Karlstam om hans eventuella förhållande till Marianne. Men Markus ska inte vara hos Lennart på Ramsäter förrän klockan tre, och nu när han ändå har tid över kan han ju fara förbi Storegården.

Infartsvägen till gården är kantad av höga träd, gården verkar motsvara sitt namn i storlek. Markus är ingen lantbrukare och förstår inte vad det är som växer på gärdena närmast huset, han tycker mest det liknar vanligt gräs. Väldigt grönt och välvårdat ser det ut i alla fall, om man bara tittade på den odlingen skulle man kunna tro att det var försommar nu och inte höst. Det måste varit något de planterat mitt på sommaren.

Han parkerar bilen på gruset på gårdsplanen, intill en vit Nissan pickup. Det ser lovande ut, Lage Andersson är nog hemma, tänker han när han ser bilen men ingen kommer och öppnar när han ringer på dörren. Han bestämmer sig för att gå bort till ladugården och se om han hittar någon där. En port står öppen i ena längan, han går dit och hojtar in i lokalen men det är lika dålig respons här. Längre bort i trädgården, snett bakom mangårdsbyggnaden, ligger något som ser ut som en byssja. Kanske är det där Lage Andersson hyser in sina arbetare? Markus går bort dit. Han tycker sig se något röra sig innanför fönstret och när han knackar på den brunmålade dörren hör han tydligt några ljud. Här verkar det finnas någon i alla fall. Men resultatet av hans knackningar är dåligt. Det känns olustigt att den som är där inne inte vill öppna. Markus är civilklädd idag och har inte kommit i polisbil, så det kan inte vara för att den där inne är rädd för poliser. Underligt, tänker Markus. Underligt och obehagligt att stå och knacka när ingen öppnar, fast de uppenbarligen är inne. Han går tillbaka bort till sin bil igen och ställer sig och tittar en stund på omgivningen. Långt ute på ett gärde far en traktor fram och tillbaka. Det är väl dags för höstplöjningen nu. Eller kanske nån sorts skörd? Markus funderar på om han ska ta sig ut till bonden på gärdet. Det ser inte ut att vara ett gärde som hör till Storegården, det är ganska långt bort och traktorn är närmare granngården. Det är förargligt att ingen är hemma eller vill ge sig till känna när han nu till slut bestämt sig för att fara hit! Klockan är bara två på eftermiddagen, han har inte annat att göra heller i väntan på att åka till Lennart Karlstam. Han känner sig irriterad och bestämmer sig för att försöka med byssjan en gång till. Han knackar inte på direkt utan går ett varv runt den. På baksidan sitter ett fönster, det sitter lite för högt för att man ska se in, och det är någon tunn gardin fördragen. Genom tyget kan han se konturer av någon figur. Det ser ut att vara en täljd figur i trä!

Markus går till dörren igen och knackar på. Det känns ändå mer olustigt nu, men han vill inte fega ur. Ingen öppnar nu heller.

Han går bort mot bilen igen och nu hör han tydligt ljudet av en traktor någonstans. Snart ser han den med, det är en traktor modell stor, ett sådant där monster med enorma däck. Bakom den hänger ett brett släp med slangar som väller fram som ormar. Hela ekipaget stinker vidrigt. Det kör bort mot gårdsplanen mellan ladugårdarna och stannar där. Markus går dit med. Han blir nästan spyfärdig av stanken. Bonden som hoppar ur är blåklädd och gråhårig. Han är kort och såhär intill den stora traktorn ser han snarast ut som ett förvuxet barn, lite av Karlsson på taket. Markus avskydde Karlsson på taket när han var barn.

– Markus Svensson, säger Markus och sträcker fram handen.

– Andersson, säger mannen och ser avvaktande ut. Han sträcker fram sin hand med, om än lite motvilligt.

– Är det du som är Lage Andersson? frågar Markus. Han vill vara säker på att det är rätt person han talar med innan han avslöjar att han är från polisen. Det blir så lätt prat annars.

– Ja, det stämmer, men vad vill du? Mannen låter irriterad.

– Jag kommer från polisen, säger Markus, som också känner sig irriterad. Han blir påverkad av mannens fientliga attityd och den vidriga stanken i luften på ladugårdsplanen. Jag vill ställa några frågor om du har tid?

– Det vet jag verkligen inte om jag har, vad ska det vara att fråga mig om, jag har inget otalt med någon! säger Lage Andersson.

– Det är bara några enkla frågor, det går snabbt, lugnar Markus mannen. Jag undrar lite över en av era anställda, det gäller en arbetare ni ska ha här.

– Jaså, säger Lage och sedan säger han inget mer.

Markus får lov att fortsätta förklara sitt ärende.

– Jag har fått höra att en man som arbetade hos er förra våren ska ha blivit hörd av polisen i samband med ett inbrott i Västerplana kyrka. Stämmer detta?

– Jo, det kan väl stämma på sitt sätt. Fast förhörd är väl att ta i. Någon kärring hade sett en röd bil vid kyrkan och fantiserat ihop något om min gubbe bara för att han inte är svensk. Jag borde stämt henne för förtal, men jag har inte tid att hålla på med sån skit.

– Ni har alldeles rätt om det där med förhörd, jag sa inte så heller utan ”att han blivit hörd”. Markus har kommit över den första känslan av underläge inför mannens aggressivitet och försöker nu tala mer formellt.

– Efter vad jag hört är er bedömning av uppgiftslämnaren inte heller helt felaktig, men vi behöver trots allt höra oss lite närmare för i frågan eftersom detta brott ännu inte är uppklarat, sa Markus och kände sig hyfsat nöjd med sina formuleringar.

– Ni kan dra åt helvete! svarade Lage Andersson föga vänligt. Åk ut och lös lite brott istället för att dricka kaffe med vimsiga kärringar! Jag blev av med min släpkärra för två månader sedan och jag har inte hört ett ljud från polisen efter det. Men något gammalt träbeläte från kyrkan ägnar ni visst flera år till! Fy faan!

Lage Andersson spottade på marken som för att understryka sin ilska och motvilja mot poliser. Markus blev förvånad över mannens häftighet. Visst klagades det mycket på polisen som myndighet, men de flesta medborgare brukade ändå vara lite försiktigare i sin kritik inför riktiga poliser av kött och blod. Här kände Markus sig tvungen att besvara en del av kritiken, och berättade att intresset för stölden av ”träbelätet” var förknippat med den nypåkomna mordutredningen.

– Så, tror ni min gubbe är mördare nu alltså, bara för att någon kärring felaktigt misstänkte honom för stöld för ett år sedan?

– Vi tror ingenting. Men eftersom en utredning av ett mord måste göras mycket grundligt så har vi bestämt att även undersöka om det kan finnas några eventuella samband. Markus var trött på mannens avoghet och kände inget dåligt samvete över att låtsas som att hans privata snokande var uppbackat av hela poliskåren.

– Har ni kvar den här mannen som blev hörd förra året i samband med stölden?

– Vad vill ni honom? undrade Lage. Hade han inget att göra med stölden då har han väl inte det nu heller?

Markus tyckte att mannens motvillighet att hjälpa till gjorde intryck av att det verkligen var något konstigt som pågick här. Han tänkte på träfiguren som han sett bakom gardinen och bestämde sig för att inte ge upp.

– Finns den här mannen här nu? frågade han återigen, utan att kommentera Lages fråga.

Men bonden var envis han med:

– Vad vill ni honom? Ni kan väl inte bara komma och höra folk om vad som helst utan anledning. Han kan ju inte vårt språk, han blir orolig om det kommer en polis och ska tala med honom förstår ni väl!

– Kan han engelska? undrade Markus.

– Inte mycket, sa Lage

Det kändes så tungrott, detta samtal. Markus ville att Lage skulle bli lite mer samarbetsvillig, men kände att han saknade förmågan att få det dit. Kunde Lage själv vara inblandad i något olagligt som hans arbetare höll på med?

– Jaha, sa Markus. Kan jag få försöka tala med honom? frågade han sedan återigen.

– Gå bort och knacka på du och se om det finns någon där som vill tala!

Markus berättade att han redan varit borta vid byssjan. Han undrade om Lage sagt åt mannen att han inte skulle öppna om någon kom.

– Varför skulle jag säga något sådant?

– Jag vet inte, men det vore vänligt om ni kunde följa med mig bort och hjälpa till, ni kanske har lättare än jag att tala med honom, sa Markus. Han kände på sig att det inte skulle gå att få tala med mannen om inte bonden uttryckligen tillät det.

Pratar han arabiska eller vilket språk kan han? frågade han vidare.

– Arabiska? sa Lage, varför skulle han prata arabiska? han kommer från Bulgarien.

Men Lage visade sig äntligen samarbetsvillig genom att börja gå mot vagnen. Markus var lättad.

Det blev som han trodde, när han knackade på denna gången, med Lage vid sin sida, så öppnades dörren ganska snabbt.

Markus kunde förstå om det gick rykten om den här killen. Han var lång och kortsnaggad och näsan såg ut att ha blivit bruten. Klädseln bestod av jeans och en avklippt T-shirt. Ur T-shirtens fransiga ärmar vällde det ut vältatuerade armmuskler. Han såg farlig ut.

– God dag, sa Markus. Jag kommer från polisen och jag skulle vilja ställa några frågor.

Mannen tittade på honom och höjde ögonbrynen som tecken på att han inte förstått allt.

– Polis? sa han frågande.

– Känner ni igen den här kvinnan? sa han och visade ett porträtt av Marianne.

Han iakttog mannen noga när han tittade på kortet, han tyckte det var en skiftning i ansiktet som tydde på någon sorts igenkänning.

Men han skakade på huvdet och ryckte på axlarna.

Markus visste inte riktigt vad han skulle göra mer, det var verkligen svårt att mannen inte kunde prata svenska bättre. Men han kunde inte sluta tänka på figuren han sett bakom gardinen i fönstret.

– Får jag komma in i vagnen och ställa några frågor?

– Fråga här, sa mannen, som nu verkat förstå hela meningen utan besvär.

– Jag skulle gärna vilja sitta ner en stund med er, envisades Markus.

Istället för att släppa in honom klev mannen ner för trappsteget och visade med handen bort mot ett trädgårdsbord med stolar under träden lite längre bort. Markus visste ingen annan råd än att följa med bort till det föreslagna stället och där slog de sig ned, han, bulgaren och Lage Andersson.

Markus frågade sedan lite vanliga frågor om namn, hur länge mannen varit i Sverige och liknande. Förhöret blev kort och meningslöst. Han förklarade sammanhanget mellan den mördade kvinnan och den stulna skulpturen och att det var därför han var här och frågade sig för nu, han sa att alla som på något sätt blivit indragna i den gamla utredningen granskades närmare igen. Han fick ett starkt intryck av att mannen bara låtsades att han inte förstod frågorna. Och det kändes som att han lade ner mer tid på att förklara varför han var där, än att själv få in upplysningar. Det var väl egentligen inget han undrade över heller, inget som han väntade sig kunna få svar på.

När Markus åkte därifrån kände han sig mest fånig. Det enda som hade känts intressant vore att kolla upp vad det var för figur bakom gardinen i byssjan. Men för att gå in där skulle han nog behöva ha tillstånd för husrannsakan, mannen verkade inte vilja släppa in någon självmant. Och husrannsakan kunde han inte gärna fråga om utan att blanda in Arne, det var nog inte lätt att få en sådan utverkad på så grunda misstankar ens om han haft Arnes stöd. Och Arne ville han helst inte blanda in alls i det här.

Hedvig är orolig

– Hon har allt blivit ordentligt snurrig, Hedvig.
Annika tog en smörgås ur sin matlåda och tuggade medan hon pratade.
– När jag var inne i morse var hon så orolig, jag frågade varför hon var sådan och vet ni vad hon sa?

Nej, det visste förstås varken Hillevi, Majken eller vikarien Stina som också hunnit bänka sig för frukostfikat.

– Jo, fortsatte Annika, hon var orolig för Lennart, sa hon.

– Jaha, varför då? frågade Hillevi när Annika pausade för att kolla om de var med. Återkoppling kallas det visst, det är viktigt för den som talar hade Maria berättat häromdagen. Hon hade fått gå en kurs på sonens skola som någon mobbingförening, eller snarare anti-mobbingförening ordnat. Att inte ge små frågor eller hummanden som visar att man lyssnar var en typisk mobbingstaktik. När den utsatte eleven sa något var det ingen som återkopplade. Så det var viktigt.

Fast Annika Bengtsson hade nog aldrig behövt drabbas av något sådant, vare sig som barn eller vuxen. Hon hade en självsäkerhet i sitt berättande som tydde på att hon snarast var van vid att vara i centrum ända sedan barnsben. Hillevi kunde lätt tänka sig Annika i mitten av ett fnissande gäng med tonårstjejer på högstadiet. Hon var en duktig berättare på många sätt, det var mest det att Hillevi hade svårt för de åsikter och tankar Annika ofta hävdade. Men, som sagt, duktig på att berätta var hon och hon hade redan fått morgonens publik nyfiken på att höra om vad som hänt inne hos Hedvig. Även Hillevi var såklart nyfiken på vad Hedvig sagt för något och Annika spann vidare på sin berättelse och svarade på Hillevis "varför då".

– Det sa jag med. Varför då? Lennart är ju vuxen nu Hedvig, och han klarar sig bra. Inte ska du vara orolig för hans skull! Han brukar ju komma och hälsa på dig flera dagar i veckan, sa jag, för jag tänkte att hon snurrat till det och kanske trodde han var liten och behövde hjälp av mamma. Ni vet, som Aina som bodde i C-korridoren. Hon som jämt trodde att hennes barn satt alldeles ensamma hemma och blev så förbannad på oss när vi försökte få henne att låta bli att försöka ta sig hem för att titta till dem. Jäkligt besvärligt sånt där när hemmet de vill gå till inte funnits på femtio år och ungarna hunnit bli pensionärer! Men att förklara det för Aina gick ju bara inte. Ja, nu blev jag rädd att Hedvig blivit likadan. Så jag försökte lugna ner henne. Men hon bara fräste åt mig:

– Det här begriper inte du, sa hon. Lennart har det inte lätt! Hon var riktigt upprörd och jag visste inte riktigt hur jag skulle lugna ner henne.

– Berätta vad det är du är orolig för Hedvig, föreslog jag då och satte mig ner en stund för att se om hon kunde lugna ner sig. Det tog ett tag men sen satte hon sig också ner och så lutade hon sig fram och nästan viskade, hon verkade rädd att någon mer skulle höra:

– Jag är rädd att Sylvia ska lämna honom!

Jag orkade inte förklara att Sylvia redan gått ifrån honom genom naturlig avgång, så att säga, utan jag frågade bara hur hon kunde tro något sådant. Och vet ni vad hon sa då?

– Nä, sa Majken, och Hillevi tänkte igen på hur duktig Annika var på att berätta, hon liksom byggde upp en spänning i det hela och fick även små händelser att bli intressanta historier. Hillevi var själv jättedålig på sådant, hade det varit hon som varit inne hos Hedvig och fått höra något hade hon för det första troligen inte berättat det alls för de andra, hon var noga med tystnadsplikten. Men om det varit något som kändes okej att föra vidare hade hon säkert bara sagt det rakt av och inte fått till en hel historia kring det, som Annika gjorde nu.

Nu sänkte Annika rösten och viskade så det knappt hördes, för att härma hur Hedvig hade gjort:

– Jag tror inte de är tillsammans intimt, om du förstår.

– Menar du att de inte knullar mer? frågade jag. Då blev hon förbannad och skrek till mig att jag var oförskämd och skulle gå min väg. Ja, herregud, hon hade väl aldrig hört någon säga knulla förut, det gör de nog inte i de där kretsarna, men jag har svårt att begripa alla konstiga omskrivningar. Men sedan ångrade hon att hon kört iväg mig när jag var på väg till dörren. Då ropade hon att jag skulle stanna lite till. Och när jag vände mig om såg jag att kärringen satt och skrattade. Hon hade vänt humör på en sekund. Fast hon hade tårar i ögonen med, jag vet faktiskt inte om det var skratt eller gråt.

– Knulla, sa hon, och det lät konstigt när hon sa det, och så skrattade hon igen. Ja det borde de göra, det är ju just det, knulla. Hon verkade tycka det var så kul att säga det ordet, hon har nog aldrig använt det förut. Så om hon fortsätter prata snusk så får ni skylla på mig!

– Men någon gång har de ju gjort det ialla fall, sa jag till henne, du har ju barnbarn.

– Jo, lilla Josefin ja, hon verkar som väl är bräs på sin mor.

– Men Hedvig, sa jag, så ska du väl inte säga, Lennart verkar vara en så fin man, klart hon bräs på sin far med. Han kommer ju och hälsar på dig varje vecka, det är det inte alla söner som gör ska jag säga dig.

– Hälsar på mig, fnyste Hedvig, han borde hålla sig mer hemma hos sin fru istället, det är inte bra om pojkar inte släpper sin mamma vet du väl. Han har alltid varit alldeles för veklig av sig.

Då tyckte jag det var bäst att tala om för henne hur det var, att Sylvia inte levde längre och att Lennart nog hälsade på henne för att han inte ville att hon skulle ha det långtråkigt här på äldreboendet.

– Jaså, säger du det, sa hon och verkade fått något att grunna över. Så Sylvia är död menar du? Jaja, hon hade det nog inte för roligt. Och lilla Josefin då, hur ska det gå med henne nu?

– Ja hon har nog hunnit bli trettio skulle jag tro så hon klarar sig nog, sa jag.

– Nä nu ljuger du allt för mig, så gammal kan hon inte vara, menade Hedvig och hon såg verkligen ut som hon trodde att jag lurade henne.

– Jo då, vi blir gamla allihop sa jag och frågade om hon visste hur gammal hon själv var.

– Jag är väl femtio, sa hon då. Så nog har hon blivit snurrig alltid! Vi får kolla med Lennart tycker jag, hon borde väl in på en demensutredning och få bromsmedicin. Om de nu kostar på det på Hedvig som är så gammal?

– Jag ska tala med Lennart, sa Majken, jag är ju kontaktperson till Hedvig. Måste vara jobbigt för honom att ha haft en mamma som tyckte han var veklig av sig.

– Ja, den kärringen var nog inte lätt att ha till mor, menade Annika.

Hillevi sa inget, hon tyckte alltid det var bäst att inte döma folk, man visste ju aldrig hur de haft det. De flesta försökte nog alltid göra sitt bästa. Fast nog lät det tråkigt med en mamma som kallade sin pojke vekling. Det var nog inte lätt att leva upp till Hedvigs krav, det var nog lika bra att man inte var född i överklassen.

– Fast nog ser han rätt fjantig ut, Lennart, fortsatte Annika. Han går jämt snobbigt klädd, skjorta och kostym ska det vara och han låter mest som en kärring när han pratar. Nä, tacka vetja riktiga karlar som luktar snus och har händer som man ser har arbetat!

I sitt stilla sinne håller nog Hillevi med Annika, hon kan inte låta bli att tänka på Ingemar och hans oljeimpregnerade händer där det svarta efter mekandet aldrig riktigt vill gå bort hur mycket han än tvättar sig. Men inte verkar Lennart Karlstam särskilt mesig även om han klär sig snyggt när han hälsar på sin mamma. Troligen har han väl andra kläder på sig hemma på gården. Ramsäter är ju mer som en stor bondgård, troligen får väl även en godsägare ta på sig overallen ibland. Men det verkar som att brukssamhällets uppdelning av folk lever kvar här i Hällekis. Man ser på de rikare som något annat slags folk som man inte gärna beblandar sig med. Kanske är det baksidan av myntet när det gäller det här med tillhörighet. Det verkar ha funnits en väldigt stark känsla av det i brukssamhället, alla jobbade på samma ställe och var med i samma fotbollslag och samhället var på något vis hela världen. Man behövde inte bry sig om vad som hände på andra ställen, det enda som var viktigt var det som kretsade kring bruket och arbetarlängorna och de små egnahemmen som byggdes upp här och var. Tillhörigheten verkade också bygga på känslan av vi och dom. Inte konstigt om det fanns en stor rädsla för att hamna utanför. Någon som inte var riktigt precis som alla andra fick det nog svårt. Om igen tänkte hon att hon måste fråga Annika om det där hon pratat om i tvättstugan, var det var som hänt i Ingemars liv som gjort att "det blev som det blev". Vad det var som gjort att han inte följt mallen att skaffa fru och barn - villa, vovve, volvo. Men hon ville inte göra det nu när de var flera i lunchrummet, det fick vänta. Det var ju inget det var bråttom med egentligen.

En knepig jävel

– Det är något fel på den jäveln!
– Vem då?
– Göran Ekholm såklart, vem annars! Jag var runt och frågade folk idag och det verkar som att han knappt umgicks med någon. Grannkärringen hade talat några ord med honom i somras och året innan hade han hjälpt henne ta ner en gren på ett träd. Det är det mest sociala samspel han verkar ha haft i byn. Han var aldrig med på byns städdagar eller majbrasan eller något sådant. En del visste inte ens hur han såg ut fast han bott där i tio år snart!
Arne stirrar framför sig och har en konstig min. Det ser ut som om han tänker tycker Markus och blir nästan full i skratt åt sin egen reflektion. Som om Arne inte tänkte i vanliga fall! Undrar hur långt han har kvar till pensionen egentligen? Han pratar ibland om att han längtar till att kunna vara mer i sin trädgård men Markus har svårt att tänka sig Arne som en pensionär som bara går och vattnar blommorna. Han ser inte ut att vara den typen. Konstigt att han fått ett sådant intresse, det matchar inte alls han macho-stil för övrigt.
– Har du fått reda på mer om deras ekonomi?
– Lite. De verkar som att hans bästa affärer skedde på internet. Han berättade själv att han reste till Danmark ibland för att handla. När de bodde i Örebro jobbade han på en auktions-firma där så han har väl en del kontakter i branchen men inga

han verkar ha umgåtts med privat. Nej, det är en riktigt knepig jävel. Inte ens frun verkar ju ha gillat att vara med honom. Något är fel där, det är klart.

– Ska jag ringa systern igen och ta reda på lite mer om honom kanske? Jag menar om han hade kompisar och så när han var yngre, sånt jag inte frågade om sist?

– Jo, det kunde vara en bra idé, menade Arne och Markus trivdes med känslan av att ha föreslagit något som föll i god jord.

– Kan de ha ägt någon skatt tror du? Alltså något riktigt dyrbart som båda ville åt? Kan det vara frågan om en strid om pengar? Markus kunde inte låta bli att lufta sina tankar, han hade inte gjort mycket annat än tänkt på olika möjligheter kring mordet de sista dagarna och kände behov av att ventilera tankarna med Arne. Det var väl det de skulle göra med efter vad han förstått.

– Jag har funderat lite så också, sa Arne nu, det är ju ett tänkbart motiv. Tänkbart men ovanligt. Det absolut troligaste är att det rör sig om en vanlig hustrumisshandel som gått för långt. Fast jag har inte fått några belägg från grannarna som tyder på våldsamheter i deras hem. Men det är inte alltid sådant märks, inte i villakvarter med gamla hus och stora trädgårdar. Det är svårare att ha hemligheter i lägenheter och radhus.

– Har du jobbat med fall där antikviteter varit inblandade någon gång? undrade Markus. Är det vanligt med brottslighet i den branschen?

Han hade själv läst på lite om pengatvätt i antikvärlden igår kväll men ville inte att Arne skulle märka hans stora intresse för frågan, besöket på Storegården var ju inte sanktionerat av den erfarne kollegan. Nu kändes det fel att han gjort ett sådant ärende på eget bevåg, kanske kunde det uppfattas som tjänstefel rent av.

– Tänker du på den där försvunna trägubben nu igen? Arne var inte lättlurad i alla fall, tänkte Markus. Men han hade ingen lust att möta Arnes irritation igen och sa istället:

– Nej, inte alls, jag tänkte på affären, det är ju en antikhandel,
är det inte en hel del pengatvätt och sådant när det gäller han-
del med antikviteter?
– Det är ekoroteln som har hand om sådant, sa Arne. De beva-
kar en del affärer på de stora auktionshusen ibland, tror jag.
Men några sådana har vi ju inte här. Här har vi bara en massa
småtjuvar som är ute efter lättsålda prylar. Guld är ju alltid
populärt förstås att sno, det spelar inte våra tjuvar någon roll
om det är nytt eller antikt, det går samma väg till smältning i
vilket fall som.
– Kanske kunderna var hans vänner? Markus kunde inte släppa
tanken på Göran Ekholms ensamhet. Kanske var det några som
brukade komma och sitta och prata länge. Har man affär träf-
far man kanske så mycket folk att man inte har så stort behov
av mer umgänge.
– Det är tyvärr svårt att hitta kunder att förhöra, hade de haft
anställda att fråga hade det varit skillnad. Nu har vi bara Göran
själv att fråga och han hade inget att berätta om sina kunder.
Han sa bara att det kanske kom några om dagen. Jag frågade
om Marianne umgåtts lite extra med någon kund men det
hade han inte märkt. Fast de var sällan där samtidigt, sa han,
de turades om att stå i affären. Det är något knepigt med allti-
hop. En affär som det knappast går att försörja sig på. Och så
ett par som driver den och ingen av dem har ett jobb bredvid.
Markus sa ingenting. Det var skönt att höra Arne fundera lite
längre och inte bara fastna på Görans person. Det fanns ju flera
möjliga händelseförlopp i det här fallet.

Att lära känna fienden

Då, när Marianne hade slutat i kören trodde Birgit att det var hennes förtjänst att de blev av med henne. Marianne hade påstått att anledningen till att hon slutade var att tåget ändrat tider, men så vitt Birgit förstod hade det där antikhandlarparet en bil, i alla fall hade hon kommit i en sådan ibland när de sjungit i kyrkorna, så det var säkert bara en dålig ursäkt för att hon inte ville vara med längre. Nu när hon blivit avslöjad som gift! Hon hade sagt att hon skulle börja i en kör i Lidköping istället och Birgit hade tänkt att i staden var det förstås mindre chans att människorna kände till henne, där kunde hon säkert låtsas vara en fri singelkvinna längre.

Fast Birgit litade inte på att hon slutat fjanta runt Lennart bara för att de inte sågs i kören mer, det kanske redan hade gått för långt mellan dem. Hon hade varit uppåt Ramsäter ibland på sina promenader och en gång hade det stått en silverfärgad bil där och det var en sådan de hade, antikhandlarparet. Hon hade valt att en dag ta upp ämnet otrohet med Lennart. Hon hade inte sagt något direkt om honom och hans förhållande till Marianne, hon hade bara talat en del om gammal god moral, hur viktig sådan varit för äldre generationer. Hon ville påminna Lennart om att han egentligen var en god moralisk människa innerst inne. Det var ju inte hans fel att han blivit förförd. Hon trodde han förstått vad hon menade, han såg eftertänksam ut vid deras samtal i alla fall. Men Lennart Karlstam kanske var alltför manipulerad av den där slampan för att kunna slita sig fri på egen hand. Birgit insåg att hon kanske behövde gå andra vägen med, för säkerhets skull. Hon behövde komma åt Marianne på något sätt. Det bästa var förstås att försöka lära känna henne bättre, kunskap ger makt.

Hon tog därför bilen till Gössäter och klev in i antikaffären en dag i våras, men där var det bara en man, den bedragne äkta mannen förstås. När hon frågade efter Marianne sa han att hon inte var hemma just nu, hon kom nog först imorgon. Då tog Birgit småvägarna upp mot högkullen och vandrade i skogen nära det där torpet paret Ekholm ägde. Hon knackade på och låtsades mycket överraskad över att finna Marianne där.

– Oj, bor du här! sa hon, vilket fint litet torp du har!

Marianne såg misstänksamt på henne, hon undrade såklart vad Birgit gjorde där. Birgit förklarade att hon var med i hembygdsföreningen på Kinnekulle och att den höll på att inventera alla torpställen och deras historia. Eftersom ägare ibland får höra en del av husets historia av säljaren när de köper det, en del kunskap går liksom i arv mellan husägare, så hade de i föreningen bestämt att åka runt till torpen och fråga vad ägarna själva kände till om sina hus. Hon tyckte själv att det lät rikigt bra som ursäkt att komma och störa såhär på en söndag, ja det lät så vettigt att Birgit allvarligt funderade på att lägga fram den här tanken för hembygdsföreningens medlemmar på nästa möte, det fanns nog många berättelser gömda i de olika stugorna. Just det här torpet visste hon förstås redan en del om men det tänkte hon inte avslöja för Marianne.

Marianne såg på henne en stund med en blick som avslöjade misstänksamhet och viss villrådighet. Birgit fick känslan av att Marianne fick lust att berätta det hon hört om sin stuga men att hon var tveksam om ifall hon ville göra det för henne, Birgit. Som tur var tog lusten att berätta torpets historia överhanden.

– Jag vet inte så mycket, började hon. Men när vi köpte stugan berättade den förre ägaren att huset hört till en torpare som jobbat i stenbrottet i Gössäter. Det är en damm där idag, det var någon byggnad i Skara de tog sten till, undrar om det kan ha varit till kyrkan när den renoverades? Jag ångrar att jag inte skrev upp det han berättade, man tror man kommer ihåg men sen glömmer man.

– Jo, det är ofta så, höll Birgit med. Jag har också hört om ett brott i Gössäter som var igång på artonhundratalet. Ja, det var ju stenbrott överallt förstås, de har brutit sten här på Kinnekulle sedan hedenhös.

– Hursomhelst, fortsatte Marianne, den här stenhuggaren var visst ganska gammal men han hade en ung fru, hon födde barn vartenda år och till slut var de nio personer i stugan. Men så dog mannen och det blev tal om att barnen skulle auktioneras ut eftersom de inte trodde att änkan kunde klara av att försörja allihop. Fast hon klarade det, hon var visst duktig på att sy.

– Vad spännande, vad roligt att du vet så mycket! sa Birgit och behärskade sin lust att fylla i Mariannes historia.

Birgit kände väl till berättelsen, den unga änkan hade hetat Anna och de sju barnen hade alla varit under tio år när maken dog. Anna blev en välkänd kvinna, beundrad för sin arbetssamhet. Hon hade sytt kläder åt folk och varit kalaskokerska vid bröllop och andra festligheter. Barnen hade det gått bra för allihop och en hel del av Annas ättlingar bodde fortfarande kvar i Kinnekulletrakten. Men nu var det Marianne som skulle tala, Birgit bet sig i läppen och höll tyst om sina egna kunskaper i ämnet, hon log istället och sa:

– Oh så intressant! Vet du mer om husets historia?

– Nja, inte mer om personerna som bott här. Han jag köpte av hade fått köpa loss torpet men bara ägt det i tio år och jag frågade aldrig något om vilka andra som bott här innan.

Marianne lät lite kortare i tonen nu, Birgit var rädd att hon redan ville avsluta samtalet.

– Vad roligt att det är så väl omhändertaget, sa hon för att försöka få Marianne på bättre humör igen, att låta positiv brukar få andra att bli mer positivt inställda med hade hon lärt sig. Är det du som sköter om det så bra, det måste vara en hel del jobb!

– Nja, jag har inte gjort så mycket, bara försökt få fram det gamla fina, som spegeldörrarna och sånt.

Birgit hoppades att Marianne skulle bjuda in henne i stugan men hon gjorde ingen ansats till det. Hon tystnade istället och såg ut som att hon tyckte hon sagt sitt. För att inte få slut på samtalet redan började Birgit prata om trädgården.

– Du har gamla växter med ser jag, såna de hade på torpen förr.

– Ja, jag har sett till att få lite plantor här och var, fast de här fina irisarna stod här från början. De och syrenerna var det enda som var kvar av trädgården men man kan se att det varit ordning här någon gång för längesedan, det finns spår av gamla land och en liten berså där borta i hörnet.

Trädgården var tydligen rätt ämne att komma in på, Marianne började visa Birgit runt bland stenar och träd. Birgit följde med och verkade intresserad och nyfiken och låtsades beundra det torftiga växtbeståndet. I ärlighetens namn tyckte hon att det såg ganska ovårdat ut i trädgården, men hon höll tand för tunga och sa inget om kvickroten under pionen och kirskålen i rabatten. Hon lovade istället att återkomma någon dag med några plantor av flox, de doftande höstblommorna som passar så bra på gamla torp. Marianne sa att hon inte behövde göra sig besvär med det, men Birgit insisterade på att vilja ge henne plantor.

– Det är inget besvär alls, sa hon, det är bara roligt att få hjälpa till! Det är så roligt när människor tar hand om de här gamla torpen tycker vi i hembygdsföreningen.

Birgit hade känt sig nöjd med besöket när hon till sist tackade för sig och sa adjö. En kontakt hade etablerats och en anledning att återkomma hade hon sett till att skaffa sig. Nästa gång kanske hon till och med skulle bli inbjuden. Allt som allt ett mycket lyckat besök. Det var alltid bra att samla så mycket kunskap man kunde om sina fiender.

Huset i Götene

Det där huset i Götene de skrivit att de bodde i, dit de bjudit den här Johnny, det hade kommit att bli en fantasi han tyckte mycket om. Stefan hade tänkt att en dag kunde den bli verklighet, ett hus för bara de två. När Mariannes make dog, eller när han blev så dålig att han verkligen inte förstod någonting och hon kanske tyckte att det inte gjorde något om hon började leva öppet med någon annan. Då skulle det kunna bli just så, ett hus i Götene hade han drömt. Det lilla samhället var kanske inte världens vackraste plats men med Marianne vid sin sida skulle det bli ett paradis. Ett trivsamt, vardagligt men kärleksfullt paradis, vad mer kunde man önska sig? Om nu inte Vänern eller ens en liten flod fanns där så fick man väl ta bilen till Kinnekulle ibland, packa fikakorgen och fara till Råbäcks hamn eller Kinnekulle camping och se solnedgången gå ner över vattnet. I Lidköping var husen för dyra men i Götene kunde man få en hyfsad villa till ett pris hans lön hade kunnat klara. Marianne kanske ville börja jobba igen också, hon hade jobbat i vården förut hade hon berättat. Fast nu var hon hemma och skötte maken på heltid, de levde på hans sjukpension och på ett vårdbidrag hon fick som anhörig. De nätter hon kom till honom var maken på ett avlastningshem, det var på samma ställe dit han skulle flytta permanent med tiden. Han hade frågat henne en hel del om hur hon hade det, men hon ville helst inte tala om det så han försökte att inte fråga för mycket. Han tänkte att det här med maken var känsligt, han ville skona henne från för många frågor.

Han hade roat sig med att läsa fastighetsannonser om hus i Götene, han tillät sig att dagdrömma hejdlöst. Han hade faktiskt aldrig kommit så långt att han flyttat ihop med någon kvinna förut i livet, han hade i ärlighetens namn inte velat bo tillsammans med någon av de kvinnor han mött tidigare heller.

En del träffade sin rätta hälft sent i livet, men mycket bättre sent än aldrig hade han tänkt. Han trodde Marianne kände samma för honom som han för henne. De talade inte om sina känslor på det sättet, det kändes inte som att det behövdes, det var som att de var säkra på varandra ändå. Han visste att Marianne förstod hur mycket han älskade henne utan att behöva eviga försäkringar om det. Han tyckte det var skönt, de kvinnor han haft förut hade alla varit olika men en sak de haft gemensamt var att de ville ha fler kärlesförklaringar än han förmått ge. Han var inte mycket för att tala, han tyckte att hans smekningar, hans omtanke, hans vilja att göra dem till viljes skulle räcka för att de skulle förstå hur mycket han älskade dem. Han kunde nästan börja förakta dem när de verkade värdesätta ord högre än riktig omsorg, när de hellre ville ha någon snacksalig typ som smetade smicker över dem än en rejäl man som verkligen brydde sig om och gjorde sitt bästa för dem. Marianne var inte så korkad, hon uppskattade honom som han var. Hon var som gjord just för honom.

Han kanske borde blåsa hårddisken på sin dator, om polisen fått tag på Mariannes mobil var det visserligen kört för honom ändå, han skulle bli misstänkt förstås eftersom han varit hennes älskare och kanske ändå mer för att han inte berättat det för polisen, det måste se underligt ut. Han rös vid tanken på att polisen skulle komma hit och knacka på och undra över deras förhållande. Så skulle de väl ta hans dator och kolla den, de var väl sådant de gjorde. Då fanns det säkert information där om vilka sidor han besökt och det kändes inte så roligt att någon skulle få en inblick i hans privatliv på det sättet. Marianne hade använt hans dator själv ibland, hon hade tittat på sexiga underkläder en gång visste han, tänk om polisen skulle tro att det var han själv som besökte sådana sidor! Han önskar att han haft ett större intresse för det här med datorer så han visste hur man gjorde och hur det fungerade. Det fanns mycket bra han samlat på sig i datorn med, det kändes inte så kul att ta bort allt. Alla foton på tåg han tagit, det var ett av hans stora intressen, järnvägshistoria. Han hade också fått låna bilder av andra med detta intresse, bilder som han skannat in och gjort snygga upplägg av kring olika gamla järnvägslinjer, de flesta var inte i drift längre. Allt sådant måste han förstås spara på skiva först. Eller fick han skaffa ett sådant där USB-minne, han fick väl kolla med dem i databutiken vad han skulle behöva. Han kände sig alltid fånig när det gällde datorn, när han väl lärt sig något och köpt på sig saker som skulle funka så byttes det ut mot nytt i butikerna. Först var det disketter, sedan cd-skivor och nu detta med USB.

Han satte sig vid datorn, lika bra att börja titta över vad han samlat på sig där som han måste ta hand om. Kanske kom polisen snart och gjorde det annars.

Hillevi pratar med Evert

Hillevi har varit hos Astrid på Stakeklevsvägen. Hon bor i hyreshuset där, tyvärr på övervåningen, det är inte säkert hon kan bo där länge till, hennes knän är utslitna och hon får det allt svårare med att ta sig uppför trapporna. Eller snarare ned, uppför är inte lika jobbigt för kroppen som den belastning som blir på knäna när hon går nerför. Man ska alltid gå uppför trappor men man kan gärna ta hissen ner har Hillevi lärt sig. Fast hon går alltid både upp och ner för trappor, det är något med hissar som känns olustigt.

Stakeklevsvägen ligger nedanför stationen, i änden av den börjar skogen, man kan ta en genväg här emellan om man vill gå till stora stenbrottet på Cementas gamla övergivna väg. Helt övergivet är ju inte stenbrottet längre, man har planterat in fisk och ganska många åker dit och prövar sin fiskelycka. På våren är även vägen sista etapp för dem som går Kinnekulleknallen, en vandring på en mil som lockar mycket folk till Kinnekulle varje år. Den klart tråkigaste delen av vandringen, bara rakt hela vägen. Små barn som snällt orkat knata med sina föräldrar uppför hela högkullen brukar krokna här, längst detta raka långa asfaltsspår, de börjar gny och klaga och man kan se många föräldrar tappert bära sina barn den sista kilometern.

På väg från Astrid ser Hillevi hur Evert håller på och hugger ved utanför huset. Han har samlat ved så det lär räcka resten av hans liv åtminstone, tänker hon. Han vinkar åt henne och hon stannar till med bilen. Hon har lite tid tillgodo och hon vet att Evert uppskattar att växla några ord. Han klarar sig själv nu men förra året hade han sår på benen som behövde läggas om, nu har han fått stödstrumpor men de klarar han själv att ta på sig, det tyder på ganska god kraft i gubben för stödstrumpor är inte det lättaste att handskas med, det kräver starka nypor. Det är ofta det jobbigaste arbetsmoment. Det pratas om tunga lyft i vården, men ofta finns det lyftanordningar att ta till när det gäller sånt. Men det här med kläderna är svårt, som att trä på stödstrumpor eller att försöka få på tröjor över stela armar och kroppar som vägrar samarbeta mer.

– Hej Evert, ropar hon genom det nervevade fönstret, är benet fint än?

Evert verkar inte höra vad hon säger, han kommer sakta gående mot bilen och Hillevi ångrar lite att hon stannade till. Nu kommer det en bil bakom också. Det är inget annat att göra än att köra åt sidan och stänga av bilen så att Evert hör henne.

– Jag undrade bara hur det var med ditt ben Evert, säger hon.

– Jo tack, det ser fint ut än, det ordnade ni bra. Ni är duktiga ni!

– Du är minsann inte dålig själv! Hur mycket ved har du nu, det räcker väl många vintrar?

– Jovars, säger Evert och ser stolt ut, det kan allt få bli några kalla vintrar till utan att jag fryser ihjäl! Behöver hon köpa någon ved åt sig så har jag allt lite att sälja med.

– Jaså du drygar ut pensionen med försäljning med, det visste jag inte.

– Nja, det har bara blivit lite till grannarna runt om, de ska ju ha braskaminer nu varenda människa. Fast jag tycker det är lite otäckt, de är inte vana vid att elda, folk nuförtiden, de tror att de kan brassa på hursomhelst men jag ska säga att de där kaminerna kan bli farliga, skorstenen tål inte vad som helst. Och så skaffar de sur ved och eldar med, det är ett otyg, det luktar surt ibland här i byn så pass.

– Jag tyckte du sa att de köpte av dig, du säljer väl inte sur ved!

– Nä du, den veden de får av mig är prima, jag får väl sälja lite mer bara.

– Får du inte ont i ryggen av att hugga ved hela dagarna?

– Äsch, inte kan jag hugga hela dagarna, det blir en stund då och då. Men jag är född med det kan jag nästan säga. Jag högg ved redan som liten pojk.

– Ja, det är skillnad mot idag, det finns nog inga ungar som behöver hugga ved nu.

– Nä, och det är nog bra det. Jag såg att grannens pojkar hade en yxa och gick runt och lekte med i skogen häromdagen. Det såg så otäckt ut att jag gick och sa till dem att sluta. Yxor är verkligen inga leksaker, det blir rejäl kraft i en yxa, det är lätt att hugga sönder sig.

– Usch då, visste föräldrarna om det, tror du?

– Jag har inte frågat dem, jag kanske borde gjort det. Fast jag har inte sett dem ute något mer med yxan i alla fall men de kanske bara är någon annanstans där ingen ser dem. Jag vet hur pojkar kan vara jag.

– Det kan jag tänka mig, du var nog en riktig buse i ungdomen du! Vi får hoppas föräldrarna låst in sina verktyg, ungar kan verkligen vara farliga för sig själva ibland. Nej du Evert, nu måste jag vidare och göra lite nytta. Ta det försiktigt nu!

– Detsamma, hälsa de andra änglarna där uppe på hemmet!

– Det ska jag göra, säger Hillevi och startar bilen igen.

Hon är ändå glad att hon stannat till. Hon tycker om gamlingarna, de flesta i alla fall. Många är som Evert, lugna och godmodiga. Inte dåligt vad de orkar hålla igång heller! Evert jobbar mer än de flesta yngre män hon känner. Det är något segt och tåligt i den äldre generationen. Men de är på väg att dö ut nu, den gamla stammen, snart finns det väl inga män med muskler längre, i alla fall inte riktiga arbetarmuskler. De där ungdomarna som hänger vid datorn hela dagen kanske masar sig iväg till gymet då och då. Men vad gör det för nytta? Det vore bättre om de hjälpte gamla farmor att bära tunga matkassar eller gräva potatisland. Nu är nog många farmödrar starkare än sina barnbarn förstås. Hillevi ser framför sig Birgit Hansson, när hon skulle bära hela den tunga stenskivan. Hon hade nog fixat det. Undrar om Birgit har barnbarn? De kom aldrig in på något personligt om henne, det var Birgit som varit den nyfikna av de båda. Hon verkade ha koll på det mest i trakten. Kanske hon skulle höra med henne om hon visste något om Ingemar och hans mamma?

Tillbaka på äldreboendet ska hon lämna nycklar och skriva rapport. Man skriver rapporterna i rummet intill personalrummet. Glasdörren är täckt av ett tyg med fåglar och blommor, man ser inte varandra men en del ord och skratt tränger ut till Hillevi när hon fyller i dagens anteckningar. Ibland kommer en skrattsalva som gör henne nyfiken, hon ska snart ta en liten rast själv innan kvällens sista arbetspass. Rösterna är som ett trevligt sorl som lovar god gemenskap.
Hon tycker om att vara en i ett arbetslag. I Lidköping jobbade hon som personlig assistent ett tag men det blev ensamt, man hann bara träffa jobbarkompisar en kort stund vid arbetstidens början och slut och på något möte en gång i månaden ungefär. Inga fikaraster, ingen tid till det personliga småpratet om semestern och barnen. Hillevi har inget emot barnprat, hon tycker om att höra vad som pågår i jobbarkompisarnas värld. Många kan verkligen konsten att berätta. Eller är det snarare konsten att leva de kan, de tar tillvara det som händer och ser det roliga och spännande i sina liv. De frågar sällan Hillevi om hennes barnlöshet. Någon gjorde väl det i början och hon talade om som det var, att hon och Lars, som han hette som hon bodde ihop med i Lidköping, var beredda på att skaffa barn

men att det inte kom något. De hade talat om adoption men det blev inte av. Sedan träffade ju Lars den där yngre tjejen och så blev han en sorts pappa ändå, hon hade tre ganska små barn fast hon bara var tjugofem år. Hillevi har faktiskt inte haft någon riktigt stark barnlängtan men hon är rädd för att hon ska få det, nu när det nog är försent. Hennes mormor varnade henne för det innan hon gick bort för fem år sedan.

– Flicka lilla, sade hon på sin trivsamma skånska, gör inte det misstaget som min syster gjorde, hon grämde sig hela livet för att hon inte skaffade något barn.

Hillevi hade hört mycket om den där systern, mest från sin mamma. Moster Karin, som hennes mor kallade henne, sades ha blivit "alldeles fnoskig" på äldre dagar, hon hade klätt sig i volangklänningar och målat läpparna illröda och haft löshår hängande från breda hattar. Familjen hade tolkat hennes konstigheter som en störning som blivit för att hon inte fått några barn. Idag hade hon säkert fått någon annan diagnos.

Fnoskig, vilket ord tänker Hillevi, det är ett av de där nedvärderande orden man mest bara använder på kvinnor. Kanske hade hon bara varit färgstark den där moster Karin. Hillevi fick aldrig träffa henne, hon dog innan Hillevi kom till världen. Fast möjligen finns det en viss fnoskighet i släkten ändå, tänker hon och ler åt sig själv.

Hillevi är nästan klar med anteckningarna när hon hör ett ord inifrån personalrummet, ett ord som hennes öron reagerar på. Ingemar. De talar något om Ingemar och plötsligt är hon en smyglyssnare. Hon sitter kvar vid bordet men slutar anteckna och försöker höra orden inifrån personalrummet. Nu hör hon att de talar om Ingrid med. "Måste vara svårt för henne" säger någon som nog är Marie-Louise. Sedan svarar någon av de andra, det är för lågt för att Hillevi ska uppfatta orden. "Han är nog inte att lita på" hör hon Marie-Louise igen, "han satt väl inne ett tag?". Hillevi andas knappt, hon anstränger sig mer för att höra. Hon reser på sig för att gå in till dem istället, hon måste gå in och fråga dem vad de talar om, har Ingemar suttit i fängelse? Men just när hon ska gå in blir hon stående utanför dörren och tvekar. Hon har hört någon säga sitt namn, visst sa de "Hillevi"? Hon känner sig fånig att tjuvlyssna, men hon kan inte låta bli. Hon lägger inte örat mot dörren men nästan, hon lyssnar koncentrerat nu, det är Marias tysta röst, hon verkar oroa sig för henne, Hillevi, det verkar som att de diskuterar om de ska berätta något för henne. "Nä, vi vet ju inget, han har väl inte skadat någon efter det" säger Marie- Louise nu, hon har en hög och lite skrikig röst, Hillevi har inte uppskattat det förut men det gör hon idag. Till och med när hon försöker tala tyst tränger rösten igenom dörren. Hon hör inte vad de andra svarar, det blir ganska tyst en stund där inne. Hon känner sig uppskakad. Hon går tillbaka till datorn och tänker efter en gång till så hon inte glömde något som var viktigt att skriva ner. Sedan går hon in i personalrummet. Det är tyst där nu, hon funderar på om hon ska fråga vad de talade om, berätta att hon hört att de sa något om henne. Men hon gör inte det. Hon sätter sig i tystnaden och tar sig kaffe från termosen. De andra börjar prata om vilka beställningar de gjort i Oriflamekatalogen som ligger på bordet, börjar diskutera vilka mascaramärken de använder och fortsätter in i sminkets värld, talar om hur de målade sig med blå ögonskugga kring ögonen i tonåren och skrattar åt tanken på hur de såg ut. Hillevi säger inte mycket, hon funderar på det hon hört om Ingrid och hennes son. Kan det verkligen vara sant, har Ingemar suttit inne? Han som verkar så lugn och snäll och riktigt utstrålar hederlighet.

Markus hos Lennart Karlstam

Klockan var exakt tre när Markus svängde in på Ramsäters gårdsplan. Lennart Karlstam kom och öppnade dörren innan Markus hann ringa på. Han hade till och med förberett kaffe i en termos om Markus ville ha.

– Ja tack, sa Markus, och kände sig lättad över det vänliga mottagandet efter det mindre trevliga på Storegården innan. Lennart Karlstam hade låtit motvilligare i telefonen tidigare i veckan. Han hade sagt att han inte kände Marianne Ekholm. Men när Markus berättat att han hade uppgifter från en utomstående att Marianne och Lennart hade umgåtts en del så hade han ändrat attityd.

– Jaså hon, jaså den Marianne som varit med i deras kör, jo, henne kände han väl litegrann, hade det låtit då.

– Jo, just hon, hade Markus fyllt i, hon som varit med i er kör och även varit hemma hos dig några gånger, efter vad jag förstått?

– Ja, några är väl för mycket sagt, hade Lennart Karlstam menat, snarare någon.

Men trots en viss motvillighet hade Markus fått en tid att komma och fråga Lennart lite mer om vad han kände till om Marianne Ekholm, och nu var han alltså här.

De satt i något som liknade ett gammaldags finrum, ett sådant som Markus farmor och farfar hade haft. Men tyvärr hade Lennart Karlstam inga goda hembakta farmorskakor att bjuda på, det enda som fanns var ett paket med kletiga singoallakex. Typiskt, tänkte Markus. När han var liten hade han älskat de där kexen men då fick han nästan aldrig sådana. Det var alltid hembakat i hans familj och släkt. Sådana där kex kunde vara en lyx någon enstaka semesterdag eller när man var bjuden på kalas. Idag däremot hade smaken ändrat sig, han hade svårt för köpekakor överlag, men nu var det tvärtom, han blev oftare bjuden på något från affären än på hembakat.

Han tog en kaka ändå som Lennart bjöd på, han var för hungrig för att låta bli.

– Hur kände ni egentligen Marianne Ekholm? började han med att fråga.

– Det var genom kören helt och hållet, sa Lennart, hon började väl strax efter jul hos oss.

– Du hade inte träffat henne tidigare?

– Nej, aldrig. Hon var inte härifrån, sa Lennart.

– Vad tyckte du om henne?

– Hon var trevlig, tyckte jag. Vi sjunger ju mest så man hinner inte prata så mycket, men hon var bra för kören, det blev lite mer fart i den när hon kom med.

– På vad sätt då? undrade Markus.

– Tja, hon var gladlynt och ville inte bara sjunga de gamla psalmerna. Sedan gillade hon att vi delade upp sången lite mer, inte bara sjöng unisont utan mer solon och så.

– Jag har hört från andra körmedlemmar att du och Marianne hade en del umgänge utanför kören med?

– De där "andra körmedlemmarna" kan möjligtvis inte heta Birgit Hansson? frågade Lennart med ett svårtytt leende på läpparna.

– Jo, svarade Markus och kunde inte låta bli att le litet han med, det kan nog hända. – Men var det så, träffades ni även utanför kören?

– Nej, hon var här och hälsade på en gång, det var jag som bjudit henne, men det var inget konstigt med det.

– Hade ni ett intimt förhållande? Markus tyckte själv att formuleringen lät löjlig, men det var svårt att välja rätt ord jämt. Vissa områden saknade till stor del bra ord med.

– Nej, sa Karlstam bestämt.

– Visste ni om att hon var gift, frågade Markus nu, fast frågan kanske var lite irrelevant i sammanhanget.

– Ja, sa Karlstam lika kort igen. Är det här något slags förhör?

– Nej, sa Markus, det är inget formellt förhör, vi håller bara på att kartlägga allt kring Marianne i nuläget. Vi försöker ta reda på så många uppgifter vi kan från alla hon umgicks med. När träffade ni Marianne senast?

– Det var nog någon gång i våras, jag har inte så bra minne, jag har för mig jag sprang på henne i något sammanhang i somras med, men jag kan inte komma ihåg riktigt när och var. Det är så mycket folk överallt, sa Lennart och gjorde en gest med armen i det stora tysta rummet.

Trevlig, ja man kan inte säga annat, tänkte Markus på vägen ifrån Ramsäter. Det var svårt att tänka sig Lennart Karlstam som mördare, kanske mest för att han verkade så belevad och nästan vek. Undrar om han orkat släpa ett lik på stigen längs järnvägen? Fast man kanske lurade sig på hans klädsel, Markus tyckte ofta att män i kostym såg klena ut, det var väl fördomar han fått med sig från barndomen. En "riktig man" skulle ha blåställ. Eller möjligen uniform av något slag.

Markus hos Birgit

Markus tänker att han lika gärna kan fara förbi Birgit Hansson i Västerplana när han nu ändå är uppe på Kinnekulle. Han vill prata lite mer med henne för att få en uppfattning om varför hon trodde att Lages gästarbetare varit inblandad i stölden av Johannesfiguren. Kanske vet hon något mer om det hela än det hon har berättat, kanske har hon hört något skvaller från andra om att han skulle ha sysslat med olagligheter? Han kollar upp hennes adress på mobilen och kör dit. Det står en bil parkerad utanför huset som måste vara hennes, en blå, ganska dammig Ford fiesta. Han ställer sig bakom den och går upp till huset och knackar på. Dörren öppnas efter en stund och där står hon, Birgit, i blommigt förkläde och med håret upprullat på spolar, hon ser ut som en levande relik från svenskt sextiotal. Hur gammal kan hon vara? Markus gissar på bortåt sjuttio, kanske tio år yngre än hans egen mormor, men mormor var den enda som han förut sett använda hårrullar. Han presenterar sig och frågar:

– Ursäkta, kommer jag kanske olämpligt?

– Nädå, stig in bara, det är inte ofta man får en polis på besök, det är inte ofta man ser till dem överhuvudtaget nuförtiden, säger Birgit. Hon verkar inte bry sig om att hon har håret upprullat.

– Har ni varit och undersökt den där tattaren ordentligt nu? frågar hon.

– Jag har varit hos Lage idag, det är därför jag kom, jag ville höra lite med er om de uppgifter ni lämnat förra gången, då vid utredningen om kyrkstölden.

– Jaha, ja jag står så gärna till er tjänst, det är bara att fråga på. Men kom in för allt i världen, stå inte där i dörren och släpp in kylan.

Markus går in i hallen och börjar ta av sig skorna men blir avbruten av Birgit.

– Inte behöver han ta av sig skorna, här är så kallt på golven, jag har tofflor på mig jämt jag, stig in bara. Markus tar av sig skorna ändå, de är ganska leriga efter besöket på Lage Anderssons ladugårdsplan och Birgits hus verkar ovanligt välstädat. Han har hört att det finns ett tantmuseum någonstans i Sverige, han får intrycket av att både hon och hennes inredning skulle passa in där. Det är broderade kuddar och bonader överallt, små välputsade figuriner står på hyllorna, blommorna frodas i fönstren och på kaffekopparna som hon ställer fram.

– Slå dig ner, säger hon och försvinner genom en dörr som verkar leda till ett stort skafferi för hon dyker strax upp med händerna fulla med kakpåsar från frysboxen som visst också står där inne. Hon börjar plocka upp olika sorter och ställer på en plåt, de ska tydligen tinas upp.

Markus funderar på att hejda henne, han har bara tänkt titta in en kort sväng och inte stanna hela kvällen, men kakorna ser onekligen goda ut. Det är bara synd att han redan druckit kaffe och tuggat i sig kletiga singoallakex på Ramsäter.

– Inte för mycket för min del, säger han lamt, jag har just druckit kaffe.

– Jaså, bjöd den där snåle bonden verkligen på kaffe? undrar Birgit.

– Nej, jag var på ett annat ärende efter, svarar Markus och kan inte låta bli att le åt Birgits omdöme om Lage Andersson, han kan gott tänka sig att den otrevlige mannen även är snål.

– Vart har han varit mer? frågar hon vidare och Markus inser att med hennes nyfikenhet kommer det nog mer bli hon som plockar upplysningar från honom än han från henne. Det är bäst att vara lite försiktig.

– Jag skulle vilja fråga er lite mer om den där stölden förra våren om det går bra, säger han och låtsas helt enkelt inte om hennes fråga. Han måste leda in henne på det spår han vill undersöka.

– Ja fråga på han, jag står så gärna till tjänst för att få fast den där skurken!

– Jag undrar om det var något annat än att ni sett en bil som ni trodde tillhörde den här mannen, om det var något annat än bilen som fick er att misstänka honom?

Birgit blir tyst en stund.

– Tja, säger hon sedan, jag har ju hört hur de far fram här i Sverige, de har växt upp i kriminalitet och har det med sig hemifrån, jag la väl ihop ett och annat.

– Men ni har inget mer konkret, det var inga särskilda rykten ni hört om just den här mannen?

– Nja, jag har väl hört vad folk i trakten berättat. Nils Eskilsson i Källby blev av med sin åkgräsklippare strax innan och så var det en del bilstölder med, men det har väl ni på polisen reda på.

– Men var det någon annan som misstänkte just den här mannen, envisas Markus.

– Ja det vet väl alla vad det där är för typer! De kommer ju bara hit för att stjäla!

Birgit ställer fram de nu tinade kakorna och bullarna. Markus känner att han nog inte kom längre här, det verkar inte finnas någon som helst substans i Birgit Hanssons misstankar förutom en livlig fantasi parad med fördomar. Å andra sidan måste han erkänna för sig själv att även han har lätt för att känna fördomar i möte med någon som den ovänlige killen med buffligt utseende han mött hos Lage. Han kommer att tänka på en annan sak nu, något han inte tänkte på när han var hos bonden. Den där röda bilen han ska ha kört runt i, det fanns ingen sådan på gårdsplanen nu. Han känner att detta var något han borde ha frågat om med när han ändå var där. Synd att han inte tänkte på det, det blir knappast så att han far dit en gång till. Markus tystnar i sina tankar och hugger in på kakorna, då passar Birgit på att sätta igång med sin egen utfrågning istället.

– Hur går det med mordutredningen, har ni kunnat knyta honom till den där stackars Mariannes död nu eftersom du kommer hit och frågar mig igen?

Markus ångrar sitt besök. Nu kommer väl denna pratkvarn sprida ut att polisen varit hos Lages i hela bygden och det är det sista han önskar få ut av sin lilla privata undersökning.

Han borde ha tänkt sig för och inte åkt in till Birgit. Det var bara det att han hade en bestämd känsla av att hon visste mer, att det fanns något bakom hennes misstankar även om hon själv inte kunde se vad de kom ifrån. Hon verkade så säker på att den där mannen var inblandad, åtminstone i stölden, och även om hon är en påfrestande pratkvarn emellanåt så verkar hon inte vimsig eller svagbegåvad på minsta sätt.

– Nej, inte alls, säger han, så långt vi ser har han inget med mordet att göra. De andra spår vi har att gå på kan jag tyvärr inte kommentera så här dags i utredningen.

– Men varför var du hos Lage då, och varför frågar du mig om den där tattaren nu?

I sitt stilla sinne tänker Markus likadant. Varför åkte jag hit och frågade henne? Det hade varit mycket bättre om jag låtit bli. Men han säger:

– Jag var bara tvungen att fråga en gång till, eftersom ni hade så starka misstankar mot denna man tänkte jag att ni eventuellt hade något mer konkret att komma med, sa Markus och hörde själv att han lät rätt skarp på rösten.

– Utsökta kakor, lägger han till för att inte låta alltför otrevlig. Och det var det verkligen, goda kakor och bullar. Han kände saknaden efter sin mamma när han tuggade på riktiga hemgjorda finska pinnar. Även om hon inte hade varit typen med papiljotter i håret, hon hade istället haft en kort rödfärgad nästan punkaktig frisyr de sista åren, så hade hon tyckt mycket om att baka. Hon hade bara varit femtiotre år när hon dog. Som om Birgit kunnat läsa hans tankar börjar hon fråga om hans föräldrar, var de bor. Markus berättar kort om sin pappa i Mariestad och om mamman som dött förra året. Ja, han försöker i alla fall att hålla det så kort det går, Birgit verkar nästan sjukligt nyfiken av sig. Han får göra som sist. När Birgit tömt honom på alla uppgifter om vad hans föräldrar jobbat med och hur länge de varit gifta och varför mamman dött och istället börjar fråga om han har några syskon, låter han helt enkelt bli att svara. Istället frågar han henne om något annat.

– Hur länge har ni bott här i Västerplana?

– Det är allt hela livet det. Jag är född borta i Blomberg men jag var bara ett år när far och mor köpte sig ett hus här i Västerplana. Fast det var inte det här huset jag bor i nu. Pappa jobbade på Trolmens gård på den tiden och mamma hölls med lite av varje, hon var duktig på att klippa folk och hon tog hand om några av grannbarnen när deras föräldrar jobbade.

Markus känner att han inte är så intresserad av att höra om Birgits historia, han börjar bli trött och det är dags att fara tillbaka till Lidköping. Han tackar för de goda kakorna och reser på sig.

– Vänta, säger Birgit, sitt ner en minut till, det är något jag tänkt på som jag måste tala med er om. Jag ångrade mig så sist när jag varit på polisstationen, jag berättade för Arne Tjärlund att Marianne försökt lägga an på Lennart på Ramsäter. Jag tänkte att det var dumt gjort att säga nåt om det när det nu gått som det gått med Marianne. Hon var ju karltokig, jag ville bara tala om det men jag blev orolig sedan att ni skulle få för er att blanda in Lennart i det hela, börja fråga honom eller så. Det vore ju förfärligt dumt! Det vore synd om honom om han blev inblandad i något han inte har att göra med. Ni drar väl inte in honom i era frågerundor? I såna fall känns det som att det vore mitt fel.

– Vi kan tyvärr inte avslöja något kring vårt utredningsarbete, säger Markus, det förstår ni nog.

– Men ni måste lova mig att inte fara dit, det vore förskräckligt för Lennart! Han ångrar sig nog ändå att han lät henne komma hem till sig någon gång, men det var ju länge sedan. Jag vet att hon sprang där efteråt också, men han ville inte ha dit henne, jag hörde själv hur han körde iväg henne från gården.

– Men inte kan ni höra det hit, ligger inte Ramsäter en bra bit bort? undrar Markus.

– Det är klart att jag inte kan höra sånt hit! Nej jag var ute och gick en runda, man måste ju hålla sig i trim, och jag hade tänkt att titta in en sväng till Lennart, förstår ni. Han är ju ensam nu sedan några år och jag tänker allt på honom ibland så att han inte ska få det för långsamt. Män som blir änklingar har det inte så lätt, de dör i förtid har det visat sig i undersöknngar. Så jag brukar titta till honom då och då. Så det var därför jag hörde dem, ja, jag kunde inte höra riktigt vad han sa till henne, men han såg arg ut och slängde igen dörren efter henne så jag förstod att hon inte var välkommen där något mer.

– När var det? frågar Markus.

– Det var när det var sådär förskräckligt varmt, jag hade på mig kortärmat minns jag. Men det spelar väl ingen roll, jag vill bara tala om att Lennart inte ville träffa den där damen mer, så ni inte får för er att störa honom.

– Vi är tacksamma att du berättar allt du vet ändå, vi måste förstås kartlägga allt. Vi kontaktar nästan alla som känt Marianne på något vis. Vet du om hon umgicks med någon annan i kören än Lennart?

– Nej det tror jag inte. Hon var bara intresserad av karlar och i vår kör är det bara Lennart Karlstam som är något intressant. Ja, de är ju snälla och så de andra männen, men de är gamla och gubbiga om man får säga så, och både Olle och Egon är gifta. Fast det hade hon nog inte brytt sig om kan jag tänka, ifall de vart nåt att ha.

– Du vet inte något annat om Marianne som kan vara bra för oss att veta, tror du?

– Nej, det är dåligt med det, jag tyckte det räckte bra med det jag såg av henne. Man ska ju inte tala illa om de döda, men jag förstod mig inte på henne. Varför hon skulle vara med i en kyrkokör när hon var som hon var? Jag menar, hon verkade inte särskilt kristen av sig! Hon borde gått till någon danslokal istället när det var män hon var på jakt efter.

När Markus tackat för sig och gått ut till sin bil tänker han att det nog vore idé att plocka in Lennart Karlstam till polisstationen på ett formellt förhör. Elände att Arne skulle känna honom sedan innan, han var den bäste förhörsledaren på stationen. Markus känner att han inte riktigt räcker till för den här typen av jobb. Fast det är ju bra att han får reda på det nu, då vet han i alla fall att han inte ska rikta in sig på kriminologi om han vidareutbildar sig.

Hillevi rodnar

Hon hade rodnat som en skolflicka. Åh vad pinsamt, så löjligt! Hon hade känt hur hela hon blev varm och röd och hon förstod att det hade synts lång väg. Det var som att hennes kropp blivit knasig, att börja rodna nu när hon var fyrtio år gammal, bara plötsligt sådär! Det hade inte hänt på säkert tjugo år, hon hade helt glömt bort den där hemska känslan av att bli pinsamt röd, känna sig avslöjad, förådd av sin egen kropp. De hade absolut sett det båda två, både Ingrid och Ingemar, det var hon säker på. Men de sa inget om det, de såg lite glada ut bara, precis som hon säkert gjort, glad och generad.

Det hela kom sig av att Ingemar hade tagit hennes hand. Det var i ett sammanhang, det var ingen romantik kring det hela, han skulle bara visa henne en sak. Ingrid hade berättat att hon läst om akupressur och var i handen man kunde trycka för att bli av med huvudvärk. Ingemar brukade hjälpa henne trycka och så tog han plötsligt tag i Hillevis hand för att visa henne hur han gjorde, vilka punkter som var viktiga. Det var då, när hennes hand plötligt försvann i hans stora näve, när hon kände hans värme, som hennes kropp plötsligt reagerade så förädiskt. Usch, hon rodnar än bara hon tänker på det nu, efteråt. Hon förstår inte att det kunde bli sådär, hur hon kunde känna sig som femton, lika förbaskat barnslig. Visst är hon kär i den där Ingemar, det är nog bara att inse. Visst är hon knäpp!

Hon kan inte låta bli att skratta åt sig själv där hon sitter i bilen. Och hon skäller på sig själv, dumma knäppa kärring, säger hon, du kan inte bete dig så knasigt, du kan inte bli kär i en gammal ungkarl som gillar svensktoppen, skärp till dig nu! Men hon lyssnar inte på sig själv.

Hon är på väg ner till jobbet igen, hon har blivit sen men det gör inget, hon har inget kvar att göra och inget som behöver rapporteras, det är bara att lämna bilen. Men hon känner sig lite för snurrig för att vilja möta jobbarkompisar än, det är som att hon fått överskottsenergi. Om hon skulle åka ner till antik-affären i Gössäter en sväng? Det var lite lurigt när hon åkte i kommunens Golf förstås, det såg inte bra ut. Nej, det gick ju inte, hon fick allt lämna bilen först nere vid äldreboendet. Hon svänger ner mot Hällekis och stannar framför den röda längan som är Hällesäters äldreboende. Nästan hälften av de som har hjälp av hemtjänsten bor inne i den byggnaden. Hon undrar om Ingrid kommer hamna där en dag. Hon dagdrömmer sig in i

hur hon och Ingemar far ner och hälsar på Ingrid på äldrebo-
endet, hur de kommer tillsammans i Ingemars röda Amazon,
den han har parkerad uppe vid sin stuga men aldrig verkar åka
någonstans i. Fjollig. Det är ett gammalt ord som ingen använ-
der längre, men Hillevi känner att det är rätt beteckning på
henne just nu. En gammal fjolla. Ja, en sådan kan ju faktiskt
passa bra ihop med en konstig ungkarl.
Hon går in och lämnar nycklarna, stannar först till vid personal-
rummet och ursäktar sig att hon är sen och kollar så att Anna-
Karin lämnat rapport innan hon gick.

Hennes egen bil står utanför, den är blå som en safir och har
nästan ingen rost än. Det var ett tag sedan hon tvättade den,
det kanske hon skulle göra idag? Hon känner sig fortfarande
lite spattig, bra med kärlek, tänker hon, det ger energi. Hon
bestämmer sig för att fara förbi Gössäter och antikhandlaren
ändå, innan hon far hem och tvättar bilen. Hon är sugen på att
se om tallrikarna finns kvar. Hon var nästan säker på att det
funnits fat med samma blommor på som de Ingrid har. Hon får
lust att köpa det för att ge till Ingrid i så fall. Ingrid gillade sitt
crèmefärgade fyrtiotalsporslin, det var från föräldrahemmet
hade hon berättat. Men det hade gått sönder en del under
årtiondenas diskande så hon ville gärna hitta delar som pas-
sade att komplettera med. Ja, det var lika bra att åka och titta.
Hon förstår själv att hennes förälskade sinne är med och på-
verkar beslutet att fara till Gössäter. Om det är så att tallrikar-
na är de rätta, om de är samma som de Ingrid har, skulle det bli
en bra förevändning till att åka och hälsa på i stugan utanför
arbetsschemat. Få se Ingemar lite mer. Tanken på hans stora
varma hand över hennes värmer än, det gör kinderna med.
Men så här i bilen där ingen ser henne gör det inget. Hon
kanske bara ska vara tacksam över känslorna, det är inte ofta
man får känna sådant när man är i hennes ålder, tänker hon.

Hur länge sedan var det hon var kär sist? Det var när hon träf-
fade Lars. De hade varit ett par i två år innan de flyttade ihop,

sedan bodde de ihop i sju år. Hur länge hade hon varit föräls-
kad i honom? Kanske ett halvår, max. Sedan blev det mest
vänskap och trygghet. Eller kanske kärlek, kanske älskade de
varandra? Det är svårt att veta sådant, vad som är vänskap och
vad som är kärlek ibland.

Det lyste inne i antikaffären men öppetskylten stod inte utan-
för. Hon stannade ändå, det var lika bra att gå ut och titta.
Dörren var trög men olåst, det såg ut att vara tomt där inne. Ja,
inte på prylar förstås, jösses så mycket bråte, det såg mycket
rörigare ut där nu än som hon mindes att det gjort sist! Men
någon människa syntes inte till.

– Hallå! ropade hon. Är det någon här?

Inget svar, men lät det inte som att någon rörde sig någon-
stans? Hon beslöt sig för att gå in och kika, det var ju både tänt
och öppet. Det verkade finnas gott om porslin med, ett helt
bord.

Hon hade just hittat några fat som kanske var samma som de
Ingrid hade när en man kom ut från en dörr borta vid bordet
där kassaapparaten stod.

– Hej, sa hon, jag klev in, du har öppet väl?

– Ja, dörren var väl inte låst, sa han. Han lät inte så välkom-
nande. Hon mindes honom väldigt annorlunda, han hade varit
så trevlig och pratsam sist.

– Är det stängt egentligen? frågade hon.

– Nej titta du, sa den nyblivne änklingen.

Det kanske inte är så konstigt om han inte är så trevlig och
servicinriktad nu, när hans fru just gått bort, tänkte hon när
hon kände att hon nästan höll på att börja reta sig på hans
attityd.

– Jag hörde om din fru, sa hon. Jag kände henne inte, men vi
träffades en gång förra sommaren. Jag beklagar verkligen.

Han svarade inte. Hon kände sig lite fånig att hon tagit upp det
här med frun. Hon började prata porslin istället, frågade om
han hade mer crèmefärgat? Han svarade inte nu heller. Han
stod och tittade framför sig, som om han tänkte. Det var något

knepigt över honom. Så förstod hon. Han var helt enkelt berusad, att hon inte märkt det direkt!

– Förlåt, sa hon nu. Det var klumpigt av mig att börja tala om din fru, jag förstår att det måste vara hemskt för dig att mista henne.

– Ja, man ska inte prata om luder.

Han sa så, hon hade inte hört fel. Han talade lågt, nästan väste, men orden var lagda så. Luder, han kallade sin döda fru luder! Han måste vara mycket mer berusad än hon förstått, men det fanns ingen ursäkt. Man säger inte så om någon som nyss dött, ja inte om någon levande heller.

Hillevi kände sig mållös, hon kom sig inte för att säga något utan gick bara snabbt därifrån, hon krånglade sig tillbaka mellan de antika möblerna, de fulla borden och hyllorna utan att säga adjö. Hon var arg å Mariannes vägnar fast hon inte känt henne. Man säger inte så om kvinnor. Ingen man ska säga så om någon kvinna!

Fast det låg kanske svartsjuka bakom hans otrevliga sätt att tala om frun? Hon kanske hade varit otrogen och så hade han blivit så svartsjuk att han mördat henne. Men då borde han ju inte varit i affären, då borde polisen ha honom i häktet nu istället. Varför var han inte där, om en kvinna blev mördad var det väl oftast mannen som gjort det och den här mannen verkade ju konstig, borde han inte utredas, sitta i häkte? Eller fick de inte göra så poliserna om det inte fanns bevis? Hon kanske skulle ringa och tala med polisen, det verkade ju konstigt med en man som kallade sin döda fru luder, det borde nog polisen få veta.

Full av obehag satte sig Hillevi i bilen. Den glada känslan hon haft innan, tankarna på Ingrid och Ingemar och det som hänt i stugan på kullen blev bortskuffade av den här mannens obehagliga röst och funderingarna på om hon skulle tala med polisen eller inte. Var det vettigt att ringa och berätta att antikhandlaren kallat sin döda fru luder? Skulle polisen tycka hon var fånig? Men de ville ju att man skulle ringa och tala om allt man kunde ha sett eller hört, även om man tyckte det verkade oviktigt, så hade det stått i tidningen. Och det här var väl inte oviktigt? Fast de måste ju misstänka maken ändå, om det inte var så att de hade bevis för att det inte kunde vara han. Och vad någon sa på fyllan var kanske inte något polisen kunde ta hänsyn till i en mordutredning. Fast det kunde kännas bra att tala med polisen, om inte annat så för hennes egen skull så att hon inte behövde grubbla över det mer. Hon skulle nog ringa dem när hon kom hem och berätta vad hon varit med om i antikaffären.

Markus och Arne på stationen

– Jag var förbi Storegården i Fullösa igår och talade med Lage Andersson.
Det är lika bra att ta tjuren vid hornen direkt, tänker Markus. Arne får bli arg om han vill. Det verkar det som att han vill, rynkan mellan ögonbrynen är djup.
– Jag kände att jag lika gärna kunde kolla upp det hela, Birgit Hansson ville ju att vi skulle göra det.
Det lät inte bra, som att han arbetar på uppdrag åt en skvallertant istället för polisen.
– Jag var lite nyfiken själv, fortsätter han när Arne fortfarande tiger, jag ville ta reda på lite runt omkring, vad som hänt i bygden där förut. Han märker själv att han låter nervös och urskuldande, men det är stressande att ha Arnes arga min mot sig.
– Jag hade lite tid över, avslutar han. Som om det var bättre, att han hade tid över för obehöriga förhör.

– I baracken som bulgaren bodde i, för han är från Bulgarien, i baracken han bodde i fanns något som såg ut att kunna vara en träfigur.

Arne tittar lika argt som förut men öppnar nu äntligen munnen:

– Jag vet att han är duktig på att jobba i trä, han kanske täljer gubbar, säger han.

Jaha. Han jobbade i trä, det var inte bara en lantarbetare. Värst vad Arne visste.

Markus känner inte för att fortsätta samtalet. Han har en obehaglig känsla efter sitt besök hos Lage Andersson, men han har inget konkret att komma med inser han. Han börjar istället att berätta om sitt besök hos Lennart Karlstam på Ramsäter. Han berättar att Lennart hävdat att det inte varit något förhållande mellan honom och Marianne, att hon bara varit där på ett enstaka besök i våras då hon fortfarande sjöng i kören och att det besöket bara var för att hon ville se den gamla mangårdsbyggnaden och lite antika prylar Lennart Karlstam hade. Och så berättar han om besöket i Birgits stuga, vad hon har haft att säga om Lennart och Marianne. Både han och Arne är överens om att den här Lennart Karlstam är värd att titta närmare på, de ska ta in honom till stationen och hålla ett regelrätt förhör till att börja med, har han inget vettigt alibi för förra torsdagen ska de förhoppningsvis kunna utverka ett tillstånd för att låta teknikerna gå igenom hans bil, det vore nog klokt.

Arne har fått en rapport från teknikerna som börjat undersöka Göran Ekholms bil, de har inte hittat något som ser ut som blodfläckar eller något annat tydligt tecken i bilen, det fanns förstås hårstrån och annat som innehöll Mariannes DNA men det var ju väntat eftersom hon av naturliga skäl ofta varit i bilen.

Teknikerna hade inte fått fram något däcksmönster från spåren vid järnvägsviadukten heller, gräset var för högt. Men djupet tyder på ett tungt fordon, kanske en skåpbil eller pickup, möjligen en tungt lastad personbil med breda däck.

– Det skulle kunna vara Görans gamla transit, funderar Arne.

– Lennart, han på Ramsäter, har en pickup och Lage Andersson med, säger Markus. Det verkar vanligt med såna bland bönderna.

– Vad har Lage med det här att göra? undrar Arne.

– Jag tänker väl mer på den där killen som jobbar hos honom, han kanske kör runt i den nu, jag såg ingen röd bil på gården.

– Du var mig då en envis jävel. Tro mig, han har inget med varken stöld eller mord att göra, glöm den där kärringens historier nu, vi har ett jobb att sköta.

– Har du hört något om hur det gått med undersökningen av datorn?

– Ja det verkade som att de mest bara använt den i arbetet, Göran verkar ha skött mycket av sina affärer via internet, Tradera och Blocket och andra säljsajter var flitigt besökta, likaså auktionshusens egna sidor, både svenska och utländska. Sedan var det mycket bildmaterial, Marianne verkade gilla att sitta med fotoshop och det fanns många rikitigt fina foton där, sa datanissen. De hoppas kunna återlämna datorn till Göran snart, han klagar mycket över hur han ska klara affärerna utan den.

Arne låter vresig på rösten, han verkar fortfarande sur för att Markus farit till Fullösa och hört sig för om Lages arbetare. Och Markus tycker fortfarande att han gjort rätt, han vet inte hur, men någonstans, på något sätt, tror han nog att det kan komma att passa in i den här utredningen. Han har dåligt samvete för att de inte följt upp detta spår direkt. Han känner att han måste säga det till Arne.

– Med en stöldhistoria, ett mord, med antikviteter inblandade i stölden och en antikhandlarhustru i mordet, tycker du inte vi måste kolla upp det hela Arne?

Nu är det sagt. Nu får Arne säga vad han vill. Markus känner sig nöjd med sig själv trots att han kanske äventyrat hela samarbetet med Arne med att så här indirekt kritisera honom för att inte vilja granska alla spår man eventuellt kan hitta.

Arne lutar sig bakåt, han har inte den där arga rynkan mellan ögonen nu. Han ser mest ut att fundera.

– Okej, säger han. Som du lägger fram det så låter det faktiskt som att det kanske finns något vi ska titta på. Och om den där killen verkligen hade tagit Johannesfiguren hade det ju varit så. Men när vi nu inte har minsta spår som leder oss till honom som tjuv, då vore det ju lika knasigt att ta in honom i undersökningen som vilken annan människa som helst. Eller hur?

Markus känner att det är hans tur att vara eftertänksam. Arne har rätt. Bulgaren har ju inte fått någon stöldanklagelse på sig förutom från Birgit Hansson. Och den byggde bara på luft. Kanske var det Markus som hade mest fördomar, kanske var det därför han ändå ville koppla Lages arbetare till det här? Men det hade nog påverkat honom väldigt starkt att bonden varit så fientlig, att bulgaren inte öppnat när han knackat utan verkade ha något att dölja. Och så den där figuren innanför gardinen, det såg verkligen ut som en träfigur av något slag. Men han måste nog backa nu ändå, förstår han.

Fast det är något i den här historien han inte riktigt kan släppa. Det känns som att han missat något, han vet bara inte vad. Han googlar lite planlöst på Lage Andersson. När han söker på namnet plus "foto" får han upp bilder från en lantbruksmässa. Lage står där tillsammans med några andra bönder vid en maskin de tydligen vidareutvecklat och visar upp för andra intresserade bönder. Inget av intresse där. Han söker upp honom på eniro, sedan testar han att bara fylla i adressen för att se om det är fler folkbokförda på hans adress. Bara en kvinna, det måste förstås vara frun. Han roar sig med att googla på frun, eftersom hon heter Gunnel Andersson blir det förstås massor av träffar, han får söka på Gunnel Andersson och Storegården, men då kommer det inget upp. Han testar Gunnel Andersson, Götene, och då får han napp. Det är en artikel om boendestödjare i Götene kommun och en Gunnel Andersson är visst enhetschef där. Det är ett foto, en porträttbild intill telefonnumret om man vill ha kontakt med enheten. Det behöver ju inte vara Lages fru det handlar om, det fanns fler Gunnel Andersson i Götene ser han på eniro. Men oavsett om det är Lages fru eller inte är han säker på att han sett den här kvinnan förut. Hon är i femtioårsåldern, är något överviktig och har kort, lite rödaktigt hår. Kopparrött tror han det kallas. Det är något så bekant över henne. Aj, vad retligt att han inte kan komma på var han sett henne.

Tidningen

Tidningen som har stått för trevnad till morgonkaffet har plötsligt blivit en källa till oro. Vad ska det stå i den idag, undrar han varje morgon. Han tar först upp den utan att se på den och går raka vägen upp till lägenheten. Sedan sätter han sig i fåtöljen utan det sedvanliga tillbehöret kaffe och smörgås, för nu när inte tidningen är förknippad med lugn och ro blir kaffet bara något som kan hamna i vrångstrupen.
Det är två dagar kvar på sjukskrivningen och Stefan tänker att skulle han vara hemma längre skulle han bli tokig på riktigt. Han längtar efter att vara på tåget och se ut över de välkända landskapen igen. Igår hade han kommit på att han kunde använda sig av dessa landskap som en meditation. Han lät scenerna ur naturen spelas upp innanför ögonlocken för att få ro i sinnet. Han såg det stora trädet på åkern som man passerade efter Lidköping, han såg den gamla ladan med förfallet tak som kom efteråt. Dessa scener gav honom ro. Han undvek förstås sträckan mellan Råbäck och Hällekis.
I natt har han bara vaknat en gång, men inte av någon mardröm utan av att han måste upp och pissa. Det var nog ölen han tagit för att somna in. Han föredrog öl framför sömnmedicin och han var ju ändå ledig imorgon. När han varit och pinkat och skulle somna om hade han använt sig av sträckan Vara -

Herrljunga. Det hade fungerat riktigt bra, tankarna hade velat komma in och tränga sig på men han hade hållit dem på spåret, kan man säga.

Det är tur att han sitter ner och inte har något kaffe att sätta i halsen. Dagens rubrik om mordet är mindre, det är bara en sådan där liten ruta på framsidan idag, en ruta som hänvisar till en artikel inuti tidningen. Men i den lilla rubriken på framsidan står det: "Vem mördade min fru? Den mördade kvinnans man hoppas få svar." Han bläddrar snabbt fram till artikeln inne i tidningen. Det är inget foto på mannen. Det verkar inte ens ha varit någon riktig intervju, man får intrycket av att tidningen haft någon form av samtal och sedan hittat på lite själva. De skriver att paret drivit en antikhandel i Gössäter. De skriver att polisen vädjar till allmänheten, att alla uppgifter kan vara av intresse. Och de skriver att Göran Ekholm, den mördade kvinnans make, har svårt att förstå att hans fru bragts om livet. Hon hade inga ovänner så vitt han visste står det, men att han hoppas att polisen ska reda ut vad som kan ha hänt.

Inte kunde de på tidningen hittat på detta helt själva? Nog var det troligt att de talat med en make. Och denne make var i så fall kapabel att tala begripligt. Och så detta att de drev en antikhandel. En man som driver antikhandel kan väl inte vara i slutstadiet av alzheimers sjukdom? En man som driver antikhandel kan väl inte behöva vårdas av sin fru och ibland bo på ett vårdhem, oförmögen att ha hand om sig själv överhuvudtaget? Han kunde inte ens sköta toalettbestyren själv, hade Marianne berättat. Han kunde inte tala begripligt, det var bara hon som förstod vad han sa, och inte ens hon förstod alltid. Han skulle vara oförmögen till intimt umgänge. Eller i varje fall var inte intimt umgänge vad man tänkte på när man mötte honom, det fanns ingen sådan känsla kvar längre, han var tyvärr ett vårdkolli.

Stefan hade haft stor medkänsla för Marianne för detta. Han hade inte heller själv känt sig som någon som bedrar en äkta man när läget var som det var, vigselritualen i sig var för honom inte helig, han var inte troende på det sättet.

Antingen har tidningen hittat på, eller så har Marianne ljugit för honom. Han tar sig upp ur fåtöljen. Han måste ta reda på detta själv nu. Hans bil står parkerad borta i Ängahagen där hans bror har en verkstadslokal, han ska ta sig dit och hämta den och sedan fara en tur till Kinnekulle. Han måste försöka förstå mer om Marianne så han kan få henne ur huvudet. En antikaffär i Gössäter. En make som är frisk och funktionsduglig. Hade Marianne haft sex med sin man de dagar hon inte var hos honom? Troligen, Marianne var knappast den avhållsamma typen. Han känner en våg av svartsjuka välla upp inom sig. Han måste se om det är någon anledning för denna känsla. Om det verkligen finns en frisk make, eller om tidningen bara fabulerat.

Lennart Karlstam

Var håller Arthur hus egentligen?

Lennart Karlstam ser ut över Ramsäters gräsmattor. De börjar bli väl yviga nu och han har tänkt i flera dagar att idag dyker han nog upp. Före Arthur hade han en ung skolpojke från Medelplana som kom titt som tätt vare sig det behövdes eller inte, han verkade se det som ett nöje att köra runt på gräsklipparen och väntade sig att få betalt varje gång han kom, även om inte gräset var tillräckligt långt för att klippas egentligen. Arthur hade varit så bra med det att han aldrig kom i onödan men alltid när det behövdes. Men kanske hade han fått för mycket att göra, han var förbannat duktig på allt möjligt hade han förstått, den där killen Lage tagit hit. Han tittar ut igen och se, när man talar om trollen, kommer det inte en bil på vägen?

Men är det Arthur? Nä, så fan heller, är det inte den där haggan Birgit. Helvete!

Lennart Karlstam känner hur adrenalinet strömmar till, hans ilska fyller hela hans kropp. Han funderar på vad han ska göra, han kanske helt enkelt ska strunta i att öppna dörren. Släpper han väl in den där kärringen över tröskeln blir han väl aldrig av med henne. Hon kommer säkert för att hon hört att Marianne dött, nu är hon väl nyfiken som satan på vad han vet om saken. Inte vill han prata om fina Marianne med den otäcka hyenan.

Han bestämmer sig för att låta gong-gongens ljud bli obesvarat och tar tidningen med sig och går upp till övervåningen. Han slår sig ner i den gräsligt blommiga fåtöljen som han och Sylvia fick i bröllopsgåva av någon av hennes mostrar och sedan inte kunde med att slänga ut, det är tydligen mönster av någon känd designer på den och han har tänkt sälja eländet nu när varken mostern eller Sylvia lever och kan bry sig längre. Men för tillfället får den duga som tillflyktsort. Gong-gongen plingar länge, kärringen kanske begriper att han är hemma, hennes stora näsa påminner om en blodhunds. Det gör inget, han bryr sig inte om vad hon tror, det är bara bra om hon begriper att han är hemma men vägrar öppna dörren för henne.

När det äntligen blir tyst sitter han kvar en bra stund och bara lyssnar. Han försöker höra om hon startar bilen, men det når inte upp några sådana ljud till honom här på övervåningen. Väggarna i huset är tjocka så det är inte säkert det går att höra, han måste nog titta ut genom ett fönster för att förvissa sig om att bilen verkligen åkt sin väg. När han går nerför trapporna hör han ett ljud, det låter som att det kommer från baksidan, från salongen. Det lät som att något dunsade till mot ett fönster. Skulle inte förvåna honom om hon försökte bryta sig in, den kärringen kan han tro om vad som helst!

Jovisst står hennes bil kvar där ute! det ser han när han tittar ut genom den smala rutan vid entren. Bäst att kolla vad det var som lät från salongen, tar han vägen genom arbetsrummet syns han inte från något fönster.

I det stora rummet är det tomt och allt verkar stå på sin plats. Han går fram till ett av de höga fönstren och därifrån kan han tydligt se Birgit Hanssons ryggtavla, hon är på väg mot trädgårdsmöblerna och i handen håller hon en av de mindre stolarna, troligen har hon väl stått på den för att kunna titta in, det var nog det som hördes. Så synd att hon inte trillade och bröt nacken!

Det bästa vore väl att gå ut och säga åt henne att försvinna härifrån. Men han litar inte på sin egen pondus, han är inte van vid att köra bort kärringar från tomten. Hon får väl snoka runt ett tag tills hon tröttnar!

Lennart Karlstam tar sig in i arbetsrummet och sätter igång datorn. Lika bra att göra lite nytta så länge.

Marianne och Per

Arne Tjärlund hade kollat upp Mariannes fotointresse och hittat några människor som varit i kontakt med henne den vägen, det hade visat sig att hon gått en kurs i fotoredigering via vuxensskolan i Götene för två år sedan. Arne hade fått namnen på alla som gått kursen, det var bara fyra stycken förutom Marianne, och börjat kolla upp dem. Det var ett äldre par som gått kursen tillsammans, de var avflyttade till Skåne sedan ett år tillbaka, Arne hade ringt dem men inte fått tag i dem. Han kom bara till en telefonsvarare. En annan av kursdeltagarna var en kvinna som hette Lisa Johansson, hon var i femtioårsåldern som Marianne. Hon hade inget minne av Marianne, sa hon, fast Arne hade haft med fotografier och visat. Det verkade lite konstigt när de varit så få på kursen och dessutom när det bara var de två i samma ålder. Arne hade sagt att han skulle hitta några fler foton på Marianne och återkomma, det kunde ju vara så att Marianne sett ganska annorlunda ut olika tider, en del kvinnor färgar ju håret stup i kvarten. Men Lisa Johansson trodde inte det skulle hjälpa så mycket, hon förklarade sig vara ansiktsblind och brukade sällan komma ihåg människor. Arne tyckte det var en märklig förklaring och hade gjort en snabb koll på Lisa i brottsregistret men inte funnit något där. Han hade även googlat på ansiktsblind och sett att det faktskt fanns något som hette så. Det fanns människor som led av detta så illa att de till och med hade svårt att känna igen sina egna barn när de skulle hämta dem på dagis! Så kanske kunde det vara sant som hon sa den där Lisa, att hon faktiskt inte kände igen Marianne. Märkligt verkade det i alla fall i Arnes ögon, han var själv mycket bra på att känna igen människor, hade han sett dem en enda gång så satt ansiktet i hans minne.

Den fjärde deltagaren var riktigt intressant. Han hette Per Björk och var trettiotvå år och bodde ensam i en lägenhet i Götene. Arne hade sökt upp honom i hans hem igår, kvällstid, efter att han varit hos Lisa Johansson. Per hade blivit märkbart berörd av att se fotot på Marianne, han hade verkat generad och Arne förstod direkt att han hade något att komma med. Han undrade om han fick komma in och ställa lite frågor om hur Per och Marianne känt varandra och sedan hade han fått en ganska intressant historia från Per. Det var ett tag sedan han träffat Marianne, ett år sedan ungefär, berättade han. När de gick kursen ihop för två år sedan hade de setts ganska mycket, de hade varit ute och fotograferat ihop ofta. När kursen var slut hade de fortsatt att fota tillsammans några gånger, de åkte till ställen som Sörboleden i Lundsbrunn, kalkstenbrottet på Kinnekulle, de hade varit uppe i Klyftamon och nere på stränder, alltid ställen där de fick vara ifred.

– Hon hade ju sin man, sa Per.

Arne hade förstått direkt att det varit mer än fotograferande som de här två gjort ihop. Per var inte bra på att dölja något, han verkade inte försöka det heller, det fanns något öppet och oskyldigt över honom. Men han var mäkta generad, det var hans blygsel som verkade vara mest i vägen för honom när han skulle berätta om hur hans relation till Marianne varit. Han verkade inte rädd för att berätta annars, det slog honom nog inte in att han genom det här kunde bli en av deras huvudmisstänkta.

Eller förstod han det, kanske var det därför han var så mån om att visa sig riktigt öppen, för att han verkligen hade något att dölja?

Att det var Marianne som tagit initiativet till deras kontakt förstod Arne på att Per hela tiden talade om vad Marianne gjort och sagt, det var hon som hade föreslagit var de skulle åka, att de skulle lägga sig tillsammans uppe i ett jakttorn för att invänta djuren i gryningen, att de skulle få möjligheter att ses ensamma då och då på alla möjliga och omöjliga ställen. Per verkade bara ha varit glad för att få vara med.

Det Arne fått fram var i alla fall att Per Björk blivit förförd av denna lite äldre kvinna och han verkade fortfarande förvånad och generad för detta, han tittade ner i golvet när han talade om deras historia. Foto och sex var alltså vad de haft gemensamt. Förhållandet hade upphört när Per träffat en flicka han blivit ihop med. Per fick det att låta som att flickvännen på något sätt var en följd av hans historia med Marianne, kanske var det hon som gett honom modet att våga närma sig kvinnor. Han sade sig inte ha sett Marianne överhuvudtaget de senaste månaderna.

Per visste att det var Marianne som blivit mördad, han hade förstått det när han läst i gårdagens tidning att kvinnan framför tåget var en antikhandlarfru från Gössäter. Han hade funderat på om han skulle höra av sig själv till polisen och tala om att han kände henne, han hade sett i tidningen att polisen ville komma i kontakt med alla som på något vis känt Marianne, men han hade inte hunnit, sa han. Det var ju som sagt först igår som han förstod vem den mördade var.

Per visste inte mycket mer om Marianne än att hon var gift men att hon inte hade sex med sin man, de levde som vänner och var båda öppna om att de ibland hade förhållanden bredvid hade hon berättat. Hon hade inga förväntningar på honom, Per, och det var skönt. Hon var ju äldre och hon sa i alla fall till honom att hon var nöjd med det här, att bara ses och fotografera och ha sex ihop ibland. De hade verkligen haft ett bra förhållande, tyckte Per. Han hade varit lite orolig för att det skulle komma ut bland hans kompisar att han var med en äldre kvinna, det hade varit pinsamt. Men Marianne själv hade velat ha det hela diskret.

– Pinsamt! Arne spottade ut ordet när han berättade om sitt samtal med Per för Markus. Den snorvalpen skulle väl vara tacksam för att hon ville ha med honom att göra, han verkade så tafatt och ryggradslös. En nörd skulle mina syskonbarn sagt. Jag har kollat upp honom i registren, fortsatte han, men det är blankt. Vad tror du, ska vi gå vidare och kartlägga honom direkt? Eftersom det inte finns något på honom i registren så är det väl mer personerna runt om vi får fråga ut för att få en bättre bild av honom. Jag har inte frågat honom vad han gjorde den där dagen när Marianne dog, den frågan är mer läge att ta vid ett formellt förhör, han verkar lättskrämd och jag vill inte att han ska bli rädd för att prata om det de hade ihop.

Markus var ovan vid att Arne frågade honom vad han tyckte. Men det var väl idé att kolla det här med morddagen först, hade Per gjort något som gav honom alibi kunde de ju utesluta honom från utredningen.
Två älskare. Markus hade svårt att få ihop bilden av denna Marianne Ekholm. Hon var ju femtio och hade ändå tydligen två älskare! Tänk när hans egen mor var femtio, tanken på hon skulle haft en älskare var skrattretande, Markus hade knappt kunnat tänka sig att kvinnor i den åldern kunde ha sådana intressen. Och Per Björk hade tydligen varit nästan tjugo år yngre än Marianne. Hur är en kille funtad som kan vara med en så gammal kvinna? Nej, det måste nog vara något fel på den där killen. Tio år yngre hade väl varit okej, Markus hade själv ibland

fastnat för lite äldre tjejer även om det mer rört sig om fyra-fem år. Men tjugo år, det är mycket!

Fast det var svårt att veta hur Marianne varit, när hon levde. Han hade bara sett hennes döda kropp och hennes ansikte på foto och då såg hon helt alldaglig ut. Men det där med hur man rör sig, minerna, rösten, allt sådant gör ju mycket för intrycket av en människa, förmodligen hade hon väl varit attraktiv på något vis.

De beslöt att Arne skulle gå vidare och ta reda på vad Per haft för sig i torsdags. Arne skulle även ta reda på om Marianne hade några kontakter i antikhandlarkretsar och fortsätta fundera kring Göran Ekholm, det var dags att ta ett till samtal med honom. Markus skulle fortsätta med spåret kring Lennart Karl-stam.

Kräftans tecken

"Modern är en viktig person i var kräftas liv, de älskar sitt hem och ger sig inte gärna iväg långt bort från det".

Det var nästan skrattretande så mycket som stämde in på Ingemar. Hillevi kunde inte låta bli att läsa lite om kräftan i astrologiboken hon fått någon gång i ungdomen. Redan då hade hon tyckt att tanken på att planeternas ställning på himlen när någon föddes skulle kunna påverka människor var helt bisarr. Hon tyckte faktiskt det än, det fanns inget som helst förnuft i denna lära. Det gjorde att hon tyckte det var ändå märkligare hur träffande det ofta kändes när man läste om olika männi-skor, hon hade till och med kunnat gissa rätt tecken på flera av sina jobbarkompisar när hon roat sig med det. Och Ingemar verkade på många sätt vara förlagan för den som skrivit om kräftan i den här boken. Fast orolig mage hade hon inte hört att han hade, det brukade kräftor ofta ha stod det här. Och hemlighetsfulla kunde de vara med. Det hade hon inte upplevt det som när det kom till Ingemar. Fast vad visste hon om det, vad visste hon om ifall han bar på hemligheter? När hon tänkte på saken insåg hon att hon visste väldigt lite om honom, kanske var det just det han var, hemlighetsfull.

I boken fanns det också beskrivit hur de olika tecknen kom överens. Själv var hon vädur och även om hon tyckte att astrologin trots sin orimlighet ofta lyckades pricka in människors karaktär bra så upplevde hon det som ett undantag när det kom till henne själv. Hon hade aldrig kunnat identifiera sig riktigt med väduren, de skulle vara så gåpåiga och framåt, ja till och med aggressiva i sättet. Hillevi hade väldigt sällan blivit arg i sitt liv, hon förstod sig inte på hur andra kunde bli upprörda för bagateller, hon kunde knappt minnas när hon var rikitigt arg senast. Men det fanns annat som stämde bra på henne. Vädurar ska vara urusla på att ljuga och förställa sig, det stämde in på henne, hon önskade ibland att hon inte skulle avslöja sina känslor så lätt. Som nu, när Ingemar tagit hennes hand och hon blivit röd.

Kräftor kunde vara svartsjuka, stod det med, de betraktade sina närmaste som sina egendomar och höll fast dem och ville inte gärna dela med sig till andra. Även vädurar skulle vara svartsjuka fast på ett annat sätt, de ville alltid vara i främsta rummet och avskydde oärlighet.

Jovars, det stämde förstås på henne själv, oärlighet var det värsta hon visste, men vem tyckte inte det? Ingemar verkade i alla fall vara en ärlig man, det fanns något tryggt och pålitligt över honom. Lite trög verkade han ibland, inte så snabb i replikerna, han verkade tänka efter ordentligt innan han sa något. De skulle ofta ta ett steg framåt och sedan två steg tillbaka, kräftorna, det kunde reta och trötta ut väduren, varnade boken. Jo, kanske hon tyckt försiktighet varit påfrestande när hon var ung, då hade hon faktiskt retat sig på människor som velade mycket. Det var så hon såg det då. Men numera hade livet lärt henne att det bara kunde vara bra med tvivel och hon litade mer på dem som inte verkade sådär tvärsäkra. Synd att hon inte kollat upp Ingemars födelsedata tidigare, då hade hon kunnat åkt dit och gratulera honom i början på juli, nu var det långt tills nästa födelsedag. Men Ingrid fyllde år i december, det skulle hon i alla fall komma ihåg.

Hon la undan boken och funderade på hur hon blivit. Tonåring på nytt, larvig som en tjej på fjorton år som inte kan tänka på annat än den kille hon är intresserad av! Undrar om Ingemar tänkte på henne alls på det här sättet. Tänk om han gjorde det, om han gick och gladde sig när hon skulle komma? Att bli betraktad som en egendom av en kräfta kanske kunde vara trevligt, tänkte Hillevi och log för sig själv.

Lennart Karlstam

Den där fula feta förbannade kärringen! Han avskydde henne, det var hon som förstört allt för honom. Hon smög runt och snokade och rotade i sådant hon inte hade någonting alls med att göra, man kunde tro att hon var svartsjuk! Men det hade aldrig varit något mellan dem och han hade verkligen aldrig uppmuntrat henne det minsta. Han hade förstått att hon lagt ut sina krokar för honom, men han måste erkänna att han hade svårt att tända på kvinnor i hennes ålder, hon var till och med några år äldre än han själv. Även om hon varit yngre och sett bättre ut så var hon dessutom helt fel ute, att försöka fånga en man som honom med kaffe och bullar fungerade inte, han hade aldrig gillat sådant.

Marianne hade vetat vad han gillat. Hon hade gett honom hans ungdom tillbaka, kändes det som. Hon hade kopplat på hans sexualitet igen, den som nästan varit avstängd ända sedan han gifte sig för trettio år sedan. Under åren med Sylvia hade han gjort många försök få liv i lusten, han hade till och med provat betaltjänster när han var på resande fot men det hade inte känts bra. Det hade inte funkat för honom.

Sylvia var romantisk. Man fick inte peta på henne utan att först ha kysst och smekts och köpt rosor. Han blev impotent av det där. Han försökte fly in i fantasin för att hitta lusten men det var som att hon märkte hans tankar och krävde att han kom tillbaka, såg henne i ögonen, sa romantiska ord. Han gav upp och hon verkade inte ha något emot det. Eller det hade hon nog, hon blev kylig mot honom, hon slutade intressera sig för vad han gjorde. Hon la all sin energi på trädgården, all sin lust i att se växterna frodas, hennes romantiska drömmar blev en vacker rosengård i deras park. Trädgårdsföreningen brukade komma dit och titta på den då och då när Sylvia levde. Numera var den vanskött.

Han skulle kunnat anställa någon som tittade till den då och då, han hade ju redan Arthur, killen från Bulgarien, han som brukade komma och klippa gräset sommartid. Han kunde höra sig för med honom om han hade tid att även sköta om rosorna, det skulle inte vara dyrt att ta lite mer hjälp. Men han ville inte ha den där rosengården, den påminde honom bara om hur dåligt deras äktenskap blivit. Det kändes nog bäst att bara låta den vissna ner av vanskötsel och sedan göra något radikalt, ta bort alltihop och plantera gräs.

Märkligt nog hade han inte tänkt så mycket på det då, när Sylvia levde. De gick där sida vid sida och var och en höll på med sitt. De hade var sitt sovrum, de levde som syskon och det var som att det fanns en tyst överenskommelse mellan dem att ändå hålla ihop. Det var först när hon fick cancer allt kändes så fel. Det kom plötsligt in något stort och tungt och allvarligt i deras liv, men de fortsatte bara som förut, gick där bredvid varandra och talade vidare på samma sätt som förut. De fortsatte att tala sakligt, meddela sig med varandra som de gjort i så många år.

– Jag åker till Göteborg, sa Sylvia, när hon skulle till Sahlgrenska, precis med samma min och tonfall som hon sagt förr, när hon åkte till Göteborg för att hälsa på sin väninna och gå i butiker.

Och vad gjorde han? Han visste inte vad han skulle göra alls. Han frågade lite om hur hon mådde och vad läkaren hade sagt och så, men det blev mer som artighetsfraser. Aldrig hade avståndet mellan dem märkts så väl som då.

Deras dotter Josefin hade kommit ner från Stockholm ibland och hon och Sylvia hade haft en del samtal förstod han, men han själv blev inte indragen i dem. Men mest var det Sylvias väninna, Charlotte, som varit den som varit med. Det var hon som följt med Sylvia till Sahlgrenska, det var hon som satt vid bädden när hon gick bort. Ibland hade han funderat på om det varit något annat mellan dem, Sylvia och Charlotte, men han visste inom sig att det inte var så. Sylvia var heterosexuell, det var han säker på.

Han hade inte alltid varit så säker på sig själv. På sena sextiotalet hade han som yngling farit till Berlin och studerat arkitektur ett år. Där hade han haft sina första sexuella upplevelser, mest med en dansk flicka som hette Viveke. I de kretsarna de rörde sig i förekom det även homosexuella relationer och han hade blivit förvirrad när han märkte att han inte var oberörd av närmanden från män. Han grubblade mycket på det då, om han kanske var homo. Det var först senare, på sjuttiotalet, som det här med bisexualitet blev mer känt och omskrivet. Då förstod han att det nog var det han var, bisexuell. Det var som att könet inte spelade så stor roll, det var människan han blev förälskad i. Han föll lätt för mörka ögon, livliga gester, vackra munnar vare sig de satt på en man eller kvinna. Kanske allra lättast föll han för det androgyna, män som var kvinnliga och kvinnor som såg ut som vackra slanka ynglingar.

Sylvia hade varit vacker och slank. Men hon var inte mörk utan ljus. Han tyckte hon var alldeles för vacker för honom. Hon var dessutom från en finare familj, rikare än hans. Hon var intelligent och rolig. Han förstod inte vad hon såg hos honom. Kanske hon undrade det med, senare, när äktenskapet blivit en besvikelse för dem båda.

Marianne hade varit helt annorlunda. Mörka ögon hade hon
förstås, men hon var inte androgyn till utseendet, hon var ur-
kvinnlig i figuren. Lite mullig till och med, han hade aldrig in-
tresserat sig för annat än slanka kvinnor innan. Men nu var det
hon som intresserade sig för honom först, förstås. Hon hade
ganska snabbt börjat ta ögonkontakt med honom under
körövningarna. Sa någon något roligt så var det honom hon
tittade på samtidigt som hon skrattade. Hon fick honom att
känna sig utvald. Han smygtittade i början på henne för att se
om hon gav samma blickar till alla i kören, men nej, det var
bara honom hon gjorde så med.
Hon doftade parfym, hon ställde sig gärna nära honon, så nära
att de nuddade vid varandra. Hon var förförisk på ett roligt
sätt, det var så oväntat. Oväntat och upplivande. Det hade inte
gått lång tid heller innan hon föreslog att hon kunde komma på
besök till Ramsäter.
– En äkta herrgård, skrattade hon, den skulle jag vilja se, får
man komma på studiebesök?
Det sista sa hon med huvudet på sned och något i hennes min
gjorde att han redan då kände hur hans kropp vaknade. Han
började fantisera om henne. När hon kom hade han sett till att
det var renbäddat och fint i sovrummet, så säker kände han sig
på att det skulle bli något mellan dem.
Och det hade det blivit, några få gånger. Det hade blivit sex,
riktigt sex, utan en massa romantiskt joller. Det var så under-
bart att han nästan blev kär och fick lust att börja köpa rosor!
Men så kom den här kärringen från helvetet och la sin näsa i
blöt. Hon hade snokat reda på att Marianne var gift och ville få
honom att sluta träffa henne, därför. Han brydde sig väl inte
om det, det var snarare en fördel att hon redan var gift, då
slapp han vara orolig för att hon var någon sorts sol-och-
vårerska som var ute efter hans gård. Dessutom gav det extra
krydda åt deras sexliv. Han brukade fråga henne om hon varit
tillsammans med sin man och hon kunde berätta mustiga be-
rättelser om hur nyknullad hon var (jo, hon använde alla runda
ord som fanns, särskilt sedan hon sett effekten av det på ho-

nom) hon kunde berätta ingående om vad hon och maken gjort i sängkammaren och han förstod att allt bara var påhitt, Marianne hade nog inte mer sex med sin man än han hade haft med Sylvia, men han älskade henne för att hon fantiserade så underbart.

När Birgit begrep att han fortsatte träffa Marianne även efter det att hon berättat för honom om maken, började hon hota honom med att skvallra för hans mor. Ja, hon sa inte så rent ut men hon började prata om att gamla Hedvig nog inte blev glad av att höra den här historien, att det säkert skulle komma ut på bygden och att han borde berätta själv om det innan. Tyckte han det kändes jobbigt erbjöd sig Birgit att hjälpa honom!

Skvallra för mamma! Det borde egentligen bara vara skrattretande, han borde inte brytt sig om vad hans mamma tänkte nu, när han var över sextio år och mamma över nittio. Det hemska var att han brydde sig. Han ville verkligen inte att hans mor skulle börja fråga honom om han var ihop med en gift kvinna. Modern var skarp i sitt sätt men innerst inne visste han att hon var en känslig själ, hon skulle inte må bra av att höra talas om detta. Och han skulle aldrig kunna ljuga för sin mor, han skulle kunna försöka, men hon skulle ta reda på hur det verkligen förhöll sig, det visste han.

Modern hade en servicelägenhet nere i Hällekis, där fanns andra gamlingar som höll reda på allt som hände i trakten, där låg även affären som var traktens samlingspunkt och informationscenter. Jo, det kunde nog komma att pratas en hel del om Birgit började sprida rykten. Det var även det här med Josefine. Han och dottern hade aldrig haft så god kontakt men på något vis kände han sig skyldig mot henne för att han inte förmått älska hennes mor. Det var som ett dåligt samvete som gnagde i honom för alla tillkortakommanden han känt mot sina nära – eller de som borde varit nära men aldrig blivit det. Kanske var det ett sätt att straffa sig själv, det där att han gav upp kärleken så lätt när den väl dök upp i hans värld.

Han sa till Birgit att han slutat träffa Marianne, då verkade hon nöjd. Men sen började hon springa runt och spionera, han började plötsligt stöta på kärringen överallt, inte minst på sina egna ägor. Det var obehagligt, han kände sig trakasserad och orkade inte riskera att hon började prata med andra och sprida rykten om honom och Marianne i bygden. Han slutade träffa Marianne istället, på riktigt. När hon ringde och undrade om han ville ha besök hittade han på undanflykter. Han borde föreslagit att de skulle ses någon annanstans, varför bjöd han inte med henne till ett hotell? Han hade tänkt på saken men det blev aldrig av och sedan slutade hon i kören och det blev inte att de hördes mer. Han hade varit feg och nu var det försent.

Han avskydde Birgit Hansson, det var hennes fel alltihop och hon var säkert orsaken till att polisen var här och snokade runt. Frågan var vad Birgit Hansson sagt till dem, polisen som frågat ut honom verkade ju inte veta att han och Marianne haft ett sexuellt förhållande i alla fall, då hade det nog blivit ett rejält förhör. Han skulle verkligen vilja veta vad Birgit sagt men att fråga henne kändes motbjudande. Han önskade verkligen att hon inte fanns.

Hillevi

Det är ingen höjdare att ligga vaken klockan fyra på morgonen när man vet att väckarklockan ska ringa klockan sex. Hillevi ska jobba heldag imorgon och vill gärna vara pigg. Men det är lögn att somna om, verkar det som. Det har hänt ofta den sista tiden att hon vaknar just bortåt fyratiden. Är hon ledig dagen efter eller jobbar eftermiddag gör det inget, då brukar hon gå upp och pyssla istället, kanske sätta en deg eller passa på att göra något annat hemma. Tidiga morgnar är så rofyllda, hela

världen sover känns det som och allt är lugnt och stilla. I som-
ras brukade hon gå ut i trädgården och rensa i landet eller ra-
batten, ibland såg hon hjortarna gå runt i byn och smaka på de
olika delikatesserna vänliga människor planterat åt dem. Tul-
paner var klara favoriter, tätt följda av rosenknoppar. En mor-
gon såg hon två vackra bockar stå inne i Lenas växthus tvärs
över gatan, hon var rädd att de skulle ha sönder glaset med
sina pampiga kronor men det gick bra. Hon berättade det för
Lena och sedan har hon inte sett några där inne mer så Lena
ser nog till att stänga dörren in dit nu.

Hillevi gör som Ingrid numera, hon köper bara narcisser till
vårrabatten. Det finns så många olika sorter av dem nuförtiden
att välja på så det kan bli riktigt fint och det doftar underbart,
men visst hade det varit roligt att få ha tulpaner där med.
Många stängslar in sina trädgårdar mot hjortarna men det ser
ganska trist ut med så mycket höga nät eller andra stängsel, då
föredrar hon att låta de vackra djuren hållas, de är ju minst lika
roliga att titta på som blommor egentligen.
Men nu är det mörkt ute och även hjortarna sover, det känns
mer som natt än morgon. Och som sagt, hennes arbetsdag ska
börja redan klockan sju. Suck! Kan det vara så att hon börjar
komma i klimakteriet? Hon är ju bara fyrtio så det känns lite
tidigt, men hon har hört flera väninnor och jobbarkompisar
som just fått problem med sömnen då de hamnat där. Fast
några vallningar har hon ju inte känt av i alla fall, och mensen
kommer punktligt som alltid en gång i månaden. Men snart
kommer den ta slut och några barn lär det väl inte bli för hen-
nes del.
Undrar om Ingemar längtat efter barn ibland? Kanske inte män
brukar göra det så ofta? Han hade säkert blivit en fin far om
han fått chansen. Hillevi försöker dagdrömma lite, det gjorde
hon mycket när hon var yngre och det var roligt. Det var nästan
som att ha en film i huvudet, en film där hon själv var huvud-
person och kunde göra storyn precis som hon ville. Men nu vill

det sig inte, tankar från vardagen dyker upp hela tiden och stör.

Hon har inte ringt polisen än, hon tyckte inte det var idé att ringa igår kväll, de har säkert stängt stationen i Lidköping och hon vill inte trycka sig fram mellan olika telefonsvarare. Hon försökte hitta direktnumret till Lidköpings polisstation igår men det verkade svårt att hitta, kanske de inte vill bli störda av allmänheten mer? Hon är inte förtjust i att tala i telefon över huvud taget. Hon läste om en kompis på facebook som skrev att hon hade telefonskräck, hon kände obehag för att ringa i telefonen. Lite så har Hillevi känt med, särskilt när hon behöver ringa till okända människor. Hon vill verkligen ha lugn och ro omkring sig då, helst vill hon ringa från sin vanliga hemtelefon, på något sätt känns det jobbigare från mobilen. Sedan brukar hon ofta ta en kopp kaffe först och så vill hon ha ett papper framför sig och en penna i handen för att vara beredd att anteckna om det är något viktigt. Men i praktiken använder hon mest pennan för att klottra, det har hon alltid gjort när hon talar i telefon, det är som att hon får lättare att koncentrera sig då. Ingemar har ingen mobiltelefon alls, inte Ingrid heller. De har inte ens dator där uppe i stugan. Kanske Ingemar har en i sin stuga? Hon har aldrig frågat honom.

Det var synd att hon inte köpte det där porslinet i antikaffären, men hon kände ju bara för att ta sig iväg fort. Hade hon handlat kunde hon åkt ett litet ärende till Ingrid imorgon, nu får hon vänta tills på torsdag då hon har sin vanliga tid där. Undrar om Ingemar kunde ha känt den där Marianne? Hon vet så lite om honom och stugan Marianne Ekholm hade verkar inte ha legat så långt bort från Ingrids och Ingemars ställe. Det går många stigar i skogarna där uppe, hela Kinnekulle är förresten täckt av olika vandringsleder. Det kan ibland vara förvirrande när man är ute och går, det finns en pilgrimsled som kyrkan ordnat, den går delvis på Kinnekulle, på sydöstra sidan, sedan fortsätter den ner mot Falbygden. Så finns det en vandringsled som följer hela kullen. En annan led, som hon tror naturvårdsverket anlagt, går förbi intressanta naturmiljöer och borta vid Råbäck har det visst ordnats en led upp till de gamla stenbrotten och kalkugnarna som fanns där förr. Man brände mycket kalk på kullen, det lär ha luktat vedervärdigt på sina håll då.

När hon flyttade hit tänkte hon att hon skulle gå en del vandringar men det har bara blivit lite av pilgimsleden för den börjar nere i Forshem. Kanske hon skulle ta sig upp och gå vandringsleden där uppe där Ingrid och Ingemar bor en dag snart, det vore roligt att se hur stigarna går i skogen där.

Hillevi tar upp en veckotidning och försöker lösa lite korsord. Det hjälper, efter en stund känner hon att ögonen vill vila och kroppen blir tung och bereder sig för en stunds sömn till.

Markus googlar igen

Undrar vad de gjorde egentligen på dagarna de där godsägarna? Markus hade kollat lite på Lennart Karlstam, när han googlade på namnet fick han veta att Karlstam tydligen satt med i minst två styrelser, båda verkade vara för bolag baserade i Göteborg. Men han hade inte någon ledande post utan var bara ledamot. Sedan var det golfresultat som dök upp med, så typiskt! tänkte Markus. Googlade han på Ramsäter istället var det mest historiska händelser, främst från släktforskararkiven. Minsann, dök inte Birgit Hansson upp här som författare av en del artiklar, hon var tydligen engagerad i hembygdsföreningen i trakten. Gården verkade ha haft många arbetare förr, det var många som fötts och dött där genom tiderna.

Nej, det fanns inte mycket att hämta om Lennart Karlstam på nätet. Han var inte den typen som hade facebook eller instagram heller. Precis som Marianne, hon verkade inte heller finnas tillgänglig i cyberrymdens öppna arkiv. De var väl lite för gamla båda två, det verkade lättare att undersöka yngre mordoffer och misstänkta gärningsmän, sådana som lagt ut fullt med ledtrådar om vad de gjort och vilka vänner, intressen eller åsikter de hade.

När han sökt både Lennart och Marianne på olika sätt en bra stund roade han sig med att än en gång googla på Lage Andersson, Storegården Fullösa. Han fick upp rubriken från lantbruksmässan han kollat sist, men även några till sökträffar som han inte mindes att han sett, kanske sökte han inte på samma sätt då. Det märktes på träffarna att det här var en man som inte höll särskilt låg profil, han figurerade i många olika sammanhang. Jaktlaget i Fullösa hörde han tydligen till, det fanns ett gammalt reportage från Götene tidnings nätupplaga där man kunde se Lage stolt visa upp sig framför en död älg. Hemskt, tyckte Markus, han kunde inte förstå hur någon kunde med att visa sig som den som skjutit ett så stort och vackert djur. Det var verkligen makabert. Traktortävlingar verkade vara en annan macho-nisch som fallit Lage i smaken, Markus visste inte ens att det fanns sådant, de verkade tävla i att plöja så rakt som möjligt som han förstod det. Tydligen var Lage traktens mästare i detta. Så var han delägare i en firma som hyrde ut jordbruksredskap, här fanns Lage med på bild och där stod en kvinna bredvid honom. Hon syntes inte så bra på bilden för den var tagen en bit på avstånd från dess mänskliga motiv. Men det var nästan bättre på ett sätt, det gjorde att han nu kom ihåg var han sett henne. Håret var annorlunda på bilderna, på fotona var hon rödhårig men den gången han sett henne hade hon varit blond. Även då hade hon stått en bit bort. Det var ju hon, kvinnan på macken i Källlby, hon som Arne talat med så länge härom dagen. Varför hade inte Arne berättat för Markus att det var Lage Anderssons fru?

Stefan i Gössäter

Vilken idiotisk idé det här var! Stefan satt i sin bil utanför antikaffären i Gössäter. Vad gjorde han här? Det hade väl räckt med att ringa till affären och se om någon svarade som hette Göran Ekholm, för det var ju så han skulle heta enligt tidningen, Mariannes man. Han hade kunnat låtsas fråga om någon gammal antikvitet, kanske fråga om han hade någon gammal trattgrammofon inne, det är väl sådana varor man kan vänta sig i en antikhandel? Det hade väl räckt att göra något sådant istället för att åka hela vägen hit! Han tog upp sin mobil igen och sökte efter "antikaffär" och "Gössäter". Göran Ekholm stod den på, ingen Marianne. Så slog han upp Göran Ekholm som privatperson och då kom det upp både hans och Mariannes namn på adressen här i Gössäter. Japp, så var det, maken var en fullt frisk antikhandlare och han behövde inte ge sig in i affären för att ta reda på det. Den såg förresten stängd ut. Han hoppades att ingen sett honom som skulle undra över varför han parkerat först och sedan åkt igen utan att gå in. Fast det spelade väl ingen roll, han kände knappast någon som bodde här i byn ändå.

Men när han väl börjat backa ut ångrade han sig, nu var han ju faktiskt här, det var väl lika bra att gå in! Han bestämde sig för att köra in bilen igen på parkeringen och gå in i affären, skit samma om några nyfikna grannar undrade vad han höll på med när han höll på och tvekade och backade in och ut på parkeringsplatsen.

Affären var öppen men den verkade alldeles tom. Ja, inte på prylar förstås, men på människor. Han kände sig obehaglig till mods bland allt gammalt skräp här inne, han hade aldrig tyckt om gammalt bråte. När han tog sig inåt affären fick han syn på en hylla med LP-skivor. Där stannade han och började bläddra bland skivorna. Han hade slängt ut sin skivspelare för länge sedan så någon idé med att köpa på sig vinyl var det inte, men det var roligt att se de gamla omslagen, han mindes hur viktigt det varit på den tiden att gå och köpa en ny skiva, hur man sedan spelade den om och om igen på pojkrummet och hur föräldrarna klagade om han spelade högt. Han hade mest gillat hårdrock, och så Madonna förstås.

Han tog upp en skiva av Janis Joplin, hon var den mest intensiva sångerskan som funnits genom tiderna, hans syster brukade lyssna på henne. Han drog ut skivan ur fodralet. Marianne stod det textat med bläck högst upp i hörnet. Marianne Roslund. Det var ju hennes flicknamn, hon hade berättat det för honom en gång att hon hetat så som ogift. Att hon funderade på att ta tillbaka det namnet när hennes sjuke make gått bort.

Hennes sjuke make, som tydligen inte alls var sjuk, kom just in i sin affär genom en dörr som troligen gick till den privata delen av huset.

– Letar du efter något särskilt? frågade han.

– Nej, jag bara kikar lite, jag tror förresten jag hittat det jag letat efter, sa han sedan och räckte fram skivan med Janis Joplin. Vad tar du för skivorna?

– Det är lite olika beroende på i vilket skick de är.

Han räckte över skivan till Göran som tog ut den ur fodralet och granskade den från sidan.

– Den kanske inte är i så bra skick, men hennes röst passar bra med lite repor så en tjuga får du allt ge.

Stefan tog upp en tjuga och såg på honom. Han var ganska kort och smal, han bar en svart kavajjacka till ett par jeans och såg väl ut som folk mest, varken vacker eller ful.

Så detta var alltså maken. Han kände ett hugg av svartsjuka, denne mannen hade haft lyckan att stå vid altaret med Marianne en gång. Undrar om han sörjde mycket nu? Det syntes inget på honom, han såg bara ut som en vanlig affärsman som tar betalt. Undrar om han grät på kvällarna? Undrar om han visste att hans fru haft en annan?

När han gick ut till bilen igen kände han sig trött, han ville bara hem. Han önskade att det fanns något han kunde ta sig för, han skulle vilja vara med på begravningen, lägga blommor på graven, ta farväl av sin älskade. Han var avundsjuk på maken som skulle få göra allt detta. Kanske skulle han själv tända ett ljus för Marianne när han kom hem? Ett ljus av de som Marianne själv hade haft med till honom skulle det bli i sådana fall, han hade inte haft stearinljus hemma innan han träffade henne.

Hon tyckte om att älska till belysningen av levande ljus, det gjorde medelålders människor mycket vackrare än plastikoperationer, sa hon. I hans ögon var hon oemotståndlig vare sig det var elbelysning eller stearinljus, men när hon kände sig vacker lät hon honom titta hur mycket han ville på hennes nakenhet så han föredrog också stearinet, därför. Nej, han kunde nog inte tända något ljus där hemma ändå, det hade bara känts konstigt.

Han visste inte vad han skulle göra med skivan, han hade köpt den för att ha något att säga till mannen och sedan komma därifrån. Han hade ingen nytta av den men det kändes inte rätt att slänga den, den var som en liten del av Marianne. Han fick plötsligt en låt av Janis Joplin i huvudet "get it while you can". Jo, han hade tagit emot det han fått i alla fall, det hade han. Det må ha varit fel mot maken, men det hade han ju inte vetat. Vilken tur att hon ljugit för honom! Hade han vetat sanningen om en frisk make hade han inte kunnat göra det de gjorde tillsammans, han hade en alldeles för hög moralkod för att vara med en gift kvinna. Fast hade hon kommit tillbaka till honom nu, levande, så hade han inte tvekat att vara med henne trots maken. Efter det de haft tillsammans hade det varit omöjligt att tacka nej, han hade aldrig kunnat stå emot hennes mjuka kropp, hennes förförelse. Det fanns ingen som hon, men han kände att han ändå måste försöka hitta en ny kvinna att vara med, han ville aldrig mer vara ensam så länge som han varit före Marianne. Varma Marianne som så snabbt blivit kall och död.

Markus och Arne

– Du, jag gick förbi Fläsk-Fia i expeditionen förut och hon har
fått ett tips som vi ska kolla upp.

Markus stirrar på sina händer och tänker. Han måste säga
ifrån, det bara är så. Han och Arne har bara jobbat tätt ihop i
en vecka men Markus är redan hjärtligt trött på Arnes jargong.

– Du, jag tror inte att Fia Lundin gillar att du kallar henne Fläsk-
Fia.

 Nu var det sagt. Nu hade han satt ner foten.

– Hjälp, halvskrek Arne och tittade runt om sig åt alla håll, är
hon här! Sedan skrattade han och blinkade åt Markus och sa:

– Du grabben, ta det lugnt, hon hörde inte vad jag sa.

Han menade att vara rolig och om inte Markus själv under
uppväxten råkat ut för liknande lustigkurrar hade han kanske
dragits med av Arnes skämtsamma miner och tonfall. Särskilt
eftersom Arne annars hade en ganska barsk utstrålning, han
skämtade inte så ofta och att han nu gjorde det med Markus
kanske skulle tolkas som att han gav en invit till ett mer jäm-
bördigt kompisförhållande till den yngre kollegan. Men det
fanns ingen chans att Markus skulle låta sig dras med i skämt
som gjordes på bekostnad av någon annan, han var verkligen
allergisk mot sådant.

– Vad var det för tips? frågade han nu för att avsluta situation-
en som kändes jobbig.

– Jarmo Kålle har visst dykt upp i krokarna, det är en knarkare
från Göteborg som kommer hit ibland och bor hos en polare i
Hällekis.

– Är han farlig i största allmänhet eller kände han Marianne på
något sätt?

– Nja, det är svårt att säga om han kan vara farlig, han gjorde
något helgalet i ungdomen. Då höll han på att ha ihjäl sin fos-
terbror. Men sedan har jag inte hört att han varit med i några

större bråk, jag tror att han använder en hel del droger förstås. Jag vet att han gjort en del stölder och inbrott, vi har fått någon förfrågan om honom från polisen i Göteborg när han varit här förut. Jag tror att han dragit sig hitåt när han haft anledning att försöka komma undan dem. Marianne vet jag inte om han kan träffat i något sammanhang, det är sådant vi får kolla upp. Har du tid kan väl du ta tag i registerbiten på honom.

– Javisst, sa Markus. Hur stavar han sitt efternamn, ska det vara med C eller K?

– Det stavas med M! Han heter egentligen Jarmo Mäkinen, det där med Kålle fick han heta för att han kom från Göteborg. Han kom hit som fosterpojk på 80-talet och gick i skolan i Gössäter, det fanns en sådan där på den tiden. Eftersom han talade göteborgska blev han kallad Kålle, det var vanligt med Kålle och Ada skämt på den tiden, Sten-Åke Cederhök var en populär komiker om du känner till honom? Jubel i busken.

– Nja, jag är allt lite för ung för det där, men hört talas om det har jag, min mamma pratade om gamla TV-program ibland.

– Jo, Jarmo kom hit som sagt och hade med sig ovanor som han ville lura på de andra ungarna. Jag vet att han försökte få med sig andra för att sniffa lim i skogen. Men pojkarna här var inte mycket för sådant, det var rediga grabbar som föredrog att spela fotboll som tur var. Men han fick en kompis, Roger Lund i Hällekis, det är en bra kille som jobbar på Paroc idag. Han dricker lite för mycket emellanåt så det är väl därför han står ut med Jarmo. Jarmo var rätt jobbig av sig, han hade väl något de idag kallat ADHD. Nu får de ju amfetamin på recept, tja, det heter något annat i papprena de där pillren psykologerna skriver ut, men det är samma saker som pundarna går på. Förr blev många av dem knarkare, en slags självmedicinering kan man säga.

– Ska jag höra mig för med hans kompis också? Ta reda på vad de gjort de aktuella dagarna och sådant?

– Nej, kollar du upp honom i registret är det bra, ta bara databiten du. Jag åker själv en sväng och pratar med Roger Lund, det var längesen jag såg till honom. Jag tror jag åker upp och tar ett snack med Jarmos före detta fostermor med, hon bor i en stuga uppe på kullen. Fast vad jag vet var Jarmo aldrig mer välkommen till henne efter att han försökt ha ihjäl hennes egen son, sin fosterbror. Hon ville aldrig prata om honom sedan och jag har som sagt inte hört att de haft kontakt något mer. Men det kan inte skada att fara dit och fråga för säkerhets skull. Deras stuga ligger inte så långt bort från Marianne Eklunds om man genar genom skogen.

Senare på dagen tänkte Markus tillbaka på det där med Arnes sätt att tala om Fia Lundin. Han ångrade att han inte sagt något mer, han borde tillrättavisat Arne på ett bättre sätt. Det var inte rätt att hålla på som han gjorde och försöka göra sig lustig över sina egna kollegor. Fia Lundin var förvisso inte mager, men hon led säkert tillräckligt själv av sin fetma utan att andra dessutom skulle göra sig lustiga på hennes bekostnad. Men han försökte ändå intala sig själv att han varit duktig som inte hållit tyst och skrattat med i Arnes fånerier. Hade han hamnat i en sådan situation på högstadiet hade han säkert gjort så. Det var skönt att ha blivit vuxen.

Lennart

Ödets ironi. Eller lagen om alltings jävlighet, kanske man hellre skulle säga. Sköterskan hade ringt idag och berättat att hans gamla mor verkade ha blivit snurrig. Lennart var i den åldern då de flesta av hans vänner också hade gamla föräldrar att ta hand om. Men alla hade inte haft turen att få ha föräldrar som var klara i huvudet, de brukade säga så till honom, "vilken tur du har att din mamma är klar i huvudet än". Och han hade hållit med. Men sista tiden när Marianne fanns där för honom och Birgit Hansson kom och la sitt fyla tryne i blöt, då hade han inte kunnat känna den där riktiga tacksamheten över moderns klara hjärna. Tvärtom hade han nästan avundats dem som hade föräldrar som var frånvarande från världen och knappt kände igen sina egna barn. Hade mamma Hedvig blivit på det sättet hade det inte spelat någon roll om det blev ett skvallrande i bygden.

Faktum var att han inte ens kunnat glädja sig över moderns höga ålder. Inte så att han velat att hon skulle dö bara för att det underlättat hans relation till Marianne, utan det kändes även som att det faktiskt skulle ha varit skönt för henne själv att få sluta sitt liv snart. Det verkade inget vidare att sitta på det där stället och deppa över tidningens sida med dödsannonser med namn som allt som oftast var välbekanta för henne. Hon hade sagt det själv ibland att det inte var roligt längre, att hon saknade sina vänner. Hunden hade hon också sörjt länge, den lilla svarta skotska terriern hon hade skaffat sig, hund nummer fyra i ordningen. De hade alltid haft en hund när Lennart var liten, men på den tiden mindes han inte att modern brytt sig så mycket om hundarna. När han var liten var det pappan som tagit hand om dem och det hade varit jakthundar som gällde på den tiden.

Det var senare, efter det att hans far dött som hon fäst sig ordentligt vid en hund, Tryffe hette han. Faktum var att han tyckte att modern blivit mer sorgsen och bedrövad när Tryffe dog än när hon förlorade sin make. Lennart kunde känna sig lite harmsen å faderns vägnar för moderns bristande sorg då han dog i jämförelse med all gråt efter hunden. Men det kanske inte var så underligt ändå, den där stora sorgen efter hunden, Tryffe hade sällan gått många meter ifrån henne och hon hade aldrig behövt ha något koppel till honom. När hon var sjuk brukade hunden ligga i hennes säng och man fick lyfta ner honom till matskålen för att han skulle äta, så ogärna ville han lämna sin matte. Han kunde lätt minnas hunden och modern tillsammans, han hade svårare att komma ihåg modern och fadern tillsammans, det var som att de gjorde det mesta var för sig, inte ens semestertider brukade de fara iväg tillsammans. Det var som att de levt bredvid varandra precis som han och Sylvia gjort. Kanske dåliga relationer gick i arv, Sylvias föräldrar hade inte heller verkat som något gulligt kärlekspar direkt.

Nu hade alltså gamla mamma börjat bli snurrig, enligt sköterskan. Kanske var det bra ändå. Även om det inte fanns något förhållande att dölja mer för hans del så kunde det ju vara andra saker han gjort som modern kunde bli ledsen för om hon var klar i huvudet. Det skulle hon slippa om hon gick in i dimman.

Arne och Markus

– Hon måste varit nymfoman, kärringen!
Arne suckade framför whiteboarden. De hade skrivit upp alla olika ledtrådar och olika spår för att få en bättre bild av utredningen. Lennart Karlstam stod det i högra hörnet, Göran Ekholm i vänstra. Per placerades nere i mitten. Kring dessa namn stod lite olika punkter, vid Lennart stod Birgit, Medelplana kyrkokör, gospelkören i Lidköping, pengar? Var Marianne intresserad av godset, fanns det något ekonomiskt mellanspel mellan dem? Svartsjuka? Var Lennart svartsjuk på Marianne för att hon hade maken, osämja om det? Visste han om att hon haft ett förhållande med Per?
Ja, alla möjliga och omöjliga tankar de kunde spåna fram tecknades ner intill varje spår. Det kändes som att det faktiskt kunde ge något, den ena tanken gav den andra. De bestämde att Arne skulle intervjua några i kyrkokören borta i Medelplana och gospelkören i Lidköping skulle också kollas. Arne tyckte de behövde ta reda på om det kunde finnas fler älskare eller före

detta sådana till Marianne, hittills hade hon ju haft en per aktivitet, en från kyrkokören på Kinnekulle, en från fotokursen.

– Synd hon inte var med i trädgårdsföreningen, muttrade Arne och Markus skrattade.

– Jo, det är alldeles för få nymfomaner i världen, höll han med om.

Det var kanske inte så fint gjort att skämta om ett mordoffer, och att kalla henne nymfoman var väl lite överdrivet. Det verkade som att hon slutat vara med Per ungefär samtidigt som hon inlett en affär med Lennart Karlstam, så det verkade ha varit en älskare i taget åtminstone. Men de var trötta och behövde lätta upp stämningen efter att ha hjärnstormat över en timme.

Tavlan var full. Ändå var inte stölden av Johannesfiguren och bulgaren med, det var nära att Markus sagt att han ville ha med det, men han vågade inte riktigt. På något sätt hade han svårt att släppa tanken på att det borde finnas där på tavlan. Men nu var den som sagt var full, det hade inte fått plats med mer spår. Nu gällde det att nysta i de trådar de hade, det kändes som att de skulle få full sysselsättning bara med det.

– Hoppas det inte dyker upp fler gamla älskare nu, det får räcka med två stycken och en make. Jag lutar i alla fall fortfarande åt att det är maken, sa Arne Tjärlund. Med de där älskarna har han ju fått ett rejält motiv, han verkar inte vara så eldig av sig själv men det har kanske pyrt av dålig självkänsla och hat länge, de där tystlåtna, tråkiga männen kan vara jobbigare än man tror när de är hemma. Bara deras kvinnor får veta hur de är egentligen, får ta deras våldsamma sidor.

– Verkar hon ha varit utsatt för misshandel, undrade Markus. Är det någon som sett henne med blåtiror eller så?

– Nej, i och för sig inte, jag har frågat dem som träffat henne, du vet de här på fotokursen och grannarna. Men det är ju inte många bekantskaper hon har, det vore ju skillnad om hon haft ett vanligt jobb, sådana där fritidsaktiviter är så sällan, en blåtira går att sminka över efter några dagar när svullnaden gått ner.

– Har vi fått veta något mer om deras ekonomi?

– Beatrice på ekoroteln har hjälpt oss kolla det. Det verkar som att Marianne hade lite egna pengar hon tog av ibland, torpet verkar köpts av henne även om båda stod som ägare. Även Göran verkar ha fått pengar genom arv, fast för längre sedan. Sedan jobbade han även som försäljare av försäkringar fram till för åtta år sedan, han hade ganska bra lön. Antikaffären genererar inte mycket pengar däremot, summan de deklarerar för verkar svår att leva på för två personer även om de saknar skulder på sitt hus. Om man ser på Görans konto var det inte mycket pengar där nu och med tanke på vad han tjänade tidigare kan det hända att han har pengar någon annanstans där de inte redovisas för svenska staten.

– Eller kan det vara så att de höll på med något olagligt som gav pengar?

– Man kan aldrig veta. Som vi redan talat om kan ju antikbranschen användas till pengatvätt. Men det finns i dagsläget inga som helst belägg för att de var inblandade i sådant.

– Jag kom att tänka på en sak, sa Markus. Den där stölden i kyrkan, kan de själva ha varit inblandade i den, Marianne och Göran?

Brev till Johnny

Käre Johnny! Nej, det lät fånigt.

Bäste Johnny! Nej, nästan sämre, för högtravande.

Hej Johnny! Det fick det bli.

Jag ska bara tala om att vi inte kommer att träffas irl (det var väl så man skrev?), för Marianne, min kvinna, har dött.

Han tyckte om att skriva så, min kvinna. Skulle han skicka iväg det? Johnny kanske undrade vad som hänt. Men varför hade han inte själv skrivit till dem och frågat? Han borde ju tyckt det varit konstigt att de inte svarat på hans sista meddelande. Datumet på det hade varit från dagen efter Marianne dött. Ett tag hade Stefan funderat på om den här Johnny kunde vara inblandad på något sätt, om polisen borde få veta om deras kontakt? Men polisen visste ju inte ens om vad som hänt mellan honom och Marianne, skulle han kontakta dem nu verkade det väl mycket märkligt att han inte berättat om deras förhållande direkt. Och Johnny hade skrivit till dem efter att hon dött, det tydde väl på att han inte kunde vara inblandad? Han visste ju inte var de bodde, eller vilka de var heller, allt hade ju varit så anonymt. Till skillnad från honom hade ju han och Marianne inte talat om sina riktiga namn, inte ens förnamnen.

Men tänk om Marianne kontaktat Johnny själv? Sedan Stefan fått reda på detta med den friske maken kände han sig osäker på allt som rört Marianne. Hon kunde ju ha tagit reda på vem Johnny var, orten han bodde på var så liten att det borde gå att hitta honom bara genom att knappa in hans förnamn på datorns söksidor. Tänk om hon gjort det? Om hon inte nöjt sig med att ha en make och en älskare.

Marianne, skulle du verkligen ha kunnat göra så?

Hade maken upptäckt att Marianne var otrogen, hade han upptäckt det och blivit vansinnig och haft ihjäl henne? Kanske han själv indirekt varit orsaken till att Marianne nu var död? Han inser att polisen behöver få veta om deras förhållande, han måste berätta för dem. Anledningen att hålla tyst om deras kärlek finns inte längre, det finns ingen sjuk make som behöver skyddas, det finns ingen heder hos Marianne som behöver räddas. Det enda skälet att inget säga nu är om han vill skydda sig själv från att hamna i en utredning, ja kanske till och med bli omskriven i tidningarna. Han har raderat alla mejlen nu, det tog honom emot, särskilt en del av dem, de där Marianne skrev om sin längtan till honom. Det tog emot trots alla hennes lögner och trots att han nu visste hur svekfullt hon handlat mot sin man, trots att bilden av henne blivit en annan. Det tog emot att lägga de vackraste kärleksord han fått i papperskorgen och trycka på "töm". Men nu är det gjort, nu kan han ringa polisen och berätta sin historia. Kanske kan det hjälpa dem i utredningen.

Men först tänker han kolla upp tidsaspekten, kan det finnas någon anledning för dem att misstänka honom själv om han berättar? Skulle de kunna ha skäl till det, skulle det kunna finnas en rimlig möjlighet att han haft ihjäl sin älskarinna och sedan hunnit åka hem till Lidköping där han gått på sitt pass den morgonen och så åka tillbaka och vara med då tåget kör över hennes lik? Eller har han ett alibi som är vattentätt i deras undersökning?

Birgit ringer polisen

– Jag ska be att få tala med poliskonstapel Markus Svensson.

Äntligen en människa i andra änden! Birgit hade fått knappa sig fram mellan olika telefonröster ett bra tag tyckte hon. Nästa gång hon ringde polisen skulle hon minsann ringa 112 även om det bara gällde en stulen cykel, att det hade blivit så förbannat krångligt samhället, ingen service längre, rena U-landet ur servicesynpunkt!

– Vad gäller ärendet?

– Det ska jag tala om för honom, Markus Svensson, inte för dig, sa Birgit Hansson till kvinnan som svarat i polisens telefon i Lidköping. Fast, tänkte hon sedan, egentligen borde hon talat om det för henne så det blev utspritt på hela polisstationen! Det var ju en stor skandal egentligen alltihop och borde komma ut vitt och brett så alla fick se vad som hände inom polisen.

– Markus Svensson är tyvärr inte inne nu, vill ni att jag ska be honom ringa upp när han kommer? Damen i telefonen lät inte trevlig på rösten.

– Har de inga mobiltelefoner på sig som man kan nå dem på, poliserna? frågade Birgit irriterat.

– Är det mycket brådskande kanske ni kan tala med en annan konstapel, föreslog kvinnan utan att svara på Birgits fråga om mobiltelefon.

Skam den som ger sig tänkte Birgit och svarade med samma mynt. Hon ställde sin fråga igen utan att bry sig om kvinnan.

– Har Markus Svensson någon mobiltelefon jag kan nå honom på?

– Nej tyvärr är han på ett viktigt ärende och är inte anträffbar, men jag kan lämna ett meddelande, sa damen i andra ändan luren.

– Säg då till honom att han ska ringa Birgit Hansson så fort han kan, sa Birgit och lämnade sitt telefonnummer.

Tänka sig att hon av en ren slump fått reda på varför det inte hade gjorts en ordentlig utredning på den där mannen som stal Johannesfiguren, Arne Tjärlund hade tydligen själv anlitat honom för att få in sånt där bredband i huset! Hon hade fått reda på det genom Mats-Ola som kör posten. Hon brukar ofta passa på att hämta sin post när han kommer farande för det är trevligt att få byta några ord, och de som kör posten brukar veta lite om vad som händer på bygden. Nu talades de vid en stund igår, Birgit berättade att hon varit hos polisen och talat om det hon visste om Marianne Ekholm som blivit mördad. Hon berättade att hon talat med kommissarie Tjärlund och att han var släkt med Tjärlunds i Källby. Mats-Ola kände mycket väl till Arne Tjärlund för de bodde grannar med varandra i Lidköping. Det var så Birgit fått reda på att Arne Tjärlund tydligen använt sig av svart arbetskraft. Birgit hade talat om att hon tyckt det var trevligt att tala med Arne Tjärlund, att han verkade vara en bra karl och då hade Mats-Ola hakat på och instämt i det. Han hade berättat att de varit lite skeptiska till det här med att ha fått en polis till granne. Inte för att de som bodde på gatan var olagliga av sig, det är bara skötsamt folk, men ändå, bara den där känslan av att ha en polis där. Om ungen vill provköra moppen några meter eller så, man kan känna sig ofriare på något sätt. Men Arne hade minsann visat att han var som alla andra, han kunde komma hemcyklande lite rund under fötterna på lördagkvällar ibland. Och när de skull dra in bredband i husen var det han som fixat en duktig kille som kom med en grävare och gjorde jobbet med sista anslutningen in i husen billigare, något som många på gatan haft nytta av. De hade skämtat först om att den där killen såg ut att vara rent kriminell, att Arne kanske fixat ut honom från något fängelse! Men han jobbade visst här på Kinnekulle, fast på andra sidan. Det var någon bonde som Arne kände där som lånade ut honom. Fast tala svenska var han inte så bra på, de fick köra med teckenspråk för det mesta, men allt blev ordentligt gjort.

Här hade Birgit blivit riktigt nyfiken.

– Du vet inte var den där bonden bodde eller vad han hette? frågade hon.

– Jodå, jag träffade honom när de körde dit grävaren. Han heter Lage och jag har för mig att hans gård heter Storegården och ligger i Fullösa. Jag har ju inte den turen i vanliga fall men jag har kört någon gång när det behövts.

Hon var så säker redan innan namnet kom, men hon ville att Mats-Ola skulle säga det, det kunde komma att behövas konkrekta bevis. Det kunde hon ju begripit att det var något konstigt med den där utredningen kring stölden i kyrkan förra året! Arne Tjärlund hade tydligen sitt eget dåliga samvete att ta hand om, inte ville han undersöka den som hjälpt honom själv, dessutom svart.

– Men förresten, sa Mats-Ola, la inte ni ner bredband i höstas här? Men du var inte med på det har jag för mig? Har du ångrat dig?

– Kanske, sa Birgit, det kan alltid vara bra att veta vem man kan kontakta om jag vill ha hjälp med det i alla fall. Sedan sa hon snabbt hejdå till Mats-Ola, nu hade hon viktigare saker att ta hand om.

Ja det var just en snygg historia! Visst var han trevlig att prata med men det hjälper inte långt, är man polis ska man vara ärlig, inte hålla på med svartjobbare och sådant. Nej, han skulle allt få veta att han levde den gode Tjärlund.

Först hade hon tänkt ringa tidningen och tala med någon där, sedan ångrade hon sig. Det kanske var lite onödigt ändå, det var nog bättre att ringa till polisen och tala med dem om det hela, hon var ju inte ute efter att sätta dit Arne Tjärlund offentligt, hon ville bara att de skulle göra en riktig undersökning av kyrkostölden. Det ska inte vara så att tjuvar får gå in i våra kyrkor och stjäla sådant som är heligt för snöd vinnings skull. Hon vill att Västerplana kyrka ska få tillbaka Johannes!

Den här Markus hade ju verkat riktigt intresserad av det hon haft att säga, han hade ju till och med sett till att masa sig upp ur skrivbordfåtöljen och farit ut på undersökning borta hos Lage och tittat in till henne med för att höra sig för ordentligt. Efter vad hon förstod var han ganska ny som polis och hade inte jobbat länge i Lidköping. Det var bra, då kanske han inte fått för hårda band till sina kollegor och vågar ta tag i saker som är fel. Man har ju hört om poliser som mörkar med sanningen i olika sammanhang bara för att hålla någon kollega om ryggen. Hon ska nog börja i den änden i alla fall, få tag på den här Markus, det känns naturligast eftersom hon pratat med honom förut.

Sicken kossa i växeln, klart att de har mobilnumren! Kanske är det någon policy polisen har, att vara svåra att nå? Det verkar ju alla andra statliga företag ha nuförtiden. Om de nu är statliga, man vet aldrig vad som är vad längre, vilka intressen som lurar bakom hederliga svenska fasader. Snart säljer de väl ut polisen med, som de gjorde med bilbesiktingen. Herregud, låta ett sådant ställe bli privatägt! Det är ju lag på att fara dit med sin bil, det är ju ett statligt kontrollorgan, kan de låta dem bli privata kan de absolut göra det med polisen med. Det kanske de redan gjort, vem vet, det går så fort slakten av det gamla kära fäderneslandet. Det värsta är det här med tågen, att de inte går att lita på mer, det var annat på SJ:s tid det, den tiden då SJ stod för statens järnväg. Nu står det för Slöa Jävlar trodde i alla fall en skribent på insändarsidan i NLT nyss. Den var bra tyckte Birgit.

Märkligt att det mesta bara blir sämre och sämre med åren. Banker där man inte kan hämta ut pengar, poliser som inte verkar intresserade av att lösa brott, skolor som läggs ned, sjukhus som slår igen, ambulanser som tas bort på landsbygden. Och järnvägsstationerna på landsbygden har de också stängt igen. Tänk förr när man kunde köpa en biljett av en riktig människa som kunde ta reda på allt om tider och priser när man frågade. Nu vågar man knappt ta tåget om man har en tid att passa, det har blivit hopplöst opålitligt sedan det blev olika vinstdrivande bolag av gamla SJ. Fast Kinnekulletåget fungerar nästan alltid efter tidtabellen, det har hon märkt. När det går, vill säga. Varannan månad verkar de hålla på med banarbeten. Då får man åka buss på de slingriga vägarna på kullen, det är inte roligt och det tar nästan dubbelt så lång tid.

Birgit avbryts i sina funderingar av telefonen. Hon lyfter luren och där är han, polis Markus Svensson.

Hillevi har ringt polisen

Vad bra det känns! Hillevi har äntligen ringt till polisen. Hon har ju funderat hur hon ska göra efter att ha varit i antikafffären och hört den här Göran Ekholm kalla sin döda fru för luder, han som i tidningen framstått som en djupt sörjande make! Men så gick det någon dag och det man inte gör direkt har en tendens att aldrig bli gjort. Hon hade även kommit att tänka en del på det här som Birgit sagt att Marianne Ekholm hade haft en massa "karlaffärer", troligen var det väl så. Vem visste, kanske maken fått reda på det först i efterhand, otroheten kanske kommit fram i mordutredningen som de höll på med nu? Han kanske fått en chock av att få reda på något han inte visste om sin fru innan, det kanske gjorde hans sorg ändå tyngre att först få reda på att hustrun dött och sedan även fått veta att hon varit otrogen. Ingen chans att få förstå varför, ingen möjlighet att få bli rasande och kanske begära skilsmässa, Hillevi kunde tänka sig hur maktlös hon själv skulle känna sig i en sådan situation.

Det som fick henne att ändå lyfta luren var Evert och yxan. Hon hade läst att de sökte efter ett mordvapen i tidningen på morgonen och inte tänkt mer på det. Men på väg tillbaka till Hällesäter efter lunchturen idag, när hon for in vägen efter stationen och förbi Everts hus, då slog det henne att de här barnen som Evert sett gå runt med en yxa kanske var något att rapportera för polisen. Tänk om de hade hittat yxan nära mordplatsen? Det var ju inte vanligt att barn gick runt med yxor, hon undrade om Evert visste vilka barnen var? Hon beslöt att överlåta de frågorna till polisen.

Hon fick tala med någon som hette Arne Tjärlund, hade inte Birgit berättat något om honom? Han verkade lugn och trevlig, det märktes att han gillade att hon ringt, det hade inte varit i onödan kändes det som. Polisen verkade tänka precis som hon, att den där yxan som barnen hade setts med kanske kunde vara bra att kolla upp. Hon hade även berättat om sitt besök i antikaffären och vad antikhandlaren sagt om sin nu döda fru. Ja, hon hade även talat om sitt samtal med Birgit fast hon visste att Birgit själv varit inne på polisstationen och förmodligen berättat om att Marianne hade haft intresse för andra män än sin make. Men det kändes bra att få sagt allt hon visste, det kunde ju vara något Birgit berättat för henne och sedan glömt tala om för polisen. Eller kanske trott att polisen inte ville veta.

Nu är det gjort, nu har hon ringt och det känns som en lättnad. Förmodligen skulle de väl åka och fråga ut Evert nu, hon känner att hon borde åka till Evert före dem och tala om att det var hon som tipsat polisen så han inte blir orolig när de kommer. Hon börjar inte förrän klockan två så det kan ju passa att fara in till Evert innan jobbet. Men nu ska hon först göra sig lite lunch. Hon sätter på radion och blir glad åt musiken, det låter som något dansband och hon småler för sig själv. Tänk, bara för någon månad sedan hade sådan musik fått henne att byta kanal direkt.

Hur kommer det kännas att fara upp till Ingrid igen? Hon kände sig så glad i tisdags efter att ha varit där, men nu känner hon sig mest fånig och lite obehaglig till mods. Hon tycker inte att hon betett sig proffesionellt när hon varit hos Ingrid och hennes son, hon har blivit väldigt personlig med dem och ofta stannat längre än arbetet krävt. Det har känts som att de tyckt om det både Ingrid och Ingemar, men är det verkligen så? Kanske tycker de egentligen att hon är lite flamsig och för pratsam, de är båda så lugna och tystlåtna. Är det egentligen inte mest hon som talar när hon är där? Hon har tänkt att de uppskattar att hon håller dem sällskap en stund i deras lugna lilla stuga, kanske är det tvärtom de som varit snälla och låtit henne vara kvar en stund extra. De vet ju att hon bor ensam, hon har berättat ganska mycket om sig själv för Ingrid och Ingemar, de vet nog mer om henne än hon vet om dem.

Ingemar. Hon kan se hans snälla ögon framför sig. Han är så lugn och fin, det var synd att han inte blivit pappa, han skulle alla gånger varit en fin far. Hon har grubblat en hel del över det där jobbarkompisarna talat om, det där hon hört när hon stod och skrev i rapporten utanför personalrummet. Det de inte vetat om de skulle tala om för henne. Vad kunde det vara de menat? Hon kan absolut inte tro att Ingemar skulle vara farlig på något vis, det hade hon märkt, det är hon säker på. Hon har aldrig dragits till farliga män, hon tycker om det lugna och trygga. Hon måste ha hört fel, hon hörde ju bara en del av vad de talade om. Vad synd att hon inte vågat fråga dem direkt,

undrar om hon kan med att fråga någon av dem så här i efter-
hand? Det känns ju lite fånigt att bekänna att hon lyssnat på
dem utan att ge sig till känna, men hon vill gärna veta vad de
sagt mer ordentligt och troligtvis kommer hon inte kunna sluta
fundera på det här. Kanske ska hon ta och fråga Maria, hon är
inte så skvallrig av sig. Jobbade hon idag skulle hon ta mod till
sig och fråga henne, det kanske kan vara något som var viktigt
att veta ändå.

Markus vill inte veta

Det här var det sista han ville veta! Hur skulle han göra nu?
Först hade han tyckt det var väldigt intressant när Birgit Hans-
son ringt och talat om svartjobb på Arne Tjärlunds gata och
inte minst på Arnes egen tomt. Han hade ju själv reagerat på
Arnes motvilja, ja nästan ilska, så fort några misstankar mot
mannen som jobbade hos Lage Andersson kom på tal. Han fick
den där känslan av tillfredsställelse som det blir när man känt
sig misstrodd men så får veta att man kanske har rätt ändå.
Han hade misstrott sin egen känsla för det hela, hans egna
aningar om att mannen där kunde vara brottslig och även käns-
lan av att Arne var ovanligt negativ till att undersöka honom
närmare. Tänk om det var han som var skyldig till stölden och
att det sedan kom fram att en polis anlitat honom till att gräva
i sin trädgård! Det vore såklart inte bra för Arne Tjärlunds
framtida karriär inom polisen, han kanske till och med kunde
mista jobbet om det var så att han döljt något och att hans
polisiära arbete blivit påverkat.
Men när den första behagliga känslan över att kanske ha haft
rätt i sina misstankar om att något inte stod rätt till gått över,
kom istället ett starkt obehag över honom.

Hur skulle han göra nu? Han måste ju såklart gå vidare med informationen, han måste tala med en högre chef, han behövde hjälp med att hantera det här. Skvallrig, han hade inte lust att bli betraktad som skvallrig, men det var såklart inte rätt att Arne haft svart arbetskraft och att just den arbetskraften sedan kom att bli indragen i en utredning han höll på med. Han borde ha överlåtit åt någon annan att undersöka den här mannen och Birgits misstankar om honom. Fast det hade ju inte funnits något som helst som talade för honom som tjuv, det var ju bara Birgit Hanssons egna idéer. Det fanns faktiskt inget på honom, inte en enda grundad misstanke verkade det som. Så hade det funnits något för Arne Tjärlund att överlåta till en annan utredare? Om Markus nu kom med dessa uppgifter som han också fått från samma skvallriga kvinna som kommit med de tidigare misstankarna, skulle inte högste chefen se det som irrelevanta uppgifter? Det enda resultatet blev kanske att Arne fick på pälsen för att ha anlitat svart arbetskraft. Var det egentligen någon större mening med det?

Han kände att han själv inte skulle kunna jobba med Arne om han talade med andra bakom ryggen på honom om de här uppgifterna han fått. Han måste nog börja med att tala med Arne själv istället. Ja, så fick det bli. Men tanken på att berätta för Arne om Birgit Hanssons telefonsamtal var inte lockande, alltihop var bara obehagligt.

Markus längtade hem. Eller bort. Han var trött på den här mordutredningen, synen av hinken med blod dök upp då och då och gav honom kväljningar. Likaså bilden av den mördade, Marianne Ekholm, som hon låg vid tågrälsen med benet borta och med huvudet i en omöjlig vinkel. Fast mest var det blodet i hinken, han hade alltid tyckt det varit obehagligt med blod. Inte så att han svimmade som Linda i klassen brukat göra när de gick på mellanstadiet, men obehagligt, äckligt var det, lite som kiss och snor. Och så en hel hink! Han förstod att det bara såg ut så, att det varit blod på trasan som låg i och att detta sedan färgat vattnet, men det hade varit så mörkt rött, det måste varit mycket blod i blandningen. Om de bara kunnat hitta ett mordvapen eller några tydliga spår i en bil eller ett bra vittne som sett något säkert. Det hade varit förvånansvärt få tips från folk i Hällekis, satt alla bara inne där jämt, var det inga som var ute och promenerade på lite udda tider på dygnet? De tips som kommit in hade rört sig om sådant som verkade irrelevant i deras utredning.

Visst var det bra att människor hörde av sig och de gick ju faktiskt ut och uppmanade till det, men ändå kändes det lite jobbigt att behöva gå igenom så mycket onödig information som kommit in. Arne hade rapporterat att han kollat upp tipset om Jarmo Mäkinen, den gamle knarkaren med kriminell bakgrund som i vanliga fall bodde i Göteborg men som tydligen varit i sina gamla hemtrakter på besök. Det visade sig att han och hans kompis i Hällekis varit i en stuga utanför Källby den mesta tiden hos en kvinnlig bekant som verkade både nykter och trovärdig. Arne hade varit hemma hos den före detta fostermamman och frågat lite om Jarmos förehavanden i trakten med, men enligt henne hade hon inte sett honom de senaste femton åren så det gav inget heller. Hon verkade illa berörd av att de sökte Jarmo och undrade vad han gjort. Arne hade fått berätta som det var, att han troligen inte gjort något alls men att han kollades i utredningen av mordet på antikhandlarfrun. Att de kollade alla med anmärkningar i belastningsregistret som varit i trakten, att det var ett vanligt förfarande vid sådana här allvarliga brott.

De hade fått tillstånd att ta in Lennart Karlstams bil till undersöking nu och Lennert Karlstam själv hade varit på förhör hos honom igår. Han hade medgett att han haft ett förhållande med Marianne och att de faktiskt setts flera gånger i somras. Han hade uppgett att han slutat umgås med henne när han förstått att hon var gift. Han tyckte det var fel mot maken, sa han. Markus var tveksam om detta var sanning, överhuvudtaget kändes Lennart Karlstam som en opålitlig människa, det var något fladdrigt i hans blick och en sladdrighet i handslaget som gav intryck av osäkerhet. Sist, efter besöket hos den betydligt vresigare storbonden i Fullösa, hade Markus fått ett mer positivt intryck av Lennart, det hade känts så skönt med vänligheten och tillmötesgåendet. Men nu på polisstationen var situationen annorlunda, idag hade Lennart Karlstam mest gett ett osäkert och nästan veligt intryck. Kanske var det för att han blev rädd i förhörssituationen, det är klart det måste kännas otäckt att bli indragen i en mordutredning.

Hoppas han inte själv skulle bli en sådan där knepig gammal ungkarl. Fast han hade tydligen varit gift en gång, Lennart Karlstam, hustrun hade dött i cancer, det var inget konstigt kring det dödsfallet. Markus hade redan hunnit kolla upp det. Inget annat heller hade han hittat på Lennart, han hade inte några anmärkningar förutom någon trafikbot, han hade kört med en oförsäkrad bil för några år sedan och fastnat i en poliskontroll.

Just nu önskade han mer än någonsin att det här fallet fick en snabb upplösning, då kände han sig inte lika skyldig att ta upp det här med Arnes svartjobbare och det dilemma han själv hamnat i. Om bara den där Birgit Hansson kunde låtit bli att berätta det här för just honom, hon borde såklart ha ringt till någon högre instans inom polisen. Fast om han själv nu inte gick vidare högre upp och berättade om hennes samtal så var det väl mycket möjligt att hon gjorde just det. Och då berättade hon förstås att hon ringt till honom först och så skulle han bli omtalad som den som döljt uppgifter. Så skulle han få skit för Arnes tvivelaktiga affärer. Om han ändå sluppit veta det här!

Markus avbröts i sina grubblerier då Arne kom in i hans arbetsrum, han såg uppspelt ut och hade inte ens knackat först.

– Nu du, sa han, nu har vi äntligen fått in ett riktigt tips!

Lennart Karlstam

Inkallad på förhör. Det hade känts högst olustigt att bli uppmanad att komma till polisstationen på order av en ung spoling till polis. Det var samma polis som var på Ramsäter och frågade ut honom häromdagen. Det är klart att de var väl desperata nu för att försöka få fram något att komma med i utredningen. Senast idag stod det i tidningen att polisen verkar sakna spår. Inkompetenta djävlar!

Lennart Karlstam hade inte mycket till övers för polisen. Kanske var det en kvarleva från hans tid i Berlin, där hade det funnits poliser som verkade ha rötter bakåt i tiden till Hitlers Tyskland, kanske deras pappor varit SS officerare. Många av hans kamrater råkade illa ut för deras skull, rena sadisterna kunde de vara. Det handlade väl om självförakt som de tog ut på andra, det blir väl så i kulturer som tror på elitism och fläckfrihet. Skinande ytor döljer alltid en massa skit.

Tur att dagens svenska poliser inte var sådana i alla fall, eller som de var i en del diktaturstater i världen. Han behövde inte vara det minsta orolig för att bli hängd upp och ner i taket eller råka ut för en skenavrättning, han blev inte ivägsläpad mitt i natten utan kunde lugnt ta sin bil själv till stationen och sitta ner och prata. Han blev till och med erbjuden en kopp kaffe, mer skrämmande var inte polisen här. Fast han hade hört om en invandrarfamilj där svenska polisen stormat in mitt i natten och släpat ut familjemedlemmarna för att de skulle avvisas från Sverige. Stackars de små barnen att få vara med om sådant, vilken rädsla de måste få för polisen! Polisen skulle egentligen stå för trygghet, det hade varit bra. Inte bara för vita svenskar, utan för alla vanliga människor. Antagligen var det väl så i Sverige med, om man rotade lite tillbaka i tiden skulle man säkert kunna se att det var ättlingar till nazistsympatisörer som blev poliser här med.

Lennart Karlstam trodde mycket på det här med arvet. Han var övertygad om att forskningen mer och mer skulle komma att visa att biologin spelade större roll på psyket än man någonsin kunnat ana. Han kände sig själv mycket lik sin far, en konstnärlig och djupsinnig man med många intressanta sidor. Han hade haft ganska svårt för honom som barn, det var modern som stått honom närmast, hon var enkel och rak och lätt att förstå sig på, sådant uppskattar man som barn. Även om hon var ganska dominerande så var det hon som fick hans kärlek, man kan säga att hon krävde att bli älskad och som liten var han bra på att uppfylla andras önskningar. Han tyckte det var roligt att vara till lags och känna sig duktig. Det var så han lärde sig att man fick kärlek, man måste förtjäna den. Hans far hade nog varit likadan då han träffat modern, att vara med en dominant människa har sina fördelar, fadern slapp ta ansvar, det var inte han som tog besluten i familjen därför kunde man alltså heller inte skylla på honom om något gick snett.

Det hade varit likadant med honom och Sylvia, hon hade fått bestämma. Undrar om hon hade tyckt om det? Nog hade hon försökt få honom att vara med och diskutera saker men han brukade mest säga att det inte spelade honom så stor roll vad de nu skulle göra eller välja. Det kunde röra sig om sådant som var de skulle åka på semester eller vilka människor de skulle bjuda till en finare middag eller om de skulle renovera kakelugnarna. Bestäm du, brukade han säga, precis som fadern gjort när han var barn. Han hade känt sig snäll då, men nu undrade han om Sylvia uppfattat det så med, som snällhet. Eller hade hon tyckt att det var jobbigt att få bestämma nästan allt?

Han saknade det där ibland, att ha någon annan som fattade besluten åt honom, det var ganska bekvämt. Undrar hur Marianne varit om de blivit tillsammans, skulle hon gå med på att ta på sig rollen som familjens beslutsfattare? Han tvivlade på det, hon var lite för vild och bohemisk till sin läggning, trodde han. Hon hade varit lite för vild för sitt eget bästa, hade hon inte varit som hon var skulle han nog sluppit hamna mitt i en mordutredning. Men han hade inte heller fått de här underbara erotiska minnena som han hade nu. De var verkligen värda lite besvär.

Mordvapnet?

– Tänk att det var blod på den!
Arne låter glad och uppspelt, det skulle vara ganska absurt i andra sammanhang att önska sig se blod, men "den" som Arne är glad att det är blod på, är en yxa, kanske yxan som han tyckte borde ha funnits uppe vid Mariannes torp. Yxan blev funnen igår kväll och kördes direkt till tekniska laboratoriet i Stockholm för analys. De hoppas få svar idag på om det går att utläsa något av intresse från den. Pojkarna som använt den som spännande leksak hade såklart lämnat en hel del spår efter sig, men de hade inte skadat sig uppgav de, så de mörkröda små, små fläckar som fanns kvar skulle inte komma från någon av dem.
Markus hade inte sett något som såg ut som blodspår vid första anblicken, det var Arne som synat yxan noga och visat hur man kunde se pyttesmå stänk eller se hur det faktiskt var rött i ett smalt spår i ådringen på träskaftet. Han hade tagit på sig sina läsglasögon och såg ut som en blodhund själv som nästan nosade på yxan.
Markus hade kommit att tänka på hinken, han undrade om de inte skulle få besked från tekniska snart om det gjorts en närmare analys? Som om han kunde läst tankar hade Arne plötsligt sagt:
– Du, jag har glömt att berätta för dig att de ringt från rättsmedicin, de ringde faktiskt redan igår men sedan ringde den där kvinnan från hemtjänsten som tipsade om yxan några minuter efter och så for vi ju till Hällekis och jag fick annat att tänka på.

Men de har hur som helst kunnat konstatera att det var mens-
blod i hinken. Jag borde kommit på det själv, jag fick ju en min-
nesbild från barndomen när jag såg den. Jag måste ha sett en
likadan och begripit att det var något hemligt som man inte
talade om när jag var barn. Jag var nog väldigt liten då, det är
knappt som ett riktigt minne, antagligen började väl morsan
använda bindor av cellstoff sedan. Men förr hade kvinnorna
menslappar i tyg som de la i kallt vatten för att få rena från
blodet. En del använder visst sådant än idag och det gjorde
tydligen Marianne.
– Vet du varför, det låter väldigt knepigt när det finns moderna
grejer, tyckte Markus.
– Så tänkte jag med, sa Arne, jag var tvungen att kolla upp det
på nätet. När jag sökte på tygbindor fick jag upp en hel del, det
fanns firmor som sålde färdigsydda bindor med stoppning i och
det fanns tjejer som tyckte man skulle ha tygbindor för att
slippa få svamp i underlivet. Jag som inte ens visste de kunde
ha svamp där nere! sa Arne och skrattade. När Arne sa svamp i
underlivet lät det faktiskt riktigt roligt, Markus fick en bild av
kantareller på fel ställen framför sig och skrattade han med.
– Sedan var det många miljömuppar som verkade gilla tygbin-
dor precis som en hel del använder tygblöjor till barnen. Mari-
anne var kanske en sådan, eller också hade hon fått svamp,
hon hade ju ett ordentligt sexliv tycks det som!
Markus trodde inte att man fick svamp av sex, men sa inget till
Arne om den saken, han kände sig obekväm med att prata om
sex överhuvudtaget.
Mensblod, vad äckligt! Han kunde aldrig ligga med någon som
hade mens, det hade han fått skäll för senast han var ihop med
en tjej, Ellinor. Hon sa att hon blev mer kåt när hon hade mens
och tyckte att de kunde ha en handuk under sig och använda
kondom om han tyckte det var äckligt. Hon hade inte varit med
om det förut, sa hon, att killar sa nej bara för att hon hade
mens. Hon fick Markus att känna sig som att han var en sorts
vekling som backade ur för lite blod. Nej, de hade inte passat
tillsammans. Tur att det tog slut. Han fattade inte hur en tjej

kunde tänka på sex samtidigt som hon blödde där nere. Den här Marianne som använt tygbindor verkade knepigare ju mer de fick reda på om henne, tyckte han. Varför gör man sådant när det finns en massa tamponger som verkade mycket smidigare, då slipper man ju se blodet. Hon verkade inte ha några färdigsydda bindor heller som Arne pratat om, det låg ju bara en äcklig trasa i hinken. Usch! Han rös till när bilden på hinken och blodet dök upp igen.

Men det där blodet som verkade finnas på yxan var sannerligen välkommet, han hoppades det skulle gå att utläsa något av värde från föremålet. Fast det kanske var gammalt, kanske någon huggit fel och skadat sig på yxan. Det var ju en stor skillnad nu, tyckte Markus, när det visat sig att hinken inte hade något med våld och blodsutgjutelse på det sättet att göra. Märkligt nog verkade inte Arne tycka det spelade någon roll alls, han verkade övertygad om att de där små stänken på yxskaftet hade samband med Mariannes död. Hoppas han hade rätt.

Markus började inse att Arne hade mer kunskaper inom sig än han lyckades formulera och förklara, det var nog så i det här fallet med. Han hade läst en artikel i Vetenskapens värld för ett tag sedan som handlade om intuition. Det skulle inte vara så mycket magiskt med det hela, intuitionen var snarare hjärnans förmåga att dra slutsatser av signaler, minnen och länkar man som individ inte var riktigt medveten om fanns i hjärnan. Antagligen funkade det så med Arne, som polis hade han fått erfarenheter som gjorde att han tolkade tecken rätt. Markus ville gärna tro på det i alla fall. Det var tur att barnen inte kastat yxan i sjön! De hade berättat att de tänkt göra det först men sedan ångrat sig.

De hade fått leta ett tag innan de fått tag på rätt pojkar. Den gamle mannen de talat med, Evert, visste inte säkert vilka barnen var men hans aningar om var de bodde hade stämt in på den ene pojken. Fast i det huset hade ingen varit hemma först så det hade dröjt innan de fått tag på honom. Under tiden hade de knackat dörr i en hyreslänga där Evert trodde att en av killarna kanske kunde bo. De hade även varit uppe vid skolan och pratat med lärare om de hört något om att några barn haft en yxa och lekt med. Så hade de knackat på i huset Evert visat dem igen lite senare och det hade kommit en liten kille och öppnat och det visade sig att han var en av pojkarna som hittat yxan.

Idag var det tekniker ute och undersökte platsen där de hittat den, en liten dunge med snöbär i skogskanten nere vid utfarten till byn. Konstigt ställe att hitta något på, vem får för sig att titta in i ett risigt buskage? Han begrep aldrig riktigt barnens förklaring till vad de gjort där, en stor tur var det i alla fall att de fått för sig att krypa runt i buskarna och hittat den.

Var är Ingrid?

Tvättkassen är lika tung som vanligt men Hillevi svänger runt den så att den gör cirklar i luften. Luften är klar och kall, inatt hade det varit en sådan där köldknäpp som fick de sista envisa blommorna att ge upp. I alla fall nere i Forshem, här uppe på kullen kunde det vara lite varmare. Märkligt, hon hade trott att det alltid var kallare högre upp på berg innan hon flyttat hit till trakten, men tydligen lade sig dis och kyla nere på slätten vår och höst medan de som bodde en bit upp, som Ingrid och In-gemar, hade det varmare. Undrar om hennes fina rosor klarat sig, hon var så noga med dem, de var det enda hon brydde sig om att skydda för hjortarna, hon satte upp små staket Ingemar svetsat runt dem innan de växt sig riktigt stora på sommaren.

Även om Hillevi är orolig för hur de ska möta henne idag kan hon inte låta bli att bli lycklig av att gå på den smala vägen upp till Ingrids stuga. Väl framme vid huset samlar hon sig lite innan hon ringer på och trycker ner handtaget för att öppna dörren. Hon brukar göra så, Ingrid låser aldrig om sig och tycker det är bra att slippa gå och öppna. Men dörren är låst! Hillevi blir så förvånad att hon först inte riktigt kan tro på det, hon drar i lite hårdare för att få upp den istället innan hon begriper att det faktiskt inte går. Sedan tittar hon på den en stund och funderar om hon själv gjort något fel, det är väl verkligen tisdag? Det är den tiden hon brukar komma? Knepigt, det har aldrig hänt förut att Ingrid inte är hemma, och inte verkar hon ha ringt heller och talat om för hemtjänsten att hon ska åka någonstans. Hillevi får en känsla av obehag, något står inte rätt till. Hon går runt gaveln och kikar in genom köksfönstret, hon ser inte så mycket, det verkar vara helt tomt i köket. Men det ligger något på golvet, det är visst en stol som vält.

Hjärtat började dunka, hennes första tanke är att Ingrid ramlat och slagit sig och inte kan komma och öppna, men varför har hon låst och var är Ingemar? Ingemar, hon kommer att tänka på att hon kan gå bort och se om han är hemma i sitt torp, han kanske har en förklaring. Hon tar stigen mellan husen för att se om han är hemma, hon har aldrig gått den förut, hon har bara sett Ingemar stuga på avstånd. Hon kommer först förbi gaveln till den lilla lagården, halva är byggd i kalksten, den andra halvan i rödmålat trä. De två stora dörrarna står öppna, kanske Ingemar är där, det är väl där han håller till och mekar. Hon går bort och kikar in, ingen bil och ingen Ingemar, men visst är det här han brukar vara och meka, det syns på verktygen på väggarna och domkraften i hörnet. Hon går tillbaka till stigen och fortsätter upp till stugan. Hon knackar på och väntar en stund, sedan gör hon som nere vid Ingrids hus, hon trycker ner dörrhandtaget för att se om det är öppet. Det är det. Hillevi ropar in i stugan:

– Ingemar!

Inget svar. Hon drar igen dörren igen och går sedan runt knuten för att se om det finns någon på baksidan. Där är ett gammalt utedass och ett vedskjul, det visste hon inte, de syns inte från Ingrids stuga. Stigen hon gått på fortsätter in i skogen bakom vedskjulet, hon bestämmer sig för att följa den, den ser väl använd ut, det står en ganska tät dunge med enar i kanten av tomten och kanske finns det något vedupplag eller annat bakom? Men bakom dungen finns inget, bara fler buskar där stigen följer terrängen i en svag uppåtlutning. Det måste vara Ingemar som brukar gå här efterson det verkar så väl upptrampat. Kanske Ingrid också tog promenader upp mot skogen? Hon hade fått intrycket av att de båda alltid satt vid köksbordet men de gjorde såklart annat med när inte hemtjänsten var på besök. Undrar vart stigen tog vägen, det kändes som att den kunde leda upp mot högkullen. Fortsatte den i den här riktningen kanske man kom ut på den lilla grusvägen som man brukar gå när det är nattvandring på kullen, den som går förbi några små röda stugor och sedan leder vidare till asfaltsvägen upp mot Kinnekullegården. Det vore intressant att följa stigen och se vart den slutade men det kunde hon inte göra nu, hon måste få reda på om något hänt Ingrid. Hillevi vänder ner mot stugan igen och kikar in genom fönstret på baksidan. I vardagsrummet ser allt prydligt ut men hon kan se in genom dörren till köket härifrån och se en del av den kullfallna stolen. Här ser hon även att mattan i köket ligger konstigt.

Något måste hänt. Hon tar upp mobilen för att ringa ner till hemtjänsten och höra om de fått in något samtal från Ingrid sen hon åkt, fast då borde de ju ringt henne direkt. Åtminstone Annika visste ju att hon åkt hit, de hade hejat på varandra vid parkeringen och talat några ord. När Hillevi plockar fram telefonen för att ringa hör hon en bil komma. De har nog bara varit och handlat eller något, tänker hon, de har blivit lite sena bara.

Johannes är funnen!

Johannes har kommit tillbaka! Birgit fick nyheten från prästen idag, någon har lämnat figuren på trappan, vaktmästaren hittade den imorse. Birgit känner för att berätta den glada nyheten för fler, hon har redan pratat med grannarna och ringt sin väninna i Österplana. Kanske skulle hon tala om det för Hillevi med, hemsamariten, hon har ju varit intresserad och det var ju faktiskt hon som berättade om stölden för Birgit. Hon slår upp numret på Eniro. Hillevi Roos heter hon och bor i Forshem, det är lätt att hitta. Men det är ingen som svarar på hemtelefonen och något annat nummer står inte. Hon får väl ringa senare.
När hon ringer efter en timma är det likadant, inget svar. Kanske jobbar hon? Birgit bestämmer sig för att fara till Götene en sväng istället, hon behöver in till bolaget, körsbärsvinet hon brukar ta ett glas av varje kväll är snart slut. Hon prövar att ringa Hillevi en gång till innan hon far men det är ingen som svarar nu heller. Birgit har själv jobbat som hemsamarit för länge sedan, det var på den tiden som Karl-Erik levde. Det var ett ganska trevligt jobb, man fick baka och laga mat åt gamlingarna, idag är det inte alls så har hon förstått, idag måste gamlingarna vara urdåliga för att kunna få någon hjälp överhuvudtaget och någon hemlagad mat är det inte tal om. Nej, dagens hemtjänst hastar bara förbi med en låda inplastad mat som knappt är varm, man ska helst ha en micro att värma den i. Ingeborg, hennes granne, har berättat att hon har svårt att få upp förpackningen, hon har ont i lederna och får hacka hål i den med en kniv om hon glömmer fråga personalen om hjälp innan de åker. Och det glömmer hon nog ofta, hon har börjat bli förfärligt glömsk på sistone, få se hur länge hon kan bo kvar i sitt hus. Tur att man är klar i huvudet tänker Birgit, hon har minsann bättre koll än de flesta på saker och ting.

I Götene träffar hon flera bekanta fast det var längesedan hon var där. Birgit brukar som de flesta andra på sjösidan av kullen mest åka in till Lidköping när de ska göra sina ärenden. Götene är inte så populärt, det har aldrig fungerat så bra sedan små-kommunerna försvann och allt slogs samman till en. Det fanns till och med namnlistor för några år sedan om att man hellre ville höra till Lidköpings kommun. Kinnekulleborna tycker att Götene inte bryr sig om Kinnekulle när det gäller kommunal service, man vill däremot gärna ha berget att skryta med i sin kommunlogga och när man ska locka människor till kommu-nen. Det är stor skillnad på slätten där borta i Götene och ber-get här vid sjön, eller snarare innanhavet Vänern. Men Birgit måste säga att hon ändå tycker ganska bra om Götene som samhälle. Det är så lätt att ta sig runt där, man kan bara par-kera mitt på torget, sedan finns allt på några få meters av-stånd. Götene har både bolag, bank, bibliotek, lekssaksaffär, blomsterhandel, sko- och klädaffär och en bra och mångsidig järnhandel mitt i byn. Nu har till och med invandrarna startat en butik där de säljer konstig mat. Birgit har bara vågat titta in genom fönstret än. Hittills har politikerna som velat ha ett köp-center utanför tätorten inte fått igenom sitt förslag, Birgit hop-pas att de aldrig lyckas med det. Då kommer säkert en hel del affärer i samhället försvinna och så blir Götene som många andra döda små orter. Nej, man ska bevara sin särart, det blir bäst i längden, tänker Birgit.

På hemvägen tar hon vägen förbi Forshem, hon minns Hillevis adress och tänker att det kan vara kul att titta in. Förr gjorde man alltid så, man tittade in till varandra utan att ringa först, det var inget konstigt med det. Birigt har fortsatt hålla på den traditionen och det brukar vara uppskattat när hon kommer och knackar på. Fast inte alltid förstås. Hon kommer att tänka på när hon kom upp till Lennart Karlstam och den där för-skräckliga Marianne var där, då såg han ut att skämmas, Lennart, och det gjorde han rätt i, han skulle inte betett sig som en idiot och varit med en sådan kvinna. En äktenskapsbry-terska! Det börjar snart bli dags att åka upp till Lennart igen, han behöver uppenbarligen kvinnligt sällskap. Hon var faktiskt där häromdagen men då var han inte hemma, men annars har hon inte varit där på flera månader. En försiktig general vet när man bör hålla sig undan. Men nu börjar det bli strategiskt läge att dyka upp igen, tänker hon. För hon får inte vara för sen heller, då kan någon annan slampa hinna komma emellan. Det gäller att göra allt i rätt takt, Birgit vet hur hon ska gå till väga för att få det hon vill.

Klockan är över sex när hon knackar på dörren det står Hillevi Roos på. Ingen kommer och öppnar.

Brevet till Johnny

Han hade skrivit ganska långt, han skrev för hand på ett papper. Han skrev om Marianne och sin kärlek till henne, han skrev om att de skrivit tillsammans till honom, Johnny, och hur de tänkt och fantiserat. Han skrev och bad om ursäkt för att de inte kommit och hälsat på honom i Värmland som de lovat.

Utanför lägenhetsfönstret var det mörkt och blåsigt, vinden slet i lindarna runt torget. Det var tomt på människor, inga kvällsflanörer verkade ha lust att ge sig ut ikväll. Närheten till Vänern var på gott och ont, vår och höst var det ofta blåsigt eller disigt i Lidköping. Man fick hoppas på en kall vinter, när isen la sig över sjön brukade det bli många soliga dagar. När Marianne varit här hade det inte spelat minsta roll hur vädret såg ut utanför fönstret.

Han tog en kopp kaffe och satte sig vid datorn. Det var väl dumt att dricka kaffe så här sent men han ville inte ha öl ikväll, han hade lite jobb att göra, räkningar som fått ligga lite för länge och sådant, så han behövde inget sömnpiller. Vatten vore väl det bästa men han var sugen på något varmt och han hade slut på liptons påsar. Han läste igenom brevet en gång till och visste inte riktigt vad han kände för att skicka iväg av allt det han skrivit. Själva skrivandet i sig hade känts viktigt, att skicka iväg en del av det kändes även det rätt. Men kanske inte allt.

Han gick in på sajten där Erosafe, Johnny, höll till, han kom ihåg deras lösenord utantill. Marianne var tvungen att skriva upp allt, hon var ute på alla möjliga sidor på internet och hade för många lösenord att komma ihåg sa hon. Men han hade inte så många och han hade gott minne. När han kommit in på sidan och skrev in Erosafe i sökrutan över medlemmar blev det konstigt. Inget resultat, stod det. Han försökte igen, testade även med lite bokstav på E i början fast han visste att det skulle vara en versal. Inget sökresultat ändå, "den medlem du söker finns inte". Märkligt. Han gick in en annan väg och sökte, han prövade att kolla länsvis på medlemmar. Det tog lång tid, han gick ett helt år bakåt i tiden fast han visste att Johnny varit aktiv senast förra veckan när han skickade sitt sista meddelande till dem. Det kändes så konstigt att han inte fanns där längre. Obehagligt.

Jaja, det var inget att göra åt, det behövde ju inte betyda något, folk verkade gå in och ut som medlemmar på den här sidan lite hur som helst.

Men han stannade kvar en stund till på sajten, han började undersöka vilka kvinnor som fanns här. Han och Marianne hade aldrig gjort det, de hade bara följt hennes fantasi och sökt efter män som var intresserade av trekanter. Det verkade faktiskt finnas en hel del vanliga kvinnor, han hade nog väntat sig att de verkat mer galna, de som använde detta forum. Det var i varje fall betydligt vanligare att kvinnorna hade riktiga foton där man såg hur de såg ut, de valde sällan att göra som männen och bara visa könsorganet. Han hittade en tjej som såg ovanligt trevlig ut och dessutom bodde i Lidköping. Hon var något år äldre än han, precis som Marianne varit. Om han skulle skicka iväg ett meddelande, tänk om han hade tur och hon svarade? Han behövde verkligen träffa en kvinna snart igen, kontakten med Marianne hade lockat fram drifter i honom han inte visste att han hade.

Röd Amazon

Det är Ingemars röda Amazon som kommer, hon har sett den någon gång förut utanför garaget, men hon har aldrig sett Ingemar köra den. Han brukar alltid vara hemma. Sakta och försiktigt kör han på den smala, gropiga vägen upp till huset. Hillevi trodde knappt det gick att få plats med en bil på den. Hon ser redan på håll att passagerarsidan är tom. Var är Ingrid?
Ingemar ser henne inte först, han stirrar rakt framför sig i bilen, han ser spänd och konstig ut. När han stannar och går ur bilen går hon fram till honom.
– Var är Ingrid? frågar hon direkt, hon borde förstås sagt hej eller så först, men hon förstår att något hänt på Ingemars ansiktsuttryck. Han ser överraskad ut av att se henne där, fast han måste ju ha sett kommunens bil som står parkerad nere på uppfartvägen.
– Mamma är inte hemma, säger han direkt när han klivit ur och ser ner i backen.
– Har det hänt något? Var är hon? frågar Hillevi.
Ingemar verkar upprörd, han är sig inte lik alls, det godmodiga varma leendet är borta ur ansiktet, han ser nästan arg ut.
– Hon är på sjukhuset, säger han sedan, jag har kört dit henne precis nu, hon har nog brutit benet trodde de.
– Aj då, säger Hillevi, jag kikade in genom fönsret och såg att det såg rörigt ut där. Så hon har brutit sig, stackarn!
Sedan blir det tyst, Hillevi känner att hon borde säga adjö och ge sig av, men hon tänker att det måste vara svårt för Ingemar, han ser närmast chockad ut och skulle nog må bra av sällskap.

– Du har inte lust att ta en kopp kaffe och berätta mer? frågar hon därför.

– Jo det kan jag väl göra. Jag ska bara gå in och städa upp lite först, vänta du här i solen så länge, säger Ingemar.

Hillevi hade tänkt att hon kunde fixa kaffet, hon har aldrig sett Ingemar göra något i köket, fast det är klart att han kan koka kaffe!

– Javisst säger hon, om du inte vill att jag ska hjälpa dig, du måste vara trött efter det som hänt?

– Nej det ingen fara, det är bättre du väntar utanför en stund.

Ingemar försvinner in i köket och Hillevi ställer sig med ryggen mot den röda stugväggen och låter ansiktet få njuta av solen. Snart är det vinter, undrar hur länge Ingrid blir på sjukhuset? Hur ska hon klara sig i stugan sedan, här finns det inte plats att gå runt med rullator? De kommer säkert få åka hit mycket oftare nu, tänker Hillevi och blir förskräckt över sin känsla av glädje över det, det är som att hon är glad över Ingrids olycka. Fast inget ont som inte har något gott med sig brukar man ju säga och det gör ju inte Ingrid friskare att Hillevi inte ser ljuspunkterna i det tråkiga som sker. Hoppas hon inte måste vara kvar på sjukhuset för länge bara. Vilken tur att det hände nu i alla fall, på hösten, det hade varit hemskt om det hänt i våras när Ingid älskar att vara ute i trädgården.

Ingemar sticker ut huvudet efter en stund och säger att kaffet är klart. Inne i stugan ser det lite annorlunda ut, det är mattan på golvet som inte ligger där den brukar. Hillevi motstår en impuls att flytta tillbaka den där Ingrid brukar ha den, Ingemar har nog inte tänkt på var den låg riktigt, men hon ska inte lägga sig i, det får Ingrid göra när hon är tillbaks. Hon slår sig ner vid köksbordet, det blir tyst och konstigt mellan dem när inte Ingrid är med. Det känns att det är en viss spänning, hon tänker på förra gången hon var här och hade rodnat så när han höll henne i handen. Hon är rädd att hon ska rodna nu med, bara för att hon kom att tänka på det, så hon försöker tänka på något annat.

Hon frågar lite mer om hur det gick till, olyckan, och hur det var
på sjukhuset. Fick hon komma in till röntgen direkt eller var de
tvungna att vänta länge? Det hade gått smidigt allltihop, sa
Ingemar. Han har svårt för sjukhus och hade åkt hem ganska
snart, men hon verkade bli väl omhändertagen av sköters-
korna. Hillevi fattade det som att han åkt innan röntgen, det
var typiskt karlar. Såklart att det är obehagligt med sjukhus,
men man får ju stå ut för sina nära och käras skull, det lär sig
kvinnor att göra, inte ska man lämna den som är sjuk i sticket
bara för att det är obehagligt! Fast hon skäller inte på Ingemar,
han ser så nedslagen ut ändå.
– Du har fått blod på skjortan, tror jag, säger hon i stället och
pekar på hans arm, slog hon i sig någonstans så hon blödde när
hon föll?

Mördare funnen

Arne visslar i bilen, det har aldrig Markus hört honom göra förr.
Han är glad och nöjd och verkar helt lugn. De är på väg för att
gripa en mördare. Markus kan inte låta bli att oroa sig, de har
att göra med en person som haft ihjäl en kvinna, Markus kan
inte slappna av förrän detta är över. Men visst har de haft tur!
På yxan fanns inte bara blod, Mariannes blod var det med, det
är konstaterat nu. Dessutom var där ett riktigt rejält fingerav-
tryck och under det, ja *under* det, var det blod, själva fingerav-
tryck fanns alltså över Mariannes blod. En sådan teknisk bevis-
ning är det inte lätt att svära sig fri från. Och fingeravtrycket
gick snabbt att identifiera.
– Det är bara att åka dit och arrestera, sa Arne.
Tänk om mördaren inte vill bli inplockad, tänk om det blir bråk,
det är såklart en mycket labil människa som har utfört brottet

mot Marianne, troligen tillräckligt labil för att kunna börja svänga runt med en annan yxa. Vad gör de då? De har lärt sig mycket på polishögskolan, vikten av att tala lugnt, försöka få den andra att lugna ner sig, man ska se till att få ögonkontakt. Markus går igenom saker de lärt sig i huvudet medan de kör den vackra vägen upp mot Kinnekulle. Han vill gå igenom med Arne hur de ska lägga upp gripandet innan, men Arne bara viftar bort hans funderingar:

– Lugn, det där tar jag hand om, säger han.

Och visst, det gör han säkert utmärkt, han är en duktig polis, verkligen. Det ska ändå bli skönt när deras samarbete snart är över, tänker Markus. Får de nu tag i mördaren så kan arbetet återgå i de gamla spåren och han har blivit en erfarenhet rikare som polis. Den sista tiden har han faktiskt börjat fundera på om han inte trots allt ska sluta vara polis och omskola sig till lärare istället. Lärare på polishögsskolan. Det vore roligt att få vara med från början, få in mer samtal och reflektion bland eleverna. Fast han vet inte hur man tar sig dit, kanske behöver man flera års erfarenhet som polis än vad han har? Fast det beror väl på vad man ska lära ut, förstås, vilket område man riktar in sig på.

Han slutar tänka på utbildningar och framtiden när de står utanför huset där mördaren bor. Huset verkar öde, det är mörkt i alla fönster. Men det behöver inte betyda att ingen är hemma, bara att husägaren gått och lagt sig, det är sent på kvällen. De hade funderat på om de skulle vänta till imorgon, men Arne bestämde att de skulle ta det direkt.

– Det känns inte som en större synd att komma sent och olämpligt när det gäller att häkta en mördare och vi vill ju inte att någon som har ett mord på sitt samvete ska komma undan.

Var är Hillevi?

Hon känner på handtaget men det är låst. Antagligen har Hillevi kvällsturen idag. Det gör inte så mycket, Birgit har redan hunnit berätta för så många om att Johannes är återfunnen att den lusten har blivit stillad. De har även bestämt tid med henne från Lidköpings tidning imorgon, de ska komma ut till Västerplana kyrka och göra ett reportage, så nog kommer hon att få berätta den här nyheten ordentligt! Ja, prästen ska förstås bli intervjuad med, men de ville gärna att hon, i egenskap av aktiv i hembygdsföreningen och boende i Västerplana, skulle vara med också. Vem vet, kanske radio Skaraborg hör av sig med?

Fast det hade varit roligt om Hillevi varit hemma ändå, det är alltid kul att känna folk i hemtjänsten, de får ju åka runt så mycket i bygden och flera av Birgits gamla bekanta har hjälp av dem. Men hon vet av erfarenhet att det brukar vara svårt att få något ur dem, de har ju sin tystnadsplikt. Maria som bor i den gamla nedlagda lanthandeln i Västerplana jobbar i hemtjänsten och Birgit har lärt sig att hon måste vara listig och prata om annat, lite runt och kring det hon egentligen är intresserad av, då brukar hon få reda på en hel del ändå. Men Hillevi verkar inte vara så svår av sig, Birgit tror det kan vara lättare att tala med henne. Maria är så försiktig av sig ändå, i alla sammanhang, hon till och med talar tyst.

Hon ringer Hillevi hemifrån senare, vid nio. Hon är inte hemma då heller. Antagligen slutar hennes pass nio, då kommer hon nog hem snart.

Strax före halv tio har hon inte kommit heller, då går hon det sista passet, det som slutar halv tio och i sådana fall är hon väl inte hemma förrän bortåt tio och så sent vill inte Birgit ringa. Men hon har fått en obehaglig känsla i kroppen, hennes intuition säger henne att något är på tok och hon brukar lyssna på intuitionen. Hon får lust att ringa Maria och höra efter om hon vet hur Hillevi jobbar. De måste ju arbeta tillsammans ofta, det är inte så stort ställe Hällesäter utan de borde veta varandras schema på ett ungefär. När Birgit jobbade hade de fasta scheman, nu får de lägga dem själva har hon hört.

Hon ringer nummerupplysningen och får numret hem till Maria. Skönt med folk som har en riktig hemtelefon, det är inte alla som har det nuförtiden. Hon brukar undvika att ringa till folk senare än nio, men halv tio som klockan hunnit bli nu är ju inte sådär jättesent direkt. Det är Maria själv som svarar i luren med sin tysta röst som alltid gör så att Birgit får lust att ryta "tala högre människa!". Fast det gör hon inte.

— Hej, Maria, säger hon istället snällt, jo det är Birgit här, jag tänkte bara ringa till dig och höra om du vet ifall Hillevi Roos jobbar sent ikväll?

— Birgit, upprepar Maria. Birgit här i Västerplana? En del är inte så snabbtänkta, tänker Birgit. Jag ska tänka efter, säger Maria sedan, varför undrar du det förresten?

Det har väl du inte med att göra, tänker Birgit tyst för sig själv, men högt säger hon som det är, att hon sökt Hillevi men inte fått tag på henne för att hon skulle berätta en sak Hillevi var intresserad av att veta.

— Jag blir nästan lite orolig, förstår du, säger hon till Maria, och det är ganska viktigt.

— Jag vet inte säkert, säger Maria nu, men jag har för mig att Hillevi gick till fyra idag. Jo, så var det, hon skulle upp till Ingrid efter fikarasten på eftermiddagen, det är jag säker på.

— Då skulle hon alltså slutat fyra? Konstigt att jag inte fått tag på henne då. Vet du om hon brukar vara någon annanstans, om hon har någon fästman eller så?

— Nej det tror jag inte, säger Maria avmätt. Du får väl prova att ringa henne imorgon igen.

— Ja, det har väl knappast hänt henne något, du får förlåta mig Maria att jag ringde så här sent. Tack ska du ha för att jag fick fråga dig.

Det är bäst att breda på ordentligt med fjäsk här, känner Birgit. Den där Maria visste nog mer om Hillevi än hon ville tala om. En del människor ska vara så svårpratade och fina i kanten, gubevars! Hennes egen ödmjukhet ger direkt resultat, Maria verkar ha kommit att tänka på något hon vill berätta.

– Det är ingen fara, säger hon först, vi lägger oss inte så tidigt här. Du Birgit, fortsätter hon sedan, känner du till något om den där killen som var fosterbarn hos Ingrid?

– Hurså? sa Birgit. Jo jag känner ju till historien, men det var längesedan nu. Ingrid och Sven var gamla när de fick Ingemar och de ville gärna ha ett syskon till honom. När det inte blev så skaffade de fosterbarn istället och det blev en pojke som hette Jarmo. Fast han var väldigt konstig redan från början, det var så illa att inte ens Ingrid kunde rätta till honom. Ingrid brukar aldrig vilja tala om det, men efter vad jag hört så höll han på att ha ihjäl hennes egen pojk, Ingemar. Har du hört något om honom? Han är knarkare i Göteborg numera men det händer att han kommer till Kinnekulle då och då vet jag.

– Jo, vi pratade om det häromdagen på jobbet, han är i trakten nu och vi funderade på om han är farlig? Vet du om han brukar åka och hälsa på Ingrid?

– Nej, det tror jag inte. Jag har hört att han ibland bor hos Solveig Lunds pojke när han är i Hällekis, Roger heter han nog. De jobbade tillsammans på Cementa för längesedan tror jag. De flesta pojkar i Hällekis började ju jobba där efter skolan förr.

– Skönt att höra, sa Maria, att han inte brukar åka till Ingrid alltså. Vi diskuterade just det, om det var något vi behövde tänka på, om vi behövde förvarna Hillevi för att han var i trakten. Det var nog mest jag som var lite orolig, men Annika Bengtsson, om du vet vem hon är, hon bor i Kestad, hon sa precis som du att den där Jarmo aldrig åker till Ingrid.

– Ja Annika känner jag till, hennes mamma är väninna till Ingrid har jag för mig, så hon har nog minst lika bra koll som jag på läget när det gäller den där knarkaren. Tråkigt när barn hamnar fel i livet, och det var en väldigt sorglig historia för Ingrid och

Sven. Deras pojke, Ingemar, blev lite folkskygg av sig efter det där.

– Jo jag vet, vi gick i skolan ihop. Han försvarade alltid Jarmo när andra ville tråka honom för hans göteborgska. Och han försökte lugna ner honom när han blev arg, han hade lätt för att tända till, Jarmo. Det var nog inte så lätt att komma hit till landet som förortsunge. Han var inget vidare på fotboll och det var det enda som gällde för många grabbar här. Så Ingemar försökte hjälpa honom, han ställde upp som en snäll storebror men sedan höll han själv på att bli strypt. Ingrid har jag bara träffat i jobbet men hon verkar väldigt snäll. Hoppas du får tag i Hillevi imorgon, jag tror hon är ledig då, eller så jobbar hon kväll.

– Ja, jag får väl vänta till imorgon med att berätta för henne, det var om den här Johannesfiguren som blev stulen, Hillevi var med när det hände.

Birgit ska just börja berätta för Maria om hela händelseförloppet när Maria avbryter henne och säjer att hon är tvungen att gå och ta hand om något hon har på spisen.

– Ja ta hand om spisen du, sa Birgit, så det inte kokar över. Fast i sitt stilla sinne tänker hon att det nog bara är en ursäkt från Marias sida att avsluta samtalet. Nåväl, hon har fått reda på lite i alla fall. Hillevi har inte jobbat ikväll. Antagligen har hon väl en fästman då fast Maria inget sa, hon kanske inget visste. Undrar vem det kan vara?

Kallt vatten till blod

Ingemar stirrar på skjortan.

– Ja, jo, hon slog sig i pannan tror jag, säger han, hon blödde lite.

– Det är bäst du tar av dig den direkt, säger Hillevi. Om man lägger den i kallt vatten går blodet bort.

Ingemar knäpper upp skjortan vid köksbordet. Hon ser hans bröstkorg, hon har aldig sett honom med bar överkropp förr, han har en del hår på bringan och ner i ett stråk på magen och han är muskulös, det märks att han är van att ta i med kroppen. Hon känner sig dum när hon märker att Ingemar ser hennes blick, hon går nervöst upp från stolen och ställer sig och fyller på kallt vatten i diskhon. Ingemar kommer med skjortan, han är fortfarande barbröstad och hon kan inte låta bli att önska att han ska nudda vid henne. Han står kvar tätt intill henne när hon blöter ner plagget, blodet har hunnit torka in, det kommer ta ett tag innan det löser upp sig.

– Det blir nog bra med Ingrid, säger hon tröstande, hon känner att hon måste säga något för att bryta tystnaden, men egentligen kan hon inte tänka på annat än att han står så nära. Hon vill inte flytta sig, hon får en nästan oemotstånlig lust att luta sig mot honom. Så händer det, Ingemar stryker sin hand över hennes arm, han följer den upp till axeln och låter den vila där.

– Du är snäll du, Hillevi, säger han. Sedan lutar han sig fram och kysser henne i nacken.

Hillevi slutar att andas, hon känner sitt hjärta bulta och kan bara blunda och le. Det är underbart. Han fortsätter kyssa henne lätt ut mot axeln, det går rysningar genom kroppen. Han verkar inte alls vara ovan vid kvinnor, tänker hon, han vet minsann hur han ska få henne alldeles knäsvag. Hon får tag i hans händer och hon håller sina över hans när han sakta smeker sig uppåt hennes kropp, han stannar till och kupar dem över hennes bröst. Det är ljuvligt att känna hela hans varma nakna kropp mot ryggen, hon får en stark lust att vända sig om och kyssa honom. Det gör hon. Antingen har han haft betydligt fler möjligheter till erotiska övningar här ute på landet än någon kan ana, eller också är han en ren naturbegåvning för när hon möter hans läpper är de försiktiga, varma och sökande. Han låter dem sakta smeka hennes läppar innan han försiktigt öppnar munnen och låter tungspetsen följa insidan av hennes överläpp. Hans andedräkt luktar lite kaffe, Hillevi hoppas hon luktar och smakar lika gott som han när hon öppnar munnen för att besvara kyssen.

Gripandet

Mördaren är full och gör inget motånd alls. Han är uppfylld av självömkan, han vill mest beklaga sig för dem när de kommer för att gripa honom. Troligen hörde han inte när de knackade för skivspelaren var på ganska högt. En hederlig gammal vinylspelare har han, passande en antikhandlare. Elvis "Suspicius minds" snurrar runt i den och Göran Ekholm lever sig in så i musiken att han inte verkar märka att de kommer ïn i rummet. Han har slutna ögon och sjunger med i sången, det låter inte alls så illa. Han tittar inte upp på dem förrän Arne lägger handen på hans axel, men han verkar inte överraskad så han har nog märkt när de kom även om han inte visat det. Eller är han helt enkelt för full för att reagera normalt. Något problem med erkännande får de inte, han berättar mer än villigt om det som hänt när han haft ihjäl sin fru. Han vinglar iväg till ett skåp och hämtar hennes mobiltelefon och vill att de ska läsa kärleksmejl som han hittat i den.

– Se här, säger han och sticker upp mobilen i ansiktet på Markus, så nära att det inte går att se något alls, se här vad hon skriver!

Arne tar mobilen ifrån Göran och säger att den kommer att ingå i deras utredningsmaterial och att de absolut kommer att läsa den. Men nu ska Göran följa med dem till stationen, säger han.

Göran låter sig ledas ut till bilen, han pratar oavbrutet och berättar om hur hemskt han haft det, att Marianne varit otrogen, att han var tvungen att göra något, det måste de väl förstå?

Jo, tänker Markus, du borde ha begärt skilsmässa såklart! Du borde tagit dig i kragen och kört ut frun och lärt dig leva på egen hand. Du borde inte ha tagit livet av henne.

Han har svårt för mannen som just nu pendlar mellan att tycka synd om sig själv och att vara arg på sin nu döda hustru, svårt för ynkligheten han visar upp nu och svårt för den skådespelartalang han gav prov på när de var här för en vecka sedan och meddelade att hans hustru dött. En riktigt obehaglig typ.

– Du får köra, säger Arne och kastar över nycklarna till Markus. Gott, tänker Markus. Han vill helst slippa ta hand om Göran, det känns skönt att Arne sätter sig bak i bilen med den gripne.

Det känns lite snopet alltihop, att det ändå var maken som dödat Marianne precis som Arne sagt. Det hade han aldrig kunnat tro och det får honom att känna sig misslyckad som polis. Men han försöker trösta sig med att nu behöver han kanske inte ta tag i det här med Arnes svartjobbare. Det har ju inget med något brott att göra för övrigt. Det känns som en lättnad när han tänker på det. Och en lättnad att det äntligen är över, det här fallet. Det ska bli skönt att slippa jobba så intensivt med Arne. Fast han har säkert lärt sig en del men just nu har han svårt att komma på vad. Att det kan vara klokt att se på det alternativ statistiken visar på som troligast kanske? Att även fördomsfulla och ibland ganska otrevliga människor som Arne kan ha rätt? Tja, kanske kommer han en dag ha nytta av det han varit med om sista veckan.

– Hann du läsa något av meddelandena han visade oss på mobilen, frågar Arne honom senare, när Göran Ekholm väl är inlåst i arresten.

– Nej, han vinglade så med armen att jag inte såg något. Hann du läsa något? Var de från Per eller Lennart?

– Det var just det, sa Arne. Så tystnade han och sa inget mer på en stund men han såg tankfull ut. Sedan började han skratta.

– Den där kärringen var inte dålig på att hålla igång, sa han, mejlen verkade vara från någon helt annan, någon vi inte haft en aning om! Och nu behöver vi inte ta reda på mer heller, den älskaren behöver vi inget få veta om nu när Göran erkänt. Himla tur att vi fick fast honom, man vet inte hur den här utredningen dragit iväg annars. Undrar hur han mår i morgon, Göran Ekholm, om han kommer försöka ta tillbaka något.

– Kan det gå? undrar Markus, skulle han kunna hävda att det bara är fyllesnack allt han sagt idag.

– Nix, han har varit alldeles för tydlig och vi har inspelning på det mesta. Det är vattentätt. Gott att vi fick fast honom ordentligt, det är alltför ofta de kommer undan, männen.

Jo, det skulle nog bli svårt för Göran att neka till allt han berättat. Även om det var en del sluddrigheter i hans tal och allt inte varit så logiskt och sammanhängande hade de ändå fått en hyfsad bild av vad som hänt. Marianne hade tydligen glömt sin mobil i Gössäter innan hon for till torpet den dagen. Så hade han hittat den och läst hennes mejl och förstått att hon hade en älskare. Hans reaktion på det hade tydligen varit att korka upp gamla vinflaskor värda flera tusen som de hade köpt in på någon auktion för en vinsamlande kunds räkning. Han hade inget annat hemma att dricka, för han drack inte egentligen sluddrade han fram där han satt i polisbilen på väg till häktet. Sedan berättade han att hon hade vägrat säga vem den där älskaren var och varför hon varit otrogen. Det verkade som att det här utspelade sig när hon hade kommit tillbaka för att hämta mobilen som de förstod det. Mordet, eller kanske rubriceringen kommer att bli dråp - för det verkade inte övertänkt - hade inte skett i torpet utan nere i Gössäter förstod de i alla fall. Den där yxan som han använt hade tydligen också funnits där.

– Jag blev så jävla förbannad, sa han. Så jävla förbannad!

Han hade inte fattat riktigt vad som hänt själv, sa han.

– Jag ville bara att hon skulle tala om vem det var! Jag tänkte inte ha ihjäl henne.

Sedan hade han gråtit högljutt en bra stund. Arne hade frågat honom vad han gjort sedan, när han förstått att hon var död. När Göran inte svarade försökte Arne igen.

– Hur hamnade hon på spåret?

– Jag visste inte vad jag skulle ta mig till, sa Göran. Jag ville bara att allt skulle vara som vanligt.

Sedan hade hans berättelse blivit väldigt osammanhängande. Som det verkade hade han rullat in henne i en väldigt vacker och antik gammal matta som hon tydligen tyckt mycket om, han var noga med att poängtera detta att hon verkligen tyckte om den där dyrbara mattan. Han fick det att låta som att det han gjort blev lite mindre hemskt, att den där mattan var som någon sorts liksvepning som Marianne skulle gillat. Mattan hade han tydligen slängt sedan, på återvinningsstationen i Götene, vad de förstod. Varför han lagt henne på spåret visste han inte själv, han mindes inte allt sa han. Sedan sa han inget mer alls, i bilen på väg till häktet satt han och grät hela vägen, så det gick inte att få ur honom fler upplysningar av vad som skett.

Men det var väl ingen konstig gissning att tro att han lagt henne där för att man skulle tro att hon dött i en tågkollison. Så full som han verkar ha blivit på det där gamla årgångsvinet hade han nog inte kunnat tänka särskilt logiskt.

Äntligen uppklarat

Markus slår sig ner i sin fåtölj, öppnar en påse chips och sätter
på TV:n för att se om det är någon bra film på gång.
Äntligen är det uppklarat! Det ska bli så skönt att slippa tänka
på det här mer. Imorgon är han ledig och då ska han äntligen
åka och hälsa på pappa, han ringde förut idag och hörde om
det passade bra.
– Jo det är alltid roligt när du kommer, sa pappa, jag kan bjuda
på lite mat om du vill.
– Tack det låter gott, sa Markus. Fast det där sista var han lite
tveksam över. Pappan hade aldrig varit så vidare på matlag-
ning. Troligen blev det väl falukorv och potatismos. Eller kanske
mamma Scans köttbullar. Men inget större fel på det och det
ska bli kul att träffa pappa i alla fall, det var ett tag sedan.

Men Markus hade fel när det gällde maten. När han kommer
till pappa blir han bjuden på grönsakspaj med fetaost, inte alls
så dumt. Och så får han träffa Monika Arvidsson, pappas nya
bekantskap, hon som hjälpt till med att laga maten och som
verkar ha blivit en mycket god vän till hans far.
Visst känns det trevligt att pappa verkar träffat en kvinna att
umgås med. Att han alls inte är så ensam som Markus trott.
Men lite konstigt känns det på något sätt. Han kommer på sig
själv med att vara avundsjuk. När ska han själv träffa någon?
Men sedan tänker han på Göran och Marianne och då blir han
lite mer nöjd med sitt singelliv igen.

Hillevi

Hillevi ler lyckligt ut i mörkret. Höstnätter kan verkligen vara mörka och här ute på landet är det totalt kolsvart, hon ser ingenting. Men hon känner sig fullkomligt trygg, Ingemars starka arm ligger runt henne, lika mycket för att krama om som för att hindra henne falla ur Ingrids smala säng. Hon hör hans lugna andetag mot hennes hår och hon kan inte sova för glädjen bubblar runt i henne och ömheten värker så det nästan gör ont i hjärtat. Hon har ingen aning om hur det här ska sluta men just nu är allt så bra det kan vara. Och imorgon, när hon har slutat jobbet, har de bestämt att de ska fara tillsammans och hälsa på Ingrid på sjukhuset.

Göteborgs station

Skönt att ha blivit av med den! Jarmo är nöjd när han kommer ner till Götet igen. Det har varit kul att träffa Roger och skönt att ta det lite lugnt några dagar. Att kunna chilla med lite öl bara sådär. Och det känns jävligt bra att ha blivit av med den där Jesusfiguren med. Eller Johannes var det visst. Men när han stal den trodde han att det var Jesus. Efteråt i alla fall. Sanningen är att han inte minns så mycket av vad som hände just då. Han och galningen Alex hade varit höga som hus den helgen, hur Alex fått tag i bilen minns han inte, hur han lyckats köra ända upp till Kinnekulle och varför de fått för sig att fara dit hade han ingen aning om heller. Han har ett vagt minne av att de var inne i en kyrka. Så minns han tydligt hur bilen sakta och lugnt for ner i diket och att Alex sov och snarkade framför ratten. Hur han var less på Alex och tog sin väska och drog. Han sov ute på natten, sedan gick han till Hällekis. Han knackade på hos Roger en stund efter att han hört tåget komma. Han låtsades att han kommit med det. När han öppnat väskan för att byta kläder fick han syn på Jesus. Han hade totalt glömt att han låg där.

När Roger dagen därpå gick i taket när han fick höra att nån idiot varit inne i en kyrka och snott en gammal träskulptur tyckte han själv att allt var jävligt pinsamt. Han berättade inget för Roger utan gömde undan trägubben i en gammal övergiven jordkällare. Där hade han och Roger gömt öl som de snott av Rogers morsas gubbe en gång för länge sen. Han trodde någon skulle hitta figuren snart men det var det tydligen ingen som gjort på mer än ett år, ungar lekte väl inte utomhus numera. Men nu hade han hämtat honom själv. En lång promenad blev det och kyrkan var låst när han kom fram, men han hade ställt

Jesus på trappan. Kanske blir det god karma av det. Det hade känts riktigt bra i alla fall.